Mère, médecin… et amoureuse

*

Le cadeau qu'ils attendaient

SUE MACKAY

Mère, médecin…
et amoureuse

Traduction française de
CÉCILE LOMBARD

BLANCHE

HARLEQUIN

Collection : Blanche

Titre original :
EVERY BOY'S DREAM DAD

Ce roman a déjà été publié en 2017

HARPERCOLLINS FRANCE
83-85, boulevard Vincent-Auriol, 75646 PARIS CEDEX 13
Service Lectrices — Tél. : 01 45 82 47 47 - www.harlequin.fr
ISBN 978-2-2804-7893-9 — ISSN 0223-5056

Composé et édité par HarperCollins France.
Imprimé en septembre 2022 par CPI Black Print (Barcelone)
en utilisant 100% d'électricité renouvelable.
Dépôt légal : octobre 2022.

FSC
www.fsc.org
MIXTE
Papier issu de sources responsables
FSC® C159065

Pour limiter l'empreinte environnementale de ses livres, HarperCollins France s'engage à n'utiliser que du papier fabriqué à partir de bois provenant de forêts gérées durablement et de manière responsable.

1.

A cette heure tardive… ? Des coups frappés à la porte ?

De plus en plus violents, ils se répercutaient dans le crâne déjà douloureux de Rachel ; elle fit la grimace. « Pas maintenant, s'il vous plaît. J'ai fini ma journée ! »

Depuis le lever du soleil — c'est-à-dire très tôt dans les îles Cook au climat si chaud — elle avait reçu un flot incessant d'autochtones venus lui souhaiter la bienvenue. Comme les coups persistaient, elle poussa un soupir exaspéré : son message télépathique n'était pas passé. Résignée, elle alla ouvrir.

— Oui ?

L'éclat dur du projecteur extérieur lui fit cligner des yeux, mais ce ne fut pas la lumière qui lui assécha la gorge et lui donna un court vertige.

Sur le seuil se tenait un géant. Et alors ? Ce n'était pas le premier homme de cette stature qu'elle voyait ! Pourquoi ce frémissement au ventre et cette sensation que son cœur battait soudain plus vite ? Il n'y avait pas de place pour un compagnon dans sa nouvelle vie, pas même pour une aventure. Elle avait quitté Londres et son ciel gris pour trouver la paix et se délivrer du désespoir qui l'anéantissait depuis bientôt deux ans.

L'inconnu à la carrure impressionnante semblait sculpté dans le marbre… Il devrait se tourner de côté s'il voulait passer la porte — ce qui n'arriverait pas ce soir de toute façon, ni les autres, d'ailleurs. Elle tenta en vain de déglutir.

— Elle s'est entaillé le genou et elle a un œil au beurre noir.

Son visiteur ne parlait pas, il grondait.

— Pardon ? demanda Rachel, un peu perdue.

Baissant les yeux, elle remarqua enfin la femme minuscule qu'il portait dans ses bras, dont le sang s'échappait par une blessure au genou et gouttait sur son seuil.

— Vous êtes bien le Dr Simmonds ?

Pas du tout, en ce moment elle n'était plus que la mère épuisée d'un petit garçon éperdu de chagrin qu'elle venait de réussir à endormir. Demain, elle redeviendrait médecin.

— Emmenez-la à l'hôpital, se contenta-t-elle de répondre.

— Vous êtes à côté.

Rachel fronça les sourcils. Quel culot ! Elle n'était à Rarotonga que depuis deux jours et n'avait même pas encore pris son poste ! Elle tenta de réfléchir, mais, même s'il n'était que 8 heures du soir, son cerveau douloureux ne fonctionnait plus très bien ; elle n'aspirait qu'à se mettre au lit, car sa longue journée avait débuté vers 4 heures du matin, lorsque les coqs des fermes environnantes avaient chanté.

Le géant attendait en la fixant de ses yeux d'un noir intense qui avaient dû deviner pas mal de choses, y compris qu'elle ne tenait pas à le faire entrer.

Elle soupira. Impossible de lui refuser son aide en tant que médecin. De toute façon, il n'avait visiblement pas l'intention de partir ; elle fit un pas en arrière pour le laisser passer.

— Emmenez-la dans le salon.

— Merci, docteur.

Avec une délicatesse touchante, il entra dans la pièce plongée dans la pénombre et déposa son léger fardeau sur le sofa.

Adieu la housse impeccable qu'elle venait à peine de

laver… Tant pis, elle la relaverait demain matin. Elle alluma l'interrupteur, s'approcha et s'agenouilla devant le canapé.

— Madame ? Je suis Rachel Simmonds, le nouveau médecin.

La femme ouvrit un œil — l'autre était trop gonflé — et l'étudia un instant avec curiosité avant de refermer la paupière, mais Rachel eut le temps de percevoir la douleur qui agrandissait la pupille. L'une des joues, marquées de profondes estafilades, saignait.

Elle se tourna vers l'homme.

— Que lui est-il arrivé ?

Il secoua la tête.

— Effie a dû glisser et heurter la vitre de la porte, que j'ai trouvée cassée. Elle est encore étourdie, elle a sans doute perdu conscience un moment.

Quel était cet accent, légèrement différent de celui des gens de l'île ? Sa peau, plutôt que brune naturellement, était hâlée par le soleil, et son grand corps était mince et musclé.

— D'où venez-vous ?

Il poussa un soupir exaspéré.

— De la maison d'à côté.

D'accord, il n'avait pas l'intention d'être aimable. Cela détonnait dans ces parages, mais avait-elle le droit de se plaindre ? Elle-même n'était pas très accueillante en ce moment. Puis le sens de ses paroles pénétra son esprit : c'était son voisin. Dans ce cas, ils se verraient probablement souvent. Elle sentit un frisson d'excitation lui parcourir l'échine, qu'elle tenta d'oublier aussitôt. Et alors ? Il devait avoir une vie, une femme et des enfants… Cependant, elle savait qu'aux îles Cook, où ni le mot « solitude » ni le mot « étranger » n'existaient, ils se salueraient tous les jours par-dessus la clôture. Pas du tout comme à Londres.

Elle concentra son attention sur la femme. Sans doute réussirait-elle à la soigner assez vite et à les renvoyer tous les deux d'où ils venaient, mais d'abord, elle avait besoin de renseignements.

— Qu'est-ce qui a causé la blessure ? Vous avez assisté à l'accident ?

— Je l'ai trouvée allongée sur le sol de la cuisine en rentrant. Elle venait de passer la serpillière, j'ai l'impression qu'elle a glissé sur le carrelage mouillé.

Cette voix de basse… Rachel se redressa et le regarda dans les yeux.

— C'est votre compagne ?

— Non, elle fait le ménage chez moi.

Ainsi, il n'avait pas de femme, ou alors une qui travaillait à l'extérieur ? Elle refusa d'envisager l'hypothèse qu'il soit célibataire.

— Une minute, je vais chercher ma trousse.

En passant devant lui, elle remarqua l'insigne de la police cousu sur la manche de sa chemise bleue.

— Vous êtes policier ?

Sans doute étonné qu'elle ne l'ait pas vu plus tôt, il se contenta de hausser un sourcil.

— Papa ?

Elle se tourna brusquement vers la porte, le cœur chaviré par l'espoir insensé qu'elle percevait dans la voix de son fils.

— Riley, mon chéri !

Chaque fois qu'il se méprenait, elle devait le détromper, raviver sa souffrance… Quand comprendrait-il enfin que jamais plus il ne reverrait son père ? C'était à cause de cette espérance folle qu'elle était partie s'installer à l'autre bout de la planète, pour tenter de procurer l'oubli à son petit garçon.

— Riley, tu devrais déjà dormir depuis longtemps.

— Papa…

Son fils se tenait dans l'encadrement, hésitant, la tête levée pour mieux voir l'homme qui se trouvait dans le salon, attendant visiblement qu'il le prenne dans ses bras puissants pour l'embrasser. En fait, sa méprise était compréhensible : dans la pénombre, le policier aux cheveux noirs coupés très court pouvait aisément être confondu avec son père, dont la carrure était aussi large et imposante, et qui avait porté le même uniforme.

— Non, mon chéri, ce n'est pas papa.

Elle le souleva dans ses bras. Le doute qu'elle lisait dans ses yeux lui brisa le cœur et réveilla sa rancune envers son mari mort pour avoir voulu jouer les héros, sans souci de sa famille.

Riley se blottit contre elle et lui passa les bras autour du cou.

— Je suis fatigué, maman, dit-il d'une petite voix.

— Je vais te remettre au lit, murmura-t-elle en soupirant.

Elle devrait refaire le rituel, lui lire une histoire avant qu'il n'accepte de se rendormir dans cette nouvelle maison, ce nouveau pays, si loin de tout ce qu'il connaissait…

Avant de sortir, elle jeta un coup d'œil à la blessée allongée sur le canapé. L'hémorragie au genou s'était réduite à un mince filet, et si cette pauvre femme avait vraiment besoin de ses soins, il n'y avait pas urgence.

Serrant son fils plus fort contre elle pour lui éviter cette vision qui l'affolerait davantage, elle se dirigea vers la porte.

— Si vous voulez, je peux aller le coucher…

Surprise, elle se retourna et secoua la tête.

— Il a peur des inconnus.

Depuis la mort de son père. A l'époque, les collègues de Jamie avaient tenté de lui manifester de la gentillesse et de l'attention, mais à l'évidence Riley les associait au drame qui lui avait enlevé son papa.

— Riley ?

La voix de basse se fit douce et caressante.

— Tu aimerais que je te lise une histoire ?

Ebahie, elle sentit contre sa poitrine la tête de son fils se relever, acquiescer. Elle le regarda, puis elle fixa les yeux sur l'homme qui avait su l'apprivoiser si vite et sans effort.

— Qui êtes-vous ? murmura-t-elle.

— Ben Armstrong, inspecteur principal dans la police de l'île.

Voilà pourquoi elle connaissait cet accent ! C'était un Néo-Zélandais, un « Kiwi », comme sa meilleure amie, Lissie. Celle-ci avait quitté Londres peu de temps avant elle et, persuadée qu'elle devrait abandonner son appartement trop grand et se construire une nouvelle vie avec son fils, avait obtenu pour Rachel la création d'un poste d'obstétricienne à l'hôpital de Rarotonga ; c'était elle aussi qui avait trouvé la maison qu'elle louait.

Ben tendit les bras vers Riley qui se pencha vers lui.

Abasourdie, elle le lui tendit.

— Seconde chambre sur la droite, marmonna-t-elle d'une voix rauque.

En regardant ses grandes mains plaquées sur le dos du petit garçon, elle éprouva un pincement de jalousie. Elle aussi aurait aimé être tenue serrée contre ce large torse…

— Ses livres sont sur la table de nuit.

Son fils se laissa emmener sans protester, mais il ne tarderait sans doute pas à s'apercevoir de sa méprise et à l'appeler. Il fallait qu'elle se dépêche. Elle prit sa trousse rangée dans un coin du salon et s'approcha de sa patiente.

Ben, qui avait subitement très chaud, réprima son envie de passer un doigt sous le col de sa chemise. Le Dr Simmonds était un beau brin de fille, qui mettrait le feu à un iceberg.

Du moins le penserait-il s'il avait envie de faire plus ample connaissance avec elle, ce qui n'était pas le cas.

Une femme splendide, grande et mince, un peu trop peut-être, dont le visage pâle et délicat était marqué d'ombres profondes. Pourtant, dès qu'elle avait ouvert la bouche, il avait compris qu'elle était très volontaire. La douceur et le feu… Un mélange excitant, qui ravivait en lui des sensations oubliées. Ces yeux, qui lui rappelaient les jacinthes sauvages qui poussaient sur le terrain de la ferme familiale, avaient le don d'allumer en lui un feu ardent.

Une créature de rêve, avec ses cheveux châtains bouclés attachés par un ruban doré. Et cet accent anglais qui le faisait fondre… Les têtes devaient se tourner sur son passage.

Eh bien lui, il regarderait dans la direction opposée. Il avait réussi à éviter ce genre d'attirance depuis… La douleur lui mordit soudain le cœur. Depuis cet horrible soir où son univers avait basculé. Et ce n'était pas quelques minutes en compagnie de cette femme magnifique, même si elle était là pour au moins un an, qui le détourneraient de sa résolution.

— Tu vas me lire mon histoire préférée, dis ?

Comme le petit garçon se tortillait pour se dégager de ses bras, il le déposa sur le lit.

— Bien sûr, laquelle ?

Riley désigna le livre du dessus de la pile.

— Celle-ci ; c'est l'histoire d'une vilaine chèvre qui mange tout le linge étendu sur la corde.

Ben remarqua les photos au mur, le ballon de football dans un coin, les jouets rangés sur le dessus de la commode. Catrina et lui auraient pu avoir un enfant avec une chambre semblable s'ils en avaient eu le temps… Si elle n'avait pas pris le volant ce soir-là ; s'il avait pu la sauver…

« N'y pense pas. » Il ferma les yeux très fort pour ne plus entendre la respiration saccadée de sa femme, ne plus voir son visage adoré tordu de douleur sous les lumières bleues et rouges des ambulances. Pour oublier sa peur et son sentiment d'impuissance et d'horreur.

Après avoir compté jusqu'à dix, il parvint enfin à se concentrer sur l'instant présent.

— Quel âge as-tu, bonhomme ?

Etrange, il ne se connaissait pas cette voix étranglée…

— Bientôt cinq ans.

Le petit garçon tournait les pages de son livre avec application.

— Je vais aller à l'école avec mon copain Harry. Son grand frère Jason y va déjà.

— C'est bien que tu aies déjà des amis !

— Leur maman, c'est Lissie, l'amie de ma maman.

— Je sais.

D'ailleurs, songea-t-il, la communauté avait de la chance de l'avoir, Lissie. Chirurgien généraliste, elle était venue de Londres récemment avec Pita, son mari originaire de l'île, qui s'occupait désormais de l'affaire familiale de location de bateaux, car son père avait passé la main depuis son infarctus.

Lissie avait déjà prouvé son efficacité, puisqu'elle avait réussi à obtenir la création d'un poste spécialisé de gynécologie, après la mort de sa belle-sœur d'un cancer du col de l'utérus. Quand les premiers symptômes étaient apparus, celle-ci avait refusé de voir un médecin homme, et le temps qu'elle cède à l'insistance de ses proches, il était trop tard.

Donc, la nouvelle obstétricienne était la mère de ce petit garçon…

— Tu ne veux pas me lire l'histoire ?

Riley avait les yeux pleins de larmes.

— Pardon, bonhomme. Bien sûr que je vais te la lire.

A l'évidence, il manquait à cet enfant une figure paternelle. Où était son père ? Quand il s'était entendu appeler « papa », il avait frémi et s'était retenu de s'enfuir à toutes jambes. Et il était là, en train de lire une histoire… Pourtant, il n'avait aucune intention de devenir intime avec cette famille. Mieux valait rester seul, c'était l'unique moyen de s'en sortir.

— Alors je vais lire tout seul !

La petite voix pointue lui vrilla le cerveau ; l'enfant lui arracha le livre des mains.

D'accord, il ne voulait plus de lui. Ben se leva.

— Willie est une chèvre vorace, énonça Riley d'une voix tremblante. Willie mange tout.

Il s'arrêta net et se rassit sur le lit.

L'enfant tourna une page.

— Willie mange les fleurs dans le jardin. Elle te plaît, cette histoire ?

L'incertitude qu'il vit dans les yeux de l'enfant le bouleversa.

— Oh oui, beaucoup !

Riley bâilla. Ben reprit le livre, tourna la page, et au bout d'une ligne lue à haute voix, le petit garçon dormait à poings fermés. Il tira le drap sous son menton, se leva et le regarda, attendri. Quelle existence avait-il eue jusque-là, et que lui réservait l'avenir ?

Stop. Il lui fallait sortir d'ici avant de se retrouver impliqué dans la vie de cet enfant et celle de sa mère.

Dans le couloir, il s'étonna du nombre de cartons pas encore déballés. Le salon aussi en était empli. Visiblement, le Dr Simmonds avait à peine eu le temps de ranger la chambre de son fils, et déjà, lui, Ben, lui demandait de faire ses preuves en tant que médecin… Il se sentit coupable.

Si Effie n'avait pas eu besoin de points de suture, il s'en serait chargé lui-même, mais il n'avait pas le matériel nécessaire. Il avait écarté l'idée de la conduire à l'hôpital, en se disant que c'était aussi bien que les deux femmes fassent connaissance, puisqu'elles étaient destinées à se rencontrer souvent.

A présent, une chose l'intriguait : pourquoi le Dr Simmonds arrivait-elle de si loin pour travailler dans un établissement de seconde zone, alors qu'en tant que spécialiste elle aurait pu occuper un poste dans un grand hôpital où elle aurait gagné sa vie bien mieux qu'ici ? La plupart des immigrants de l'île étaient des Kiwis qui, venus en vacances et croyant avoir découvert un morceau de paradis, s'installaient pour un an ou deux ; mais ils finissaient toujours par repartir. Comme elle le ferait aussi, il en aurait mis sa main à couper. En attendant, elle n'aurait pas à se plaindre d'être mal accueillie, car l'équipe de l'hôpital était très sympathique, et compétente.

Le Dr Simmonds avait-elle vécu un drame, pour avoir choisi de venir vivre dans ce bout du monde ? Sans doute. En tout cas, c'était cette tristesse qu'il percevait qui lui donnait envie de la prendre dans ses bras pour la consoler, effacer son chagrin et ramener la lumière sur son visage. Il secoua la tête. Bon sang, que croyait-il ? Qu'elle avait fait tout ce chemin pour qu'il se mêle de ses affaires ?

Soudain saisi de vertige, il s'appuya au mur et prit quelques profondes inspirations. Lorsqu'il fut calmé, il entendit des murmures venant du salon, et jeta un coup d'œil dans la pièce. Le médecin, à genoux devant sa patiente, badigeonnait de teinture d'iode les écorchures et les hématomes. Effie poussa un gémissement et le Dr Simmonds s'excusa aussitôt.

— Désolée, je fais attention au maximum. J'aimerais vous faire passer un scanner demain, pour cet œil.

Elle se redressa sur les talons et saisit un autre morceau de coton qu'elle plongea dans l'antiseptique. Levant la tête, elle l'aperçut. Quels yeux elle avait ! Se reprenant, il s'approcha d'elle.

— Nous n'avons pas de scanner sur l'île, dit-il.

Inutile qu'elle s'attende à du matériel de pointe.

Il vit ses yeux bleus s'agrandir et ressentit un frisson d'excitation.

— Ah ? Et comment vais-je faire quand j'en aurai besoin ?

— Les cas graves sont transférés à Auckland par avion, et pour les autres, vous vous débrouillerez.

Il pinça les lèvres. Lissie ne lui avait donc rien dit du peu de moyens dont disposait l'hôpital ? Ce n'était pas son rôle à lui de la prévenir.

— Eh bien, je suppose qu'il va falloir que je m'adapte...

En fait, elle ne semblait pas perturbée outre mesure.

— Et Riley ? Il dort ?

— Oui. Comme un loir.

— Merci. La journée a été mouvementée, il a beaucoup joué avec ses amis sur la plage ; il doit être épuisé.

En réprimant un bâillement, elle tendit la main pour essuyer du sang sur le menton d'Effie.

— Vous aussi, je vois.

Il s'en voulut aussitôt : il devait faire attention à ne pas devenir trop familier. Il était grand temps de rentrer déguster une bière bien fraîche sous son porche.

La main du médecin s'immobilisa sur le bras d'Effie.

— Après une bonne nuit de sommeil, il n'y paraîtra plus.

Encore un bâillement réprimé, puis elle secoua la tête.

— J'attendais que l'anesthésie locale ait fait effet ; je vais suturer les plaies.

— Vous avez besoin d'un coup de main ?

— Pardon ?

La surprise éclairait son visage. Elle était splendide lorsqu'elle oubliait d'être déterminée.

— Je vous propose de vous aider.

Où avait-il la tête, ce soir ? Ne venait-il pas de décider de se désintéresser de son sort ? Offrir son assistance pour un acte médical n'était pas innocent. S'il n'était pas assez prudent, elle allait finir par comprendre qu'il connaissait le métier. Mais comme il était trop tard pour faire marche arrière, il agirait en policier zélé qu'il était devenu.

Il s'agenouilla, tira la mallette médicale vers lui et en sortit une paire de gants stériles qu'il enfila.

— Je peux vous passer le matériel. Vous voulez du fil et une aiguille ?

Elle poussa un soupir et il vit à l'expression de son visage qu'elle allait protester, mais Effie gémit et elle se tourna vers sa patiente.

Il farfouilla dans la trousse, soudain conscient de l'effluve de lavande qui en émanait. Etait-ce son parfum ? Il lui tendit du coton et de la teinture d'iode.

— Merci.

Il trouva le fil à suture et la boîte d'aiguilles, ouvrit un emballage stérile, passa le fil dans le chat et lui tendit le tout. Ensuite, il observa ses longues mains élégantes qui réunissaient les deux bords de la plaie avec habileté avant de coudre la plaie à l'intérieur, puis à l'extérieur.

— Vous lui donnez un sérum antitétanique ?

Les mains s'immobilisèrent un instant et elle lui jeta un regard intrigué. Bon sang, quel idiot ! Les questions allaient commencer. En retrouvant les gestes familiers, il s'était senti à l'aise et avait oublié toute prudence…

Elle tira sur le fil.

— Oui, quand j'aurai terminé la ligature.

Un lourd silence s'installa pendant qu'il cherchait le kit antitétanique. Jusque-là, il avait toujours affirmé que son ancien métier ne lui manquait pas…

— Effie, quelqu'un peut veiller sur vous cette nuit ?

La blessée fit rouler sa tête de droite à gauche, ce qui lui arracha un gémissement de douleur.

— Mon mari et ma fille ne sont pas là ce soir.

Le Dr Simmonds se tourna vers lui.

— Pouvez-vous la garder chez vous ? Ce serait plus sage.

— Oui, ce serait possible, mais elle est mariée et les gens risqueraient de s'imaginer des choses. En revanche, si elle restait ici, pas de problème.

— Effie, accepteriez-vous de rester chez moi ce soir ? Je n'ai encore rien installé, il faudra vous contenter du sofa.

— Merci, docteur, volontiers.

Le Dr Simmonds se leva, s'étira sur la pointe des pieds en

arquant le dos. Quand elle posa les mains sur ses hanches, ses seins saillirent sous le tissu de son débardeur. Ses cuisses fines étaient fermes sous le short long qu'elle portait.

Bouche bée, il tenta de rassembler les bribes de bon sens qu'il lui restait.

— Merci pour tout, docteur. Effie, je te souhaite un prompt rétablissement.

Puis il se précipita vers la porte et la nuit étouffante où prévalait la raison.

2.

Rachel grogna et se retourna pour regarder l'heure.

4h 25. Ces satanés coqs ! Sa tête retomba sur l'oreiller et elle absorba tous les bruits de l'île en train de s'éveiller : des cris d'oiseaux inconnus résonnèrent, un scooter vrombit et une vache meugla sur la colline située derrière la maison.

Elle s'étira en souriant. C'était assez excitant de se retrouver dans cette ambiance différente. Impossible d'être plus loin du gris et du froid londoniens, des millions d'habitants et de la circulation continuelle. Et de ses parents. Son sourire s'élargit.

Sa mère, bien qu'anéantie en apprenant son projet, ne l'avait pas découragée pour autant. Si seulement son père avait manifesté une certaine tendresse à Riley, elle serait peut-être restée, mais… ce n'était qu'un rêve, et elle était là, loin de sa famille désunie depuis l'accident qui avait laissé son frère infirme.

Hier, en voyant Riley s'enthousiasmer devant les grands cocotiers aux fruits verts, les oiseaux exotiques et la plage qui faisait le tour de l'île, elle avait compris que son choix était le bon. Le jour de leur arrivée, son fils s'était montré épuisé et énervé après des heures passées dans les avions et les aéroports, mais hier, il avait recouvré toute son énergie et ils s'étaient régalés tous les deux à patauger dans l'eau bleue peu profonde du fabuleux lagon.

Se glissant hors du lit, elle passa une robe de chambre en satin et se dirigea vers la cuisine. Pour commencer la journée, rien de tel qu'une bonne tasse de thé sur la petite terrasse en admirant le lever du soleil.

— Bonjour, docteur, vous voulez boire quelque chose ? J'ai fait bouillir de l'eau.

Elle sursauta.

— Effie ! Je vous croyais endormie ! Comment ça va ce matin ? Vous souffrez encore ?

La palette de couleurs formée par les hématomes sur son visage était impressionnante.

— Je me lève toujours tôt. Que prenez-vous ?

— Du thé, merci, mais ne vous occupez pas de moi.

— Vous avez recousu mon genou, je peux bien vous faire du thé !

Rachel sourit.

— Avez-vous des enfants qui vous attendent ?

La voix d'Effie s'anima.

— Ma fille, Nina, a dormi chez une amie cette nuit. Elle a quatorze ans, et après les cours elle travaille dans une épicerie.

Elle hocha la tête en regardant par la fenêtre.

— Ce matin, je dois aller chez Ben.

Ben. Rachel se retourna pour fixer le bungalow blanc de l'autre côté de la clôture : toutes les fenêtres étaient ouvertes. Inutile de s'attarder sur lui, songea-t-elle. Qu'avait-elle à faire de ce géant bourru ?

Hier soir, il était parti sans même dire au revoir… Pourtant, elle ne pouvait s'empêcher d'avoir envie d'en savoir un peu plus sur lui.

Elle éprouva un frémissement au ventre et une chaleur torride envahit ses veines. Elle s'était retournée dans son lit la moitié de la nuit…

Elle se surprit à imaginer le contact des muscles puissants sous ses mains, et secoua la tête. Qu'est-ce qu'il lui prenait ? Elle se tourna vers Effie.

— Il y a longtemps que vous tenez sa maison ?

— Depuis son arrivée, il y a un peu plus de deux ans. Il est désordonné, il laisse tout traîner, mais quand je lui en fais la remarque il se contente de rire.

Ainsi, il avait des défauts… Elle sourit, puis une idée lui vint.

— Accepteriez-vous de faire quelques heures ici ? J'aurais besoin de quelqu'un. Sauf cas d'urgence, je ne travaille que de 9 heures à 15 heures, mais je souhaite passer mon temps libre avec Riley, du moins jusqu'à ce qu'il se soit adapté.

Le visage d'Effie se fendit d'un large sourire.

— Avec plaisir, docteur Simmonds. Je peux m'occuper du ménage, de la vaisselle et de la lessive, et garder votre fils quand vous n'êtes pas là. Combien d'heures ?

— J'arrive à peine, difficile de vous le dire tout de suite… Il faut d'abord que je m'installe un peu.

— Voudriez-vous que je vous aide à déballer ces cartons ?

— Euh… je n'ai pas encore décidé de l'endroit où je mettrai tout ce que j'ai apporté.

— Bien ; faites-moi signe quand vous serez prête.

Rachel prit la tasse qu'elle lui tendait.

— Merci. Je vais examiner votre blessure avant votre départ.

— Inutile, je me sens mieux. Ben doit attendre ses œufs au bacon. Il se lève tôt, lui aussi.

Rachel tira une chaise.

— Il a bien une minute. Asseyez-vous.

Effie s'exécuta en souriant, et Rachel lui retira doucement les pansements.

— Ça a bon aspect, mais ne mouillez pas votre genou ; ni douche ni bain de mer pour l'instant.

Lorsqu'elle examina le bleu à l'œil, Effie grogna.

— Désolée.

— Il n'y a pas de mal, docteur.

— Vous ne m'avez pas dit comment vous étiez tombée.

— J'ai glissé sur le carrelage et heurté la porte avec mon genou. La vitre a explosé, et je me suis cogné le visage au comptoir dans ma chute.

Elle eut un sourire penaud.

— Maintenant, je vais m'occuper de ce pauvre Ben.

En la regardant trottiner dans l'allée en boitillant, puis franchir la clôture, Rachel dut réprimer une pointe de jalousie. Effie allait chez Ben.

Si elle voulait, elle pourrait le trouver dans le lit à côté d'elle en s'éveillant le matin…

Elle se secoua. Où étaient ses bonnes résolutions ? Il n'était pas question de Ben, point final. D'accord, c'était son voisin et elle le verrait souvent, ce qui ne lui déplaisait pas ; mais ses muscles impressionnants, sa légère arrogance et son dévouement manifeste, vu la sollicitude avec laquelle il lui avait amené Effie hier soir, indiquaient qu'il était du genre héroïque…

Or, elle ne s'approcherait jamais plus d'un héros, quel qu'il soit. Et d'ailleurs, depuis quand avait-elle fait son deuil de la mort de Jamie, pour être ainsi obsédée par un autre homme ?

La perte brutale de son mari l'éveillait encore la nuit, et quelquefois elle trouvait son oreiller trempé de larmes. Même si elle lui en voulait de n'être plus là, il lui manquait terriblement. Elle n'était pas prête à aller de l'avant et peut-être ne le serait-elle jamais. Pourquoi risquer de souffrir de nouveau ?

Et si elle avait une aventure avec Ben ? Ses yeux se tournèrent vers la maison voisine. Ce serait si facile ! Trop, peut-être. Jusqu'à ce que ça se termine, et après ? Tous les matins, elle s'assiérait sur sa terrasse, le sachant juste de l'autre côté de la clôture, attentive au moindre bruit et au moindre mouvement venus de chez lui. L'île était trop petite pour éviter quiconque, et la vie deviendrait difficile pour elle. Par ailleurs, les passades n'étaient pas son genre, car elle s'investissait toujours énormément dans ses relations et exigeait trop en échange.

Donc, pas d'aventure avec son voisin.

La déception lui fit courber le dos. Elle termina son thé et décida de se préparer une autre tasse, sans lait cette fois.

Trois heures plus tard, Riley nourri, lavé et habillé, elle était prête à débuter sa première vraie journée sur l'île. Le déballage des cartons attendrait.

— Je vous emmène en ville ?

La voix grave qu'elle avait entendue dans ses rêves venait de la porte de l'arrière, et elle eut l'impression qu'elle lui transperçait le corps.

— C'est gentil, mais nous allons prendre le bus…

Bon sang, il était splendide dans son uniforme repassé de frais. Le bleu clair de sa chemise rehaussait le noir de ses yeux et de ses cheveux, ses muscles gonflaient le tissu léger et le pantalon noir lui allait à merveille. Un corps idéal. Elle sourit ; elle ne cessait de sourire depuis son arrivée sur cette île. Mais après tout, pourquoi pas ?

Il haussa un sourcil et lui rendit son sourire.

Riley s'approcha, l'air plus timide que la veille.

— Tu m'as lu une histoire, hier soir.

Ben s'accroupit pour se mettre à son niveau.

— Bonjour, mon garçon !

Les cuisses aux muscles puissants tendirent la toile du pantalon, et elle eut envie de poser les mains dessus et de caresser cette peau… Elle ferma les yeux un instant, pour cesser de le fixer, pour dissimuler son désir et se ressaisir. Qu'est-ce qui n'allait pas ? C'était sans doute à cause de l'uniforme. Elle avait toujours trouvé Jamie magnifique dans le sien et ce matin, Ben lui semblait encore plus séduisant que la veille. Oui, c'était bien cela. Heureusement qu'elle avait refusé son offre de la conduire en ville !

Cependant, Riley ne l'aidait pas : il souriait de toutes ses dents au policier.

— Tu m'emmènes dans ton 4x4 ? Tu mettras les lumières ?

— Le gyrophare ? Pas question, mon bonhomme.

— S'il te plaît ! Je veux jouer au policier !

Elle ne put s'empêcher d'intervenir violemment.

— Non, tu ne vas pas faire la course dans une voiture de police ! Si nous partons avec Ben, ce n'est pas pour jouer au gendarme et au voleur, d'accord ?

Son fils ne serait jamais policier. S'il voulait aider les gens, il existait d'autres métiers où il ne se mettrait pas en danger lui-même.

— Voyons, docteur, tous les garçons rêvent d'être flic ou pompier, c'est normal !

— Pas le mien.

Il haussa les épaules.

— A votre guise.

— Allez, Ben, on y va ? J'ai hâte de retrouver Harry !

La gorge de Rachel se serra. Pour une raison mystérieuse, le policier semblait déjà un familier pour son fils. Elle fut saisie de crainte : si ces deux-là devenaient intimes, que se passerait-il quand elle repartirait ? Riley souffrirait encore…

Ben se tourna vers elle.

— Je pars dans cinq minutes, je vous prends devant la maison, dit-il d'un ton sans appel.

Face à son insistance, elle finit par capituler.

— Merci, nous allons à l'hôpital.

En fin de compte, elle se voyait mal gravir la colline à pied avec son lourd carton…

— Puis-je emporter une caisse de médicaments ?

— Pas de problème ! cria-t-il par-dessus son épaule.

Elle le regarda partir, songeuse. Soit il n'avait aucune conversation, soit il voulait tenir les autres à distance. Dans ce cas, pourquoi ?

D'ailleurs, pourquoi un homme aussi brillant et ambitieux que lui était-il venu s'enterrer à Rarotonga ? Elle doutait que la police locale ait des affaires passionnantes à lui soumettre. Il y avait quelque chose de bizarre dans son histoire…

Mais elle ? Que faisait-elle ici ? Bien entendu, c'était Lissie qui l'y avait poussée, mais en réalité, elle avait fui Londres, tout en se disant que cette expérience nouvelle dans un hôpital aux moyens modestes, loin de la faire régresser, ajouterait à ses qualifications.

Inutile, donc, d'élucubrer sur les motifs qui avaient amené Ben ici ; et cependant elle aurait bien voulu savoir ce qui le rendait si sauvage. « Tu n'es qu'une fouineuse », se dit-elle en réprimant une grimace. Il lui fallait être prudente, il était capable de mordre… A cette idée, elle sentit la chair de poule lui hérisser la peau des bras.

Ben porta le carton du « docteur », comme il la nommait en pensée, jusque dans son bureau pendant qu'elle papotait avec Lissie et la secrétaire qui l'assisterait. Colleen, expliquait Lissie, était venue de Wellington avec son mari, Edward, qui souffrait d'arthrite ; tous deux espéraient que le climat plus chaud le soulagerait de ses douleurs. A en croire le chirurgien, Colleen était l'efficacité personnifiée, et le docteur n'aurait qu'à lever le petit doigt pour voir tous ses souhaits satisfaits.

La nouvelle obstétricienne, songea Ben, n'imaginerait sans doute jamais combien elle était attendue. Un énorme bouquet d'hibiscus rouges et jaunes trônait au centre du bureau, sur lequel étaient disposés des stylos neufs et un grand bloc.

— Oh ! c'est pour moi ? Quelle bonne surprise !

La voix derrière lui le fit sursauter. Elle lui passa devant en lui frôlant le bras et il dut réprimer son envie de la prendre dans ses bras au passage. Sans nul doute, cela ferait des étincelles…

— Oui, c'est pour vous, répondit-il d'une voix rauque.

— J'ai l'impression d'être une star ! dit-elle, avec un sourire lumineux.

— Méfiez-vous des fourmis, il y en a dans les fleurs.

Elle posa sa trousse sur le bureau ; à l'évidence, elle n'avait pas compris son avertissement.

— Votre mallette, docteur. Les fourmis.

Elle rougit, et n'en fut que plus charmante.

— Ah, pardon, j'ai du mal à comprendre.

Sa bouche s'ouvrit sur un doux sourire qui lui tordit le ventre et l'emplit d'une chaleur torride. Elle examina les étagères vides, le lit poussé contre un mur, et eut un petit rire.

— C'est plutôt excitant de travailler dans un nouvel environnement.

— Ce ne sera pas facile. L'hôpital est très mal équipé et vous vous sentirez parfois très seule…

Il ne précisa pas que les seconds avis médicaux arrivaient par téléphone ou e-mail, et qu'à la fin de la journée, la responsabilité s'arrêtait avec son départ.

Elle s'en apercevrait assez vite, et ce serait un test pour voir si elle était courageuse ; cependant, il pressentait, sans trop savoir pourquoi, qu'elle s'en sortirait.

— Oh ! Il y aura sans doute des jours où je regretterai Londres, mais pour l'instant, je vois ça comme un défi. Quand on travaille dans un hôpital ultramoderne, on pense que tout est acquis.

Devrait-il lui confier qu'il serait heureux de discuter des diagnostics avec elle ? Il en eut la chair de poule. Pas question, jamais de la vie ! Pourquoi diable cette idée lui était-elle venue ?

— Ah ! Ben, Rachel, vous êtes là !

Lissie fit irruption dans le bureau, un large sourire aux lèvres.

— Merci d'avoir amené Rachel, Ben. Je suis très en

retard, Jason refusait d'aller à l'école ce matin parce que Riley et Harry restent à la maison.

Elle entoura son amie de ses bras, et Rachel s'y blottit comme si elle avait besoin de réconfort.

Enfin, Lissie se tourna vers lui.

— Il paraît que cette pauvre Effie a été sa première patiente, hier soir ?

— Hélas oui.

Il observa les deux femmes, la complicité évidente entre elles, et fut envahi par un sentiment d'abandon, comme s'il était mis à l'écart. Depuis quand personne ne l'avait-il pris dans ses bras pour lui démontrer de l'affection ? Quand en avait-il eu envie ? Eh bien, précisément en ce moment. Après le torrent d'émotions qui l'avait submergé au souvenir de Catrina, hier soir, il avait ressenti un furieux besoin d'être consolé. Vite, avant que le désespoir ne le saisisse, il avait lutté pour maintenir sa carapace intacte. Il n'avait pas besoin d'amis proches, il était solitaire et c'était très bien pour tout le monde.

— Comment as-tu appris, pour Effie, Lissie ? demanda-t-il.

— Ici à Raro, on ne peut rien cacher à personne.

Elle eut un sourire espiègle.

— Souviens-t'en si tu décides de faire quelque chose que tu voudrais tenir secret ! Au fait, Colleen a emmené Riley pour lui montrer la carpe du bassin. Elle est ravie de s'en occuper jusqu'à ce que ma belle-sœur Lanette vienne le chercher. Elle sera un peu en retard.

Rachel haussa les épaules et eut un nouveau sourire.

— Il pourrait rester assis dans mon bureau en l'attendant.

— Ne t'en fais pas, Colleen adore les enfants ; je crois que ses petits-enfants lui manquent.

Ben se tourna vers la sortie.

— Je dois partir, je peux emmener Riley jusque chez Lanette, si vous voulez.

Il vit la bouche du docteur se pincer. Ne voulait-elle pas de son aide ?

— Je pensais que vous alliez travailler ?

— C'est sur ma route.

Elle sembla hésiter un instant.

— D'accord, alors merci, finit-elle par dire. J'irai le chercher pour expliquer ce changement de programme à Lanette.

Lissie le regarda.

— Ben, connaîtrais-tu quelqu'un qui vend une voiture en bon état ? Rachel insiste pour en avoir une, bien que je ne cesse de lui répéter que les bus sont très pratiques.

— Je me vois mal prendre le bus avec mes courses pour la semaine, Lissie. Et si jamais on m'appelle dans la nuit…

— Je peux vous prêter la mienne, si vous voulez.

Il se mordit la lèvre. Encore une fois, il avait parlé avant de réfléchir à toutes les implications possibles de son offre.

— … du moins jusqu'à ce que je vous en aie trouvé une, se reprit-il.

— Vous ne vous en servez pas ?

— J'ai le 4x4, et les policiers ont le droit de prendre leur véhicule pour rentrer chez eux ou aller travailler, donc ils peuvent s'arrêter n'importe où sur le chemin.

Lissie, ayant jeté un coup d'œil à sa montre, les interrompit.

— Rachel, tu as des tas de gens à rencontrer avant de commencer tes consultations à 10 heures.

— D'accord, je dis au revoir à Riley et j'y vais.

Ben sortit du bureau. Il était grand temps de mettre de la distance entre cette nouvelle voisine dérangeante et lui. « Dérangeante » ? Le mot était faible. Il n'aurait jamais dû s'attarder ici… Pour être sincère, il avait voulu l'accompagner sur son lieu de travail pour pouvoir se l'imaginer toute la journée.

Ce devait être une obstétricienne brillante. Une opinion qu'il ne pouvait justifier, mais le « docteur » inspirait confiance. Les femmes de l'île parlaient de son arrivée depuis des semaines, et l'un de ses collègues avait affirmé que son épouse serait rentrée en Nouvelle-Zélande pour accoucher si le Dr Simmonds n'avait pas pris son poste. A son avis, les femmes de l'île seraient entre de bonnes mains.

Lorsqu'il sortit, la brise chassa les odeurs familières de désinfectant qui l'avaient assailli à l'intérieur. Peu de gens les appréciaient, mais elles faisaient partie de sa vie depuis qu'il avait commencé ses études de médecine, il y avait très longtemps.

Il jura entre ses dents. Il n'avait pas besoin de ça. Ce Dr Simmonds avait fait resurgir tous ses mauvais souvenirs. Pourquoi Lissie ne lui avait-elle pas trouvé une maison plus proche de l'hôpital ? Et pourquoi ne cessait-il de tomber dans les pièges qu'on lui tendait, par exemple offrir ses services pour emmener le gamin chez Lanette ? Comme s'il avait besoin de lui proposer son aide à tout prix…

Il alla jusqu'au bassin et, s'étant agenouillé, observa l'enfant ; penché au-dessus de l'eau, il admirait la grosse carpe qui nageait en rond, pendant qu'à côté de lui, sa mère lui parlait doucement, le visage raynonnant d'amour.

Il sentit son cœur chavirer et un nœud se former à son estomac.

Il devait se tenir loin de ce gosse, et d'elle ; ainsi sa vie redeviendrait morne et sans attrait, un lieu tranquille où il pourrait se cacher dans l'obscurité.

Rachel suivit Colleen pour la visite de l'hôpital. A chaque pas, elle devait s'arrêter pour serrer la main à quelqu'un qui lui souhaitait la bienvenue.

— J'ai l'impression d'être la Reine en personne ! J'espère que je vais pouvoir me rappeler tous les noms.

— Vous y parviendrez sans problème, vous verrez.

La secrétaire s'arrêta devant la porte de la maternité.

— Ici, au moins, vous vous sentirez chez vous.

Sur le seuil de la salle bruyante où toutes les fenêtres étaient grandes ouvertes pour laisser entrer l'air, elle s'immobilisa pour sentir l'ambiance. Il y avait quelque chose de particulier ici, une excitation sans doute due à la présence des nouveau-nés. Les femmes enceintes et les nouvelles mamans cessèrent leur bavardage pour lui présenter des visages ouverts et amicaux.

— Bonjour, je suis le Dr Rachel Simmonds.

Elles se regroupèrent autour d'elle, deux lui présentant leur bébé à inspecter, et elle les prit l'un après l'autre pour les câliner. Comment résister ?

Puis une îlienne étonnamment belle s'approcha pour lui parler à voix basse.

— Bonjour, je suis Manea, la sage-femme. J'aurais voulu vous parler de l'une de mes patientes.

Après s'être rendue avec elle dans le petit bureau attenant à la salle, elle l'écouta avec attention.

— Kiriana est primipare, et elle a trente-cinq ans, ce qui est très tardif pour une femme de l'île. Après avoir passé en revue sur internet tout ce qui pouvait lui arriver de mal, elle exige une batterie d'examens que je ne peux pas faire ici.

— Dans ces cas-là, je me mets à détester l'informatique, qui cause aux femmes enceintes bien plus de souci que nécessaire, grommela Rachel.

Elle consulta le dossier.

— Tout me semble normal, pas d'anémie, pas d'hépatite, la tension est parfaite.

— Pourriez-vous l'examiner ? Je pense que ça la rassurerait de voir qu'un médecin prend ses craintes au sérieux. Moi, j'ai grandi avec elle… Il m'est difficile d'être convaincante.

— Prenez-lui un rendez-vous, le plus tôt sera le mieux. Elle n'a pas demandé d'amniocentèse ?

— Le syndrome de Down est en tête de sa liste.

— Logique, dit Rachel en soupirant. Les gens se fabriquent des angoisses tout seuls… Je la verrai dès que possible.

Manea énuméra ensuite ses autres patientes, pour lesquelles elle n'avait pas de souci.

— En principe, je ne vous ennuierai pas souvent, conclut-elle en rangeant ses dossiers, mais je suis ravie d'avoir une obstétricienne à appeler en cas de problème, et je parie que les généralistes le sont aussi.

— Je ne les ai pas encore rencontrés. Je passerai au centre médical un de ces jours pour me présenter.

Colleen passa la tête dans l'embrasure de la porte.

— J'ai tout arrangé, on vous attend jeudi après-midi.

— Merci.

La secrétaire consulta sa montre.

— Pour le moment, vous avez une patiente qui vous attend.

— Déjà ? s'étonna Rachel.

— Rien de compliqué, il s'agit simplement d'une des patronnes de la compagnie aérienne, qui veut vous connaître au cas où elle aurait des difficultés pendant sa grossesse. Elle rentre à Auckland le mois prochain, quatre semaines avant son accouchement, mais elle préfère mettre toutes les chances de son côté.

Colleen eut un sourire en coin.

— A mon avis, vous allez en rencontrer beaucoup qui sont désireuses de mettre toutes les chances de leur côté, surtout des Kiwis.

— C'est compréhensible, si elles sont habituées aux grands hôpitaux modernes…

Rachel haussa les épaules pour chasser sa déception. Elle préférait suivre une grossesse jusqu'à son terme qu'être un simple relais, mais comment en vouloir à des femmes qui souhaitaient être chez elles, entourées de leur famille et de leurs amis ?

Le souvenir de la naissance de Riley était toujours vif dans son esprit. Elle avait été ébahie quand la sage-femme lui avait mis le bébé sur le ventre… L'incommensurable amour qu'elle avait lu dans les yeux de Jamie lui avait coupé le souffle. Pendant son séjour à la maternité, un flot incessant d'amis et de connaissances étaient venus lui rendre visite, et son mari avait à peine quitté son chevet.

Alors, pourquoi s'était-il fourré dans ce guêpier où il avait été abattu ? Pourquoi avait-il été assez inconscient pour priver Riley de son père ?

Les larmes lui picotèrent les yeux. Près de deux ans plus tard, incapable d'imaginer ses motivations, elle était encore meurtrie et furieuse contre lui.

Elle se ressaisit vite : on avait besoin d'elle ici, des patientes l'attendaient… Elle suivit Colleen dans le couloir. Le travail l'aiderait à soulager sa peine et, peut-être, à se construire un avenir un peu plus rose.

3.

Après avoir raccompagné sa patiente, Rachel retourna dans son bureau. Dans ce modeste hôpital, elle se sentait à présent totalement chez elle.

— Comment s'est passée la matinée, docteur ?

La voix de Ben, dans le hall, lui causa l'effet d'une caresse qui fit courir un frisson sur sa peau.

Espérant qu'il mettrait la rougeur de ses joues sur le compte de la chaleur ambiante, elle se retourna d'un coup.

— Ben ! Que faites-vous ici ? Je pensais que vous étiez de service aujourd'hui ?

— J'amène quelqu'un qui a besoin de soins.

Tout en s'appuyant au mur, il la dévisagea, puis son regard descendit sur son cou, sur son corps…

Le frémissement sur sa peau se changea en étincelles. Cet air conditionné n'était vraiment pas au point : elle bouillait.

Le regard brûlant de Ben s'était arrêté sur ses jambes. Quelle idée d'avoir mis une jupe courte ! Mais la plupart de ses vêtements étaient trop chauds pour ce climat… Pour l'instant, elle aurait pu être habillée pour le pôle Nord que ça n'aurait rien changé. Ben lui faisait un effet irrésistible. Qu'en serait-il si jamais elle succombait à cette sensualité qu'elle sentait monter en elle ?

Elle ferma les yeux et prit une profonde inspiration. Mieux valait se concentrer sur l'objet de sa venue.

— De quoi souffre ce patient ?

Il fit la grimace.

— Il est tombé en sautant de son 4x4 devant le poste de police et s'est assommé contre le trottoir. Il a fait une crise d'épilepsie et a failli avaler sa langue, mais nous avons pu l'en empêcher.

— Comment ça, « nous » ?

Il haussa les épaules.

— Bon, moi, plutôt.

— Il a eu beaucoup de chance.

Décidément, il savait quoi faire en toutes circonstances, songea-t-elle. Encore un exemple de sa compétence à aider les gens. Avait-il suivi des cours de secourisme ? Peut-être était-ce obligatoire pour devenir policier, ici ?

— Et sa blessure au crâne ? C'est grave ?

— Lissie est avec lui ; de toute façon, ce type a la tête dure.

Choquée, elle leva les sourcils. Une petite étincelle dansait au fond des yeux noirs : il la faisait marcher ! Qui aurait pu croire que cet homme avait de l'humour ?

— J'en suis heureuse. Pendant que je vous tiens, vous ne m'en voulez pas de vous avoir pris Effie pour quelques heures ?

Elle se mordit la lèvre. Pourquoi cette question idiote ? Voulait-elle vraiment une réponse ? Non, elle ne cherchait qu'à le retenir, à prolonger la conversation. Sur n'importe quel sujet, du moment qu'elle pouvait le regarder parler. Parfois, comme en ce moment, ses traits s'adoucissaient et son visage généralement sombre s'éclairait d'un sourire évoquant la percée du soleil dans le ciel gris d'une journée d'hiver à Londres…

— Pas du tout. Vous avez le temps de boire un café ?

Il avait marmonné, et elle eut l'impression qu'il était mal à l'aise. Regrettait-il déjà son invitation ?

— Oui, mes consultations ne commencent que dans vingt minutes.

— Parfait.

— Où allons-nous ? Je n'ai pas l'habitude, c'est toujours Colleen qui me l'apporte.

Une impulsion malicieuse la fit s'arrêter devant lui et le regarder dans les yeux. Elle les vit s'arrondir et une lueur qu'elle interpréta comme du désir dansa dans ses prunelles une seconde ; ce trouble se communiquait à son propre corps d'une façon intense et persistante. Alors qu'il ne l'avait même pas touchée, elle avait l'impression de fondre.

Elle en fut stupéfaite. Il y avait si longtemps qu'elle n'avait pas désiré d'homme, qu'elle n'avait pas fait l'amour… depuis Jamie. Une brise rafraîchissante passa sur sa peau, ou peut-être un souffle de réalité. Jamie, l'homme de sa vie, avec qui elle avait compté passer le restant de ses jours. Un frisson lui parcourut l'échine et elle sentit qu'elle avait la chair de poule. Elle devait se reprendre. C'était une erreur d'avoir envie de Ben, et ce serait un désastre de suivre son instinct. Elle recula d'un pas pour s'éloigner de la tentation.

Elle vit son regard s'assombrir. N'avait-il pas l'habitude qu'on lui résiste ? S'ils ne résolvaient pas ce problème au plus vite, ils allaient droit vers des ennuis, et ils ne pourraient sans doute plus contrôler la situation.

Elle poussa un soupir, redressa les épaules.

— Maintenant que j'y pense, je ferais aussi bien d'aller un peu plus tôt à mon bureau.

— Comme vous voudrez.

Il plongea les yeux dans les siens. Etait-il désolé, soulagé ? Impossible de lire dans ses pensées, et il n'était pas loquace…

— Ben, nous sommes partis du mauvais pied, se surprit-elle à dire. Je n'ai pas l'intention de m'engager avec quiconque, que ce soit pour une nuit ou un mois. Je n'ai pas encore fait mon deuil de mon mari. Tantôt j'ai l'impression que je peux refaire ma vie, et le lendemain je me retrouve comme au premier jour, quand on m'a appris que l'inspecteur principal Simmonds ne rentrerait plus jamais à la maison. J'ai été durement éprouvée, il me manque toujours et…

Elle se tut brusquement. Qu'est-ce qui lui prenait de lui raconter tout ça ? Un simple « non, merci » en réponse au désir qu'elle lisait dans ses yeux aurait suffi. Et en même temps, elle en avait tant envie qu'elle en avait mal. Elle aurait voulu se blottir dans ces bras puissants, être emportée par une vague de passion si sauvage que, pour un instant, elle oublierait tout. Elle le regarda.

— Je suis navrée. Excusez-moi, c'était déplacé.

A présent, il la touchait pour de bon, une douce caresse de son pouce sur sa joue…

— Inutile. Je comprends. Ma femme est morte il y a près de trois ans.

La souffrance se peignit sur son visage soudain pâle, et sa voix devint rauque.

— Elle me manque à chaque instant de la journée.

Puis il s'éloigna dans le couloir à grandes enjambées, comme si le diable était à ses trousses. La laissant réfléchir à cette coïncidence. En effet, il pouvait comprendre…

Ben claqua la portière du 4x4, tourna la clé de contact et passa la première.

Puis il hésita. Rachel lui rappelait des choses qu'il croyait avoir bannies de sa vie à jamais. Des choses essentielles, comme tenir à la personne avec qui on vivait, partager les tâches quotidiennes…

Il étouffa un juron. Il lui avait parlé de Catrina, sujet qu'il n'évoquait même pas avec ses amis ou sa famille. Il lui en avait parlé, alors qu'il la connaissait depuis moins d'une semaine. En voyant la souffrance dans ses yeux, il avait oublié ce désir qui le taraudait, qui avait grandi en lui sans qu'il y pense. Un besoin d'aimer de nouveau, d'être aimé… Comment était-ce arrivé ? Tout ce qu'il avait fait, c'était de lui proposer un café.

« Tout ce qu'il avait fait » ? Quand avait-il offert un café à une femme pour la dernière fois ?

Un flot de souvenirs le submergea. Il avait invité Catrina à le rejoindre au bar en bas du quai de Wellington. En la regardant donner à manger aux pigeons, il avait eu le coup de foudre. Il avait marché droit sur elle, s'était présenté et avait offert de lui payer un *cappuccino*. Oui, avait-elle répondu, si vite qu'il lui avait reposé la question de peur d'avoir mal entendu. Elle avait souri, et on connaissait la suite…

Une suite très brève : l'existence de Catrina s'était achevée quand sa femme était passée par-dessus la barrière de sécurité sur l'autoroute. La vie était cruelle, car alors qu'il s'en tirait avec des égratignures, elle avait eu la cage thoracique écrasée par le volant, et chaque fois qu'elle respirait, ses côtes cassées lui déchiraient les poumons.

Ce soir-là, ses connaissances médicales ne lui avaient été d'aucune aide. Le mieux qu'il ait pu faire, c'était de lui tenir la main et lui parler en attendant les secours — qui ne parviendraient pas plus que lui à la sauver. Il n'avait même pas pu apaiser sa douleur, se contentant de la regarder dans les yeux jusqu'à son dernier souffle. Puis, bien qu'anéanti, il s'en était voulu du soulagement qu'il avait éprouvé à l'idée qu'elle ne souffrait plus…

Il se secoua, aspira l'air humide, leva le pied de l'accélérateur et se concentra sur la conduite en descendant l'étroit chemin qui menait à la route principale. Ses mains tremblaient et son front était en sueur. Depuis des mois, il n'avait pas repensé à cette soirée ; elle avait marqué la fin d'une existence et le début d'une autre, plus détachée, qui l'avait amené ici, loin de sa famille et de ses amis. Sa femme était comme enchâssée dans un endroit secret de son cœur, dont il ne la faisait sortir que lorsqu'il avait trop envie d'entendre son rire et son babillage ; même si chaque fois, il plongeait dans un trou noir qui le conduisait immanquablement au pub pour y noyer son chagrin.

Alors pourquoi avoir libéré son souvenir maintenant ? Et pourquoi à cause de Rachel Simmonds ? Quelque chose en cette femme le touchait en un lieu qu'il avait cru asséché et mort à tout jamais. Ce n'était pas simplement physique, il éprouvait un autre sentiment qu'il ne pouvait définir…

Inutile, de toute façon. Il avait trop peur pour chercher à savoir.

Il appuya sur l'accélérateur et le 4x4 fit un bond en avant. Il devenait imprudent.

Pas seulement en conduisant, d'ailleurs. Un pas après l'autre. Il fallait qu'il oublie cette attirance et qu'il se tienne éloigné le plus possible de sa nouvelle voisine. Qu'il lui laisse le temps de s'installer, qu'il apprenne à la connaître lentement. Parce que alors, quand il aurait dépassé l'irrésistible attirance qu'il éprouvait pour elle, il pourrait lui faire découvrir la vie sur l'île et avoir avec elle une relation amicale, de bon voisinage.

Il soupira. Un pas après l'autre ? Bien entendu, il pourrait se refréner s'il était sourd et aveugle et si ce pois chiche qui lui servait de cervelle voulait bien se remettre à fonctionner normalement…

Rachel s'allongea sur la serviette de bain qu'elle venait d'étaler. Aller patauger et faire quelques éclaboussures dans l'océan était la manière idéale de terminer la journée. Non que son travail ait été exténuant, loin de là. Tous les gens qu'elle avait rencontrés, membres du personnel autant que patients, étaient très sympathiques. D'ailleurs, si cela continuait, elle allait peut-être retrouver son enthousiasme au travail. Mais dans le reste de sa vie ? Mieux valait ne pas trop demander…

Des applaudissements crépitèrent un peu plus bas sur la plage, où avait lieu un mariage. La mariée était rayonnante dans sa robe blanche, tandis que son mari l'embrassait. Ses demoiselles d'honneur portaient de longues robes bustier, tandis que les hommes étaient vêtus de chemises crème au col ouvert et de pantalons fauves ; tout le monde était pieds nus. Elle sourit. Personne ne la croirait à Londres si elle racontait ça. Pieds nus à un mariage ! Le ciel sans nuages et l'eau bleue du lagon offraient un décor magnifique à la cérémonie. Pas étonnant que nombre de Kiwis viennent se marier ici…

— Maman, regarde-moi sauter dans les vagues !

— Attention aux rochers, Riley ! Ils sont pointus !

Avec cette chaleur humide, une coupure pouvait mettre plusieurs semaines à cicatriser…

Une voix grave chassa soudain ces pensées inquiètes de son esprit.

— Bonjour, docteur. Votre fils adore la plage, on dirait !

C'était Ben, qui se laissa tomber dans le sable à côté d'elle, le regard fixé sur Riley.

Elle déglutit. Elle aurait dû le sentir arriver… Il lui avait fallu du temps et une parturiente en travail pour surmonter l'émotion provoquée par son étonnante révélation de ce matin. Pourquoi lui avoir confié cela ? Parce qu'il la trouvait ouverte d'esprit et qu'elle venait elle-même de s'épancher sur son deuil ? Pourtant, elle était loin d'avoir tout raconté, et n'avait nulle intention de livrer des détails supplémentaires.

— Il sait nager ?

— Non. Il n'a pratiquement jamais connu la mer avant de venir ici.

— Je lui apprendrai.

— Pardon ?

Si elle acceptait, cela signifiait des sorties régulières à

la plage tous les trois, par conséquent pas mal de temps passé en sa compagnie…

— Il faut qu'il sache, pour sa sécurité.

— Je comprends ; je l'inscrirai à un cours dès que je me serai renseignée.

Enfin, il cessa de fixer l'horizon et tourna les yeux vers elle. Plus aucune passion dans son regard, plutôt… de la méfiance ? Bizarrement, elle en fut blessée. Il ne s'attendait tout de même pas à ce qu'elle lui reparle de sa femme disparue chaque fois qu'elle le voyait ?

— Vous ne trouverez pas de cours de natation ici, les enfants de l'île apprennent à nager avant même de savoir marcher. Le lagon est peu profond, mais Riley a besoin de se débrouiller aussi bien que ses petits compagnons de jeu, qui risquent d'oublier qu'il n'est pas aussi à l'aise qu'eux dans l'eau. Comment l'empêcherez-vous de les suivre partout, y compris quand ils font de la plongée ? Je peux commencer tout de suite à lui montrer quelques trucs, et en un rien de temps, il nagera comme un poisson.

Elle réprima un sourire. Il ne parlait peut-être pas souvent, mais tout de même, il ne manquait pas d'arguments quand il voulait quelque chose.

— Merci, c'est très généreux de votre part.

— Pas du tout, c'est juste raisonnable.

Il se tourna de nouveau vers Riley, qui venait de l'apercevoir et se précipitait vers eux.

— Salut, Ben ! Tu m'as vu dans l'eau ?

— Bien sûr, bonhomme !

Pourquoi l'appelait-il « bonhomme » ? se demanda-t-elle. Et elle, il l'appelait « docteur »… Elle l'avait entendu appeler les gens par leurs noms, pourtant. Une façon de les tenir à distance ?

Il se leva et se tourna vers elle.

— Et vous, vous savez nager ?

— Non, mais je ne compte pas pratiquer la plongée sous-marine.

— Je vous apprendrai aussi.

Il lui tendit la main.

— On commence tout de suite.

Elle fixa la main offerte. Si grande et forte, elle inspirait confiance. Elle pouvait le laisser approcher. Lentement, elle nicha sa main dans la sienne et se sentit soulevée et mise sur ses pieds. En plongeant les yeux dans les siens, elle y perçut la même hésitation soudaine que ce matin après son offre d'aller prendre un café. Avait-il changé d'avis ? Elle fut déçue. Cinq minutes plus tôt, elle ne tenait pas à ce qu'il lui apprenne à nager, et maintenant elle aurait tout fait pour qu'il l'amène dans les vagues et lui montre comment s'y sentir en sécurité.

— Venez, dit-il.

Puis il descendit vers le rivage en lui tenant toujours la main, et ils rejoignirent Riley.

— Commençons par apprendre à flotter.

Il souleva Riley et l'installa sur le dos en gardant ses mains sous lui pour le rassurer.

— Tu vois, c'est facile ! A vous, docteur.

Il l'observa attentivement. Elle fit la grimace, avala de l'eau, toussa et tomba sur les genoux, dans l'eau jusqu'au menton.

Très mignonne ainsi, songea Ben, mais manifestement inquiète à en juger par la lueur dans ses yeux bleus.

— Restez bien allongée, gardez le corps bien droit ; essayez de ne pas plier la taille.

Il regarda l'endroit indiqué. Il n'aurait pas dû : un diamant enfoncé dans son nombril brilla de mille feux et il sentit sa bouche s'assécher brusquement. Il avait fait plus d'erreurs avec cette femme en un jour qu'en trois ans avec ses conquêtes d'une nuit. Pourquoi avait-elle choisi ce Bikini minuscule couleur de jacinthe ?

— Je flotte, maman ! Regarde !

— C'est vrai, tu es plus doué que moi ! dit-elle en riant.

— Tu peux y arriver aussi, maman, si Ben te tient.

Excellente idée ! se dit-il. Il ne manquait plus que ça… Il remarqua la rougeur qui envahissait ses jolies joues et se félicita d'avoir lui-même la peau suffisamment hâlée pour que son trouble soit invisible.

— Tu devrais commencer, Riley. J'essaierai un autre jour.

Elle passa devant lui sans le regarder.

— Peureuse ! lança-t-il.

Sa tête se tourna et ses yeux lancèrent des éclairs.

— Ne répétez jamais ça !

— Revenez, alors. Allongez-vous dans l'eau.

Avec un peu de chance, elle allait l'ignorer et continuer à remonter la plage, mais il en doutait. Pas la femme qu'il connaissait jusque-là. Elle avait prouvé son courage et sa détermination dès ce premier soir où il lui avait amené Effie.

Rachel le fixait d'un air de défi.

Tiens, songea-t-il, il l'appelait Rachel, à présent ? Confronté à cette déesse aux yeux bleus qui lançaient des éclairs, ses cheveux blonds tombant en cascade sur sa peau parfaite, vêtue d'un morceau de tissu pas plus grand que sa main, comment garder ses distances ? Bon sang ! La toucher… partout. Satanée plage !

Finalement, elle se glissa dans l'eau et se laissa flotter sur le dos.

Devant les deux seins qui pointaient vers le ciel, il resta bouche bée tel un adolescent. En luttant pour se maintenir à flot, elle fit saillir ses hanches et sa taille plongea sous l'eau. Il plaça une main sous ses reins et la souleva.

— Gardez le dos droit !

L'eau de mer faisait scintiller sa peau, si douce sous sa paume. Quand elle se tortilla pour tenter de se redresser, un désir violent le frappa comme un coup de poing au ventre. Il retira sa main, s'éloigna de quelques pas et se laissa tomber à genoux dans l'eau.

Premier enseignement : ne pas toucher l'élève.

Second enseignement : mieux valait trouver quelqu'un d'autre pour lui apprendre à nager.

Riley s'approcha de lui, dans l'eau plus profonde sans en être conscient, tant il lui faisait confiance.

— Hé, Ben ! Tu peux m'apprendre à flotter sur le ventre, maintenant ?

Ben prit une grande inspiration en remerciant silencieusement le petit garçon de cette interruption.

— D'accord.

Il lui montra comment tenir la tête hors de l'eau et battre des pieds pour avancer.

Quand Rachel remonta sur la plage, il feignit de ne pas s'en apercevoir. Pas question de fixer cette magnifique silhouette jusqu'à ce qu'elle ait regagné sa serviette.

Riley eut à peine le temps de finir son dîner avant de s'endormir profondément, comme chaque fois qu'il prenait une leçon de natation avec Ben depuis trois jours.

En le mettant au lit, Rachel sourit tendrement.

— Jamais tu ne t'es tant amusé, mon chéri. Bientôt, tu deviendras un vrai petit autochtone, tu nageras, tu grimperas aux cocotiers et tu pêcheras dans les rochers…

Même si cela n'avait servi qu'à rendre son fils heureux, cela valait la peine d'être venue. Et si Riley pouvait trouver le bonheur, peut-être qu'elle aussi…

Lissie se souciait vraiment de l'aider à s'installer. D'ailleurs, son amie était plus décontractée et souriante qu'à Londres et avait aussi plus de temps à consacrer à ses enfants. Elle lui facilitait la vie en lui présentant ses amis et sa famille et en s'assurant qu'elle ne manquait de rien.

En fait, elle souhaitait la voir rester et serait même prête à lui trouver un mari si cela pouvait la retenir…

Ensuite, il y avait Effie, douée d'une énergie incroyable pour son petit gabarait. La maison était impeccable et la lessive faite à la vitesse de l'éclair. Malgré tout, Rachel tenait à préparer elle-même les repas parce qu'elle ne s'habituait pas à la cuisine locale. En revanche, elle appréciait d'être déchargée des tâches ménagères car elle pouvait ainsi consacrer tout son temps libre à Riley.

Elle emporta une limonade glacée sur la terrasse et s'assit pour contempler le coucher de soleil. Des rayures d'un rouge et d'un orangé éclatants striaient le ciel où des tons dégradés de roses descendaient jusqu'à la mer. Eblouissant. Elle sirota son verre et s'appuya contre un pilier. C'était son moment préféré : plus de contraintes, Riley endormi, rien ne l'empêchait de se détendre. La vie sur l'île était simple et merveilleuse.

La sonnerie du téléphone l'interrompit dans sa contemplation. Ce devait être Lissie… Elle fut surprise d'entendre la voix de Manea.

— Rachel, pardon de vous déranger à cette heure-ci… Pourriez-vous venir m'aider ? Nous avons une naissance par le siège.

Aussitôt, elle raccrocha, et réfléchit un instant. Riley ne serait pas content d'être tiré du lit, mais elle n'avait pas le choix. Ou alors… La lumière était allumée chez Ben, elle pourrait lui demander de le surveiller ? Non, il penserait qu'elle profitait de sa gentillesse, alors qu'il faisait déjà tant pour eux…

Elle poussa un long soupir. Son fils était vraiment fatigué… Elle allait prier Ben de garder un œil sur lui, et dès demain elle tâcherait de trouver une baby-sitter pour les cas d'urgence.

Elle passa sous la clôture, se dirigea vers le porche de Ben, et sursauta en entendant sa voix dans l'obscurité.

— Salut, docteur !

— Oh ! Vous m'avez fait peur !

Elle s'arrêta devant le porche, le cœur battant la chamade. Dans la pénombre, sa présence lui sembla encore plus magnétique.

— Désolée de vous déranger, mais on a besoin de moi à la maternité. Un siège.

— Prenez ma voiture, répondit-il immédiatement.

— Oui, merci… Riley dort, et je n'ai pas envie de le réveiller… Je m'en veux de ne pas avoir pensé à chercher une baby-sitter plus tôt.

Elle se tut ; il allait lui dire de se débrouiller, ou pire, accepter à contrecœur.

— Votre terrasse est aussi confortable que la mienne. Pas de problème.

Il se leva et émergea de l'obscurité.

— Effie a une nièce de dix-huit ans, Molly, qui est très responsable ; elle travaille à la pharmacie. Vous devriez lui en parler.

Elle secoua la tête en souriant.

— Y a-t-il quelque chose que vous ne savez pas ?

— Je ne crois pas. Voyez-vous, un policier dans un endroit aussi peu peuplé…

Il lui emboîta le pas.

— Cela dit, ma nouvelle voisine est encore un mystère.

Pourquoi retournait-il sans cesse vérifier que Riley n'était pas réveillé ? En arrivant, il s'était assuré qu'il dormait du sommeil du juste, son ours en peluche contre sa gorge, mais pour la troisième fois de la soirée, il se tenait sur le seuil de la chambre.

Etait-on dans cet état permanent d'inquiétude quand on avait un enfant ? Effrayant. Pourtant, le visage du docteur exprimait un sentiment particulier quand elle regardait son fils. Une tendresse infinie… un amour inconditionnel. Un père éprouvait-il la même chose ? Il n'y avait pas de raison. Avoir son enfant à côté de soi, lui apprendre à nager, à grimper aux arbres, jouer avec lui, le prendre dans ses bras quand il était malheureux… Mieux valait ne pas imaginer.

Avisant un cadre sur la table de chevet, il le prit pour l'emporter à la lumière du couloir. Un homme tenait Riley dans ses bras ; tous deux avaient les mêmes yeux verts, la même bouche généreuse. Le père, ce ne pouvait être que lui, regardait son fils avec amour. Il devait manquer beaucoup à Riley. Tragique, qu'il ait perdu son père si jeune…

Son regard se fixa sur l'image de Rachel, derrière l'homme : elle y avait le visage rayonnant, les yeux étincelants de bonheur, l'air totalement détendu. Aucune ombre sur son visage, aucune tension dans sa posture, ni tristesse dans ses yeux. Une Rachel qu'il n'avait pas encore vue.

Il remit la photo en place. Catrina et lui désiraient des enfants ; ils comptaient s'établir d'abord, acheter une maison et se faire une vie confortable. Avec le recul, cela lui paraissait stupide, mais à ce moment-là ils croyaient avoir le temps…

S'ils n'avaient pas attendu, il aurait peut-être maintenant près de lui un être qui ferait vivre sa femme, autrement que dans son souvenir…

Il se retourna et repartit vers la terrasse. Inutile de rester là à regarder Riley comme s'il pouvait remplir le vide de son cœur.

A la porte du salon, il s'arrêta et passa la tête à l'intérieur. Le nombre de cartons avait diminué, et des tableaux étaient accrochés aux murs. Intrigué, il appuya sur un interrupteur et entra.

C'était des peintures abstraites très colorées, exigeant l'attention par leurs lignes audacieuses. Après les avoir étudiées l'une après l'autre, il décida qu'il les aimait toutes.

Le docteur avait bon goût. Il sourit de sa prétention. Parce qu'il était d'accord avec elle ?

Il sortit sur la terrasse dans l'air frais. Il lui fallait quelque chose pour calmer les pensées folles qui tournaient dans sa tête. Les enfants, les goûts artistiques du docteur… Qu'avaient-ils d'autre en commun ? La médecine, pour commencer, mais elle était médecin ici, et pas lui. Ils aimaient la plage et les bains de mer… Autant se l'avouer, ce qu'il pensait au fond de lui, c'était qu'il avait envie d'elle et que c'était réciproque. Il se retournait dans son lit la nuit… Lors des leçons de natation, il devait se surveiller en permanence pour ne pas la prendre dans ses bras et l'embrasser comme un fou. Et le matin, quand elle s'asseyait ici même pour prendre son petit déjeuner, il l'observait du coin de l'œil et se retenait à grand-peine de venir la saluer.

Le seul remède possible, qui risquait cependant de ne pas suffire bien longtemps, était de courir sur la plage, de plonger et de nager.

Mais pas ce soir… Il était coincé ici pour surveiller le petit bonhomme.

Demain matin, il demanderait à Molly de venir lui parler. Le plus tôt serait le mieux ; ainsi, il n'aurait plus à revenir. Il ne devrait plus jamais s'approcher de cette maison, même si le docteur était absent, car toutes ses résolutions s'envolaient. Il achèverait les leçons de natation au plus tôt et disparaîtrait du décor. Pour ne pas souffrir.

4.

— Teresa, voici Rachel, qui va nous aider à faire naître le bébé.

Manea avait l'air si détendu que sa patiente n'imaginait probablement même pas être en danger. Ce qui était une bonne chose.

— Bonjour, Teresa, je vous examine tout de suite. Manea m'a tout expliqué.

Rachel enfila des gants stériles tout en écoutant la sage-femme.

— C'est sa seconde grossesse et elle en est à trente-neuf semaines. La tension a baissé, et les contractions sont espacées de quatre minutes.

— Teresa, votre premier accouchement s'est bien passé ?

— Ma fille est sortie d'un coup, je n'ai même pas eu le temps de venir à l'hôpital, répondit la jeune femme.

Son sourire se changea en grimace alors que la contraction commençait.

— Je crois que je préfère quand c'est rapide…

— Je vous comprends.

Après l'avoir examinée, Rachel se redressa.

— Bon, je vous explique la situation : votre bébé se présente par le siège, au lieu de la tête ; cela va compliquer un peu votre accouchement. Mais ne vous en faites pas, nous allons vous aider. Votre compagnon est ici ?

— Il attend à la maison, il viendra quand le bébé sera né.

Manea la regarda d'un air perplexe.

— Pas de césarienne ?

— Il est trop tard, si nous avions su plus tôt…

La sage-femme soupira.

— Pour moi, ça allait de soi. Je n'ai plus l'habitude de travailler avec un spécialiste.

— De toute façon, un accouchement naturel aura moins d'effets néfastes sur elle à long terme.

Rachel traversa la pièce pour se laver les mains.

En quelques minutes, tout était prêt. A présent, c'était au bébé de jouer…

— A la prochaine contraction, poussez très fort, d'accord ?

Teresa s'exécuta.

— Voilà, une fesse est sortie. Poussez encore… Parfait ! Encore. Les deux fesses sont dehors. Voici les jambes.

Enfin, Rachel réussit à dégager la bouche et le nez et poussa un soupir de soulagement.

— Nous y sommes presque !

Soudain, elle sentit dans ses mains le corps chaud et poisseux du bébé.

Son cœur fit un bond dans sa poitrine quand elle vit le petit visage fripé. Elle ne cesserait jamais d'être ébahie à la vue d'un nouveau-né. Un moment merveilleux, encore plus poignant depuis qu'elle avait eu Riley.

Manea enveloppa le petit garçon dans une couverture et essuya la petite bouche.

— Il est à toi, Teresa, vous pouvez faire connaissance.

La jeune femme regarda son fils et les larmes roulèrent sur ses joues.

— Il est beau, murmura-t-elle. Manea, tu peux appeler Taunga ? Il va être si content que ce soit un garçon cette fois !

Des larmes chaudes glissèrent du coin des paupières de Rachel. Aurait-elle jamais un autre enfant, un frère ou une sœur pour Riley ? Il faudrait d'abord qu'elle ait un homme dans sa vie… Pas n'importe lequel, un qui soit aimant et attentionné, prêt à partager le restant de ses jours avec elle.

Pourquoi pensait-elle soudain à Ben Armstrong ?

Rachel s'engagea dans l'allée de Ben et gara sa voiture. Elle se sentait vidée, comme chaque fois qu'elle procédait à un accouchement, surtout depuis la naissance de son fils. Elle revivait le moment où elle avait tenu Riley dans ses bras, son premier cri de colère, l'amour dans les yeux de Jamie quand il lui avait pris le bébé pour contempler son visage.

Jamie. Un jour ou l'autre, il faudrait qu'elle le laisse partir, mais c'était dur. Il lui manquait, et Riley avait besoin de lui, pour tout ce que seul un père pouvait donner à son fils.

Par exemple, ce que Ben avait entrepris de lui apprendre.

Elle eut l'impression de recevoir un coup de poignard au cœur. Ben, grand, fort et beau… En apparence, très semblable à Jamie. Etait-ce la raison de son attirance pour lui ? Non, pas du tout. D'ailleurs, Jamie avait de gros défauts : il se croyait invulnérable, ce qui le conduisait à se retrouver dans des situations dangereuses que les gens sensés auraient évitées ; ou du moins, où ils auraient usé de prudence.

Ben était très serviable. Lui arrivait-il de se mettre en danger pour les autres ?

Impossible de répondre. En dépit de leur désir qu'elle espérait réciproque, elle en savait peu sur son voisin, et ce n'était pas en restant assise dans sa voiture qu'elle en apprendrait davantage. Elle ouvrit la portière et descendit. L'air était plus frais ce soir et elle pourrait peut-être s'endormir assez vite quand elle serait suffisamment calme pour se mettre au lit. L'accouchement, Ben… Tout cela tournoyait dans sa tête tandis qu'elle passait sous la clôture pour rentrer chez elle.

— Il paraît que Teresa a eu un beau garçon et qu'elle est très contente de son nouveau médecin !

Elle sursauta. Il était assis sur la terrasse, appuyé au mur et les jambes allongées.

S'habituerait-elle un jour à la rapidité à laquelle les nouvelles se propageaient sur l'île ?

— En effet, mission accomplie. Tout le monde est heureux et en bonne santé.

Elle s'arrêta sur la dernière marche.

— Vous auriez pu vous installer à l'intérieur !

— Je préfère rester dehors.

— Riley ne s'est pas réveillé ?

— Non.

— C'est la natation qui l'épuise, c'est une bonne fatigue.

Apprendre à nager la fatiguait elle aussi… En général, elle n'appréciait pas l'exercice physique. Elle le regarda. La faible lumière qui venait du hall accentuait la ligne virile de sa mâchoire et sa large carrure.

Elle prit place dans un fauteuil à côté de lui.

— Merci, Ben, c'est exactement ce qu'il lui faut pour lui donner confiance en lui.

— Il n'en manque pas !

— C'est vrai…

Elle baissa la tête, et prit un air sombre.

— Depuis la mort de son père, il était devenu un peu craintif, mais on dirait que ça revient peu à peu.

— Surmonter un deuil ne se fait pas en un jour, c'est un peu en dents de scie, ça monte et ça descend… En principe, les épreuves finissent par renforcer le caractère.

— Bien sûr, je m'inquiète davantage des séquelles à long terme ; avoir perdu son père si jeune…

— La résilience est plus forte chez les enfants que chez les adultes.

— Vous croyez ?

Il ne répondit pas et le silence s'installa. Elle écouta

la nuit : il y avait peu de circulation sur la route à cette heure, les restaurants étaient fermés et les touristes avaient sans doute regagné leur hôtel ou leur maison de location. Les autochtones, qui se levaient tôt, devaient dormir. Le seul bruit audible était le doux murmure des vagues qui se brisaient sur le sable.

Elle sourit. Elle adorait déjà ce clapotis régulier qui la détendait et l'aidait à s'endormir.

— Et vous, comment vous en sortez-vous ?

Choquée qu'il ait posé la question, alors qu'ils se connaissaient à peine, elle répondit sèchement.

— Jour après jour.

Elle se sentit brusquement mal à l'aise, et se leva.

— Je vais faire du thé, vous en voulez ?

— Volontiers. Noir et fort, s'il vous plaît, répondit-il tranquillement.

Rien ne le troublait donc ? Elle lui avait proposé du thé par politesse, mais elle aurait préféré qu'il s'en aille.

— Pas de sucre ?

— Vous pensez que j'ai besoin de m'adoucir ?

Elle sourit malgré elle.

— Je vous en mets trois cuillerées ?

Il la regarda d'un air grave.

— Navré, docteur. Je sais l'effet que ça fait quand on vous demande comment vous allez.

— J'imagine. Et c'est encore pire lorsque la famille et les amis vous conseillent d'aller de l'avant.

— C'est ce qui m'a fait quitter la Nouvelle-Zélande.

Elle s'appuya à la rambarde, se remémorant ces jours affreux où elle était anéantie par le chagrin.

— Quand Jamie est mort, je suis passée par toutes les émotions habituelles, je pense, puis je me suis mise à lui en vouloir.

— C'est normal aussi, paraît-il.

— Non, j'étais vraiment furieuse, parce qu'il n'aurait

pas dû mourir ce jour-là. Il est responsable. Il me semble quelquefois que la rage prend le dessus et que c'est elle qui guide mes choix. Si je l'avais dépassée, j'aurais sans doute pu rester à Londres.

— Vous pensez que c'est une erreur d'être venue ici ?

Elle soupira. Elle s'était posé la question pendant tout le voyage : n'avait-elle fait que céder à l'insistance de Lissie ?

Maintenant, elle avait tendance à penser que son amie avait eu raison.

Elle se tourna vers lui.

— Il est un peu tôt pour le savoir.

Si la lumière avait été plus forte, songea-t-elle, elle aurait mieux distingué l'expression de son visage…

— Mais il me semble que pour la première fois depuis longtemps, j'ai fait quelque chose de sensé. Pour moi, et pour Riley.

— Et peut-être aussi pour moi, murmura Ben une demi-heure plus tard, en s'allongeant sur son lit, les mains derrière la tête.

Il se repassait en boucle la conversation qu'ils venaient d'avoir.

Elle était si vulnérable.

Lui aussi, puisqu'il n'avait pas fait le deuil de Catrina. Il avait l'impression de se maintenir délibérément dans cet état de désespoir. Pour éviter de reconnaître qu'il était un peu moins malheureux depuis qu'il avait abandonné la carrière qui l'étouffait.

Il s'assit dans son lit d'un bond. D'où lui venait cette pensée ? La médecine l'étouffait ? Elle lui donnait des cauchemars, plutôt. Quand il avait onze ans, l'un des bergers de son père avait été écrasé sous ses yeux par un quad et, trop faible pour soulever l'engin, il était rentré en courant à travers les collines pour demander de l'aide.

Cet incident avait fait de lui un héros aux yeux de tout le monde — sauf aux siens. De là lui était venue l'idée de devenir médecin, d'aider les autres et de soulager leurs douleurs. Il s'était bien trompé…

Durant ses études de médecine, il avait appris une chose sur lui-même : il était incapable de supporter la vue de la souffrance, voilà tout. Il pouvait injecter de la morphine, réparer les os brisés, poser un diagnostic, mais il ne surmonterait jamais la vue de la douleur, les yeux agrandis ou fermés, les lèvres blanches et pincées, les poings serrés et les muscles tendus à l'extrême.

Le coup final avait été la mort de Catrina. Assister à son agonie l'avait détruit ; il avait lutté dans les dernières minutes pour ne pas détourner la tête. Quand les secouristes lui avaient administré de la morphine et que ses beaux yeux s'étaient ternis, son soulagement avait été hors de proportion avec le chagrin qu'il ressentait déjà. C'était ce qui l'avait poussé à changer de métier définitivement.

Qu'en penserait Catrina si elle le voyait maintenant ?

Il sursauta. Bon sang, quel besoin avait-il de se faire du mal ? Mieux valait aller courir. Dans le noir ? Oui.

Pourtant, il ne bougea pas. Il se contenta d'énoncer à haute voix ce qu'il avait retenu trop longtemps.

— Elle serait déçue.

Sa femme, qui savait qu'il envisageait d'abandonner sa carrière depuis un moment, n'était pas d'accord. A son avis, il aurait mieux fait de voir plus loin, de considérer qu'il sauvait des vies, plutôt que de se focaliser sur tout ce que les patients endureraient avant leur guérison.

C'était vrai, il ne voyait jamais ce côté positif.

Cependant, depuis quelques jours, une autre femme lui avait fait changer son point de vue. Il sentait que Catrina s'éloignait lentement de son esprit, laissant un gouffre à la place, un vide, qu'il avait envie de remplir avec d'autres occasions, d'autres gens…

Rachel, par exemple, et son fils. Ou le fait d'envisager d'avoir des enfants à lui…

Excédé, il sauta à bas du lit, enfila son T-shirt à la va-vite, noua les lacets de ses chaussures de sport et sortit.

Même s'il devait faire le tour de l'île, la route ne serait jamais assez longue.

Il n'avait pas besoin de Rachel ; il n'avait besoin de personne. Catrina avait été son seul amour, c'était écrit depuis le jour où il avait choisi cette vie solitaire.

— Catrina, tu m'entends ?

La vue brouillée par la sueur qui lui coulait du front, il leva la tête vers le ciel, désespéré.

— J'ai besoin de toi, dis-moi ce que je dois faire ! hurla-t-il.

Soudain, il trébucha sur quelque chose de mou et résistant à la fois, au milieu du chemin ; il agita instinctivement les bras pour tenter de conserver son équilibre, et ses genoux et ses avant-bras heurtèrent finalement le goudron.

Le chien — il en devinait la forme — poussa un gémissement, se leva et s'éloigna vers le bas-côté. Le jour se levait lentement, tandis qu'il rentrait en boitant jusque chez lui.

Si jamais c'était un message de Catrina, il était mal parti.

Le lendemain matin, Rachel alla reprendre la voiture de Ben. Elle agita la main tout en faisant marche arrière dans son allée, mais, le voyant se diriger vers son 4x4 en boitant, elle freina et descendit la vitre.

— Vous allez bien ?

— Hmm.

Elle remarqua ses genoux et ses coudes couverts de pansements.

— Que vous est-il arrivé ?

— Rien, j'ai trébuché sur un chien couché au milieu de la route.

Il se glissa dans son véhicule, claqua la portière et descendit la vitre.

— Riley, tu viens nager aujourd'hui, mon pote ?

« Mon pote »... Ces deux-là s'entendaient comme larrons en foire, songea-t-elle. Elle se sentait un peu mise à l'écart...

— D'accord ! hurla son fils comme si Ben était à l'autre bout de l'île.

— Alors à tout à l'heure !

Il fit un signe d'adieu à Riley, pas à elle, et disparut.

Elle suivit le véhicule des yeux. Il pouvait être grossier, quelquefois. Elle avait été trop gentille de s'inquiéter pour lui... La prochaine fois, elle l'ignorerait, même s'il était couvert de pansements de la tête aux pieds.

Une fois qu'elle eut déposé Riley chez Lanette, elle se sentit de meilleure humeur. A l'hôpital, les patientes avaient toujours des histoires à lui raconter.

Un peu avant midi, Manea prit le dernier dossier sur son bureau et se dirigea vers la porte.

— J'ai fini pour aujourd'hui, à moins que ma sœur n'accouche ce soir.

— Je pensais que c'était prévu pour dans une semaine ? s'étonna Rachel.

— Oui, mais ses trois premiers sont arrivés un peu plus tôt. Ce serait bien que celui-ci se décide aussi à naître, parce que je suis invitée à un mariage à la date prévue.

Soudain, le téléphone sonna.

— Dr Simmonds à l'appareil.

— Docteur, ici Sam Carter, du centre médical. Désolé de vous avoir manquée le jour de votre visite ; j'ai un cas urgent pour vous.

— Lequel ?

— Une jeune touriste de vingt-cinq ans qui se plaint de douleurs abdominales aiguës et de nausées. Elle dit avoir huit semaines de retard de règles et je soupçonne une grossesse extra-utérine.

Rachel ferma les yeux, et sentit son cœur battre plus fort. Il ne manquait plus que ça. Sur l'île, même pas moyen de faire une échographie pour confirmer le diagnostic.

— Envoyez-la-moi tout de suite, je l'attends.

— Elle s'appelle Jennifer Tipping et… elle se marie demain, en principe.

— La pauvre ! Elle pourrait rester à son hôtel si la direction n'y voit pas d'inconvénient.

— Hmm. Elle pense pouvoir reporter la cérémonie si elle doit être opérée.

— Je vous tiens au courant.

Quand Jennifer et son fiancé arrivèrent, elle les trouva très abattus tous les deux.

— Nous attendions tant ce jour ! sanglota la jeune femme. Tous nos parents et amis sont ici, ils ont dû piocher dans leurs économies pour payer leur billet…

Rachel la prit doucement par le bras.

— Avant de tout annuler, laissez-moi vous examiner.

Elle enfila ses gants et aida Jennifer à s'allonger pendant que son fiancé regardait par la fenêtre, le dos courbé.

— Si je dois vous opérer, vous pourriez être assez remise pour vous marier dans deux jours, mais vous ne serez pas en état de courir sur la plage, c'est certain.

— Docteur, donnez-moi quelque chose pour soulager la douleur…, supplia Jennifer, le visage crispé de douleur.

— Depuis combien de temps souffrez-vous ?

— Je ne sais pas trop… Assez longtemps, il me semble, mais j'ai mis ça sur le compte du stress de la préparation du mariage. Aujourd'hui je me sens vraiment mal, et mon épaule aussi me fait souffrir.

— Saviez-vous que vous étiez enceinte ?

— Non, murmura la jeune femme. C'est le généraliste qui a fait un test, et nous avons été les premiers surpris, n'est-ce pas, Harvey ?

Son fiancé répondit sans se retourner.

— C'est vrai. Je ne comprends pas ce qui a pu se passer.

Son cou devint rouge.

— Je veux dire…

Il se tut et reprit sa contemplation.

— Harvey, les bébés décident parfois eux-mêmes de ce qui est bien pour eux, dit Rachel. Pourtant, celui-ci n'a visiblement pas choisi la bonne voie puisqu'il se développe dans la trompe de Fallope. Je vais procéder à une laparoscopie pour retirer l'embryon. Sans doute pourrai-je sauver la trompe et vous n'aurez qu'une petite cicatrice sur le ventre.

Jennifer pâlit.

— Je pourrai avoir d'autres enfants ? Nous en voulons, n'est-ce pas, Harvey ?

Cette fois, le jeune homme se retourna et vint prendre sa jeune femme dans ses bras.

— Bien entendu, ma chérie.

— Même si d'aventure j'étais dans l'impossibilité d'épargner la trompe, il vous en reste une de l'autre côté, et je connais beaucoup de femmes qui ont eu des enfants dans un cas semblable, ajouta Rachel.

Elle décrocha le téléphone pour appeler l'infirmière de bloc.

— Vous êtes sûre que ce n'est pas l'appendicite ? demanda Jennifer.

— Oui. La douleur est assez similaire, mais celle de l'épaule indique une hémorragie interne. Je suis navrée.

— D'accord, vous savez ce que vous faites. C'est juste que… Ce mariage était supposé être le plus beau jour de ma vie, et voilà…

Elle éclata en sanglots et se blottit contre son fiancé.

— Pardon, Harvey.

— Voyons, ma chérie, tu n'y es pour rien ! s'exclama-t-il en déposant de légers baisers sur le visage.

— Je reviens dans une minute, murmura Rachel.

Elle sortit et se dirigea vers la salle d'opération, leur laissant un instant d'intimité.

5.

Après un barbecue de poissons très réussi, Hepi, le mari d'Effie, donna un coup d'avertisseur en reculant jusque sur la route, tandis qu'Effie et Nina, penchées à la vitre, faisaient des signes d'adieu.

Rachel leur sourit, puis se tourna vers son fils.

— Encore une journée passée au paradis !

Elle entra dans sa cuisine impeccable, qu'Effie et sa fille avaient refusé de quitter avant d'avoir tout remis en ordre.

— C'est quoi, le paradis, maman ?

Elle passa une main dans les cheveux de son fils. Au fil des semaines, il devenait un petit homme indépendant, copiant la démarche de Ben, posant ses mains sur ses hanches quand il voulait parler sérieusement.

— Un endroit merveilleux où tout est beau et ensoleillé, et où tout le monde est gentil.

A Londres elle ne savait pas ce qu'était avoir chaud, même parfois trop, tous les jours. Elle avait apporté sur l'île des tonnes de jeans et de pull-overs en laine, qu'elle ne porterait sans doute jamais plus et ne pourrait même pas donner à une boutique de vêtements d'occasion.

Elle adorait pouvoir se baigner tous les jours, aller travailler en short et T-shirt, s'asseoir sur la terrasse le soir, écouter la nuit proche pendant que les tambours du spectacle du centre culturel de l'île résonnaient un peu plus bas dans la rue.

— Je vais m'asseoir dehors pour écouter les bêtes, maman.

Elle sourit. Encore un changement… En Angleterre, son fils ne se serait jamais aventuré dans le noir, surtout s'il y avait des insectes.

— Il est bientôt l'heure de te mettre au lit.

— Demain c'est samedi, je peux dormir plus longtemps.

Elle secoua la tête. Les coqs qui les réveillaient toujours avant l'aube n'avaient pas l'air de le déranger…

— Je t'accorde une demi-heure, mais c'est exceptionnel.

Pourtant, cinq minutes plus tard, il fit irruption dans la cuisine, le visage tordu par l'angoisse.

— Maman, je ne trouve plus papa !

— Que dis-tu ?

Elle ne comprenait plus…

— Son étoile n'est plus là-haut, tu crois qu'elle est tombée ?

Le soulagement la submergea. Il parlait de l'étoile ! L'étoile qu'ils avaient choisie dans le ciel de Londres parce qu'elle était facile à repérer pour lui… En fait, elle était surprise qu'il n'en ait pas encore parlé.

— Viens, mon chéri, allons voir.

Il glissa sa petite main dans la sienne.

— Il faut que je le trouve, je veux lui parler du poisson qu'Hepi avait apporté pour le dîner.

Ils s'assirent sur la première marche du perron, la tête levée.

— Tu sais, Riley, nous devrions trouver une autre étoile pour papa. Nous avons changé de pays, et il faut qu'il soit dans la même partie du monde que toi.

— Comment ?

— D'abord, tu choisis une étoile, celle que tu pourras repérer toutes les nuits ; la plus grosse et la plus brillante.

En le voyant scruter le firmament, elle retint son souffle. S'il n'en trouvait pas, il serait très malheureux et elle détestait le voir ainsi, car il avait commencé à faire son deuil…

Et elle aussi, comprit-elle soudain. Elle ne se réveillait

plus le matin en se demandant comment elle irait au bout de la journée. Sa vie avait un but, à présent, puisqu'elle apportait son aide à nombre de femmes sur l'île.

— Celle-ci, maman ! Tu la vois ?

Perplexe, elle suivit du regard le doigt pointé. Il y avait des millions d'étoiles qui scintillaient. Mais du moment qu'il était heureux…

— Oui, mentit-elle en lui caressant la tête. Maintenant, il faut que tu parles à papa dans ta tête, pour lui expliquer que tu lui as trouvé une autre étoile et lui demander de se déplacer.

Il s'allongea sur ses jambes en regardant le ciel, et au bout de quelques minutes, cligna des yeux et bâilla.

— Voilà, je crois qu'il a compris. Je lui reparlerai demain. Maintenant, je suis fatigué, je vais me coucher.

Incroyable, qu'il décide de lui-même d'aller au lit sans réclamer d'histoire ! Elle sourit.

— D'accord.

Dix minutes après, il dormait à poings fermés ; elle décida de retourner sur la terrasse, un verre de limonade à la main.

Lorsqu'elle passa la porte, elle sursauta si fort que le liquide l'éclaboussa. Une haute silhouette était appuyée à l'un des piliers.

— C'est vous, Ben ?

— Désolé, je ne voulais pas vous faire peur.

— Je n'ai pas vraiment eu peur… plutôt été surprise. Vous voulez boire quelque chose ?

— Une bière, si vous avez.

Une chance qu'elle en ait acheté un pack ce matin en prévision du barbecue. Elle lui tendit une bouteille.

— Je ne me suis pas aperçue que vous étiez rentré, sinon je vous aurais invité à dîner avec Effie et sa famille.

— J'ai bu un verre en ville avec mes collègues.

— Qu'est-ce qui vous amène ?

— Je vous ai entendue parler avec Riley.

— Vous n'avez pas la télévision pour vous occuper ? Je sais que tout le monde est décontracté ici, mais de là à écouter les conversations des voisins…

— J'étais assis sur le seuil, et vos voix portent loin.

— Eh bien, je m'en souviendrai à l'avenir.

Elle pinça les lèvres. Il était vraiment sans-gêne !

— Pas mal, cette idée de l'étoile.

Et il savait changer habilement de sujet. Calmée, elle s'assit et sirota sa boisson.

— Pour lui, ça marche. Quand je lui ai dit que son père gardait probablement un œil sur lui de là-haut, il a décidé de lui attribuer une étoile.

Elle regarda par-delà l'herbe rare les palmiers qui bordaient l'horizon. Le paradis. Un jour, elle se réveillerait à Londres pour s'apercevoir qu'elle avait rêvé. Non, elle n'avait pas intérêt, cet endroit était idéal pour elle.

— J'espère qu'il n'est pas en train de s'imaginer que si son père est là-haut, il peut encore revenir.

— A mon avis, il a compris, mais comme la plupart d'entre nous, il s'accroche à un espoir qu'il sait insensé. Laissez-lui le temps. Il y arrivera.

Touchée, elle leva la tête vers lui.

— Merci, Ben.

Elle appréciait ce genre d'aide. Sa mère en avait été avare, prenant toujours le parti de son père qui était devenu de plus en plus lointain. Quand son frère avait perdu les deux jambes dans un accident du travail, il avait été en dessous de tout, et à la mort de Jamie il avait refusé tout contact avec Riley et elle. Il était incapable d'affronter la souffrance des gens qu'il aimait.

Ben se tourna et l'observa un instant.

— Vous êtes une mère fantastique.

Déconcertée, elle reprit une gorgée de limonade. Décidément, ce soir, il l'étonnait.

Il avala une gorgée de bière, puis il s'essuya les lèvres d'un revers de main.

— Comment est-il mort ?

Elle hésita… Avait-elle envie de lui en parler ? Il n'y avait que Lissie et Pita qui soient au courant ici, c'était bien suffisant.

Cependant, si Ben prenait de l'importance dans sa vie, il méritait une réponse.

— Il était policier, comme vous.

Elle se tut un instant. Un héros, un satané héros attiré par le danger, qui aimait se fourrer dans les ennuis. Dommage qu'il n'ait pas su s'arrêter à temps. Il leur devait plus de respect que ça, à elle et à son fils.

— Il a été tué lors d'une intervention dans un laboratoire clandestin.

— Il était dans une unité spéciale ?

— Hmm, il refusait d'être l'un de ces types qui passent plus de temps à rester assis à boire du café qu'à agir, à ce qu'il disait. Lui, c'était un homme d'action qui voulait être sur le terrain. Et qui était invincible.

— Que s'est-il passé ?

Elle se leva et vint se placer en haut des marches en regardant au-delà des maisons sombres. Si elle ne voyait pas l'océan, elle entendait le doux murmure des vagues.

— C'était un piège. Le patron avait eu vent de l'opération par un policier infiltré qu'il a démasqué et fait parler, et dont il s'est ensuite servi comme appât. Jamie et son collègue ont été abattus dès leur entrée dans le laboratoire.

Elle ferma les yeux et serra les poings. Ils étaient si sûrs d'eux, tous ! Avait-il pensé à elle ou à son fils en pénétrant dans cet entrepôt l'arme à la main ?

— Quelle horreur !

— C'était stupide de leur part. Ils étaient supposés attendre que toutes les équipes soient en place, mais mon mari était tout sauf un homme patient. Sachant son collègue en très mauvaise posture, il a cru qu'il pouvait jouer sur l'effet de surprise pour le tirer de là.

— Je le comprends.

Elle frissonna. Bien entendu… Agir d'abord et réfléchir après, c'était leur devise ; sauf que pour Jamie, il n'y avait pas eu d'après. Elle ferait bien de s'en souvenir quand elle éprouverait du désir pour Ben — c'est-à-dire souvent. Mais un héros dans une vie, c'était amplement suffisant. Elle releva la tête et désigna l'intérieur.

— J'ai un fils à qui son père manque tant que j'en ai mal au ventre.

— Est-ce qu'il connaît les circonstances de sa mort ?

— Vous voulez dire, s'il sait que son père est un héros ? Malheureusement, oui.

Les paupières de Ben se fermèrent à demi, il s'appuya de nouveau au pilier et glissa sa main libre dans sa poche tout en portant la bouteille à sa bouche, sans cesser de la fixer.

— Je vois.

— Vous êtes sûr, Ben ? Vous savez ce que c'est qu'annoncer à votre fils que son père ne rentrera plus jamais à la maison ? Que de devoir le lui répéter tous les jours parce qu'il est encore trop jeune pour comprendre le sens du mot « jamais » ? Avant d'agir, les héros devraient se rappeler qu'ils ont d'autres responsabilités. Ou alors, ils ne devraient pas se marier, et encore moins avoir des enfants.

Elle se tut. Ben allait la prendre pour une folle, mais elle ne plaisantait pas. Elle adorait Jamie et il le lui rendait bien, alors pourquoi mettait-il sans cesse son bonheur en danger jusqu'à ce que sa chance le fuie ? Chaque fois qu'elle le suppliait d'être prudent, il lui adressait son plus beau sourire et la prenait dans ses bras en répliquant qu'il savait ce qu'il faisait.

Ben descendit les marches en boitillant. Il s'en allait… Elle aurait aimé qu'il reste. Arrivé en bas, il se retourna et toucha ses mains qu'elle avait posées sur ses genoux.

Elle leva la tête : ses yeux noirs étaient emplis de fureur, mêlée à une émotion indéfinissable. De la douleur ? Comprenait-il sa colère ? Quelque chose l'avait-il si profondément blessé, lui aussi ?

— Ben ? murmura-t-elle.

— Tout va bien, docteur.

Il se pencha et lui posa un très léger baiser sur le front.

— Vous vous en sortirez.

Puis il longea l'allée jusqu'à la clôture et pénétra chez lui.

De nouveau, il l'appelait « docteur »... Au moins, pour une fois, elle avait eu une vraie conversation avec lui. Ses doigts touchèrent l'endroit où il avait posé ses lèvres et la chaleur pénétra son cœur glacé. Un baiser amical, pas du tout passionné comme dans ses rêves. Ils ne deviendraient jamais plus qu'amis, et encore ; ils ne connaîtraient jamais le genre d'amitié qui implique des baisers sur les lèvres et des corps pressés l'un contre l'autre...

De nouveau, elle porta les doigts à sa bouche en quête de son odeur, et s'autorisa à rêver, à imaginer ce qu'elle éprouverait s'il était dans ses bras. S'il faisait l'amour avec elle. Même quand il était taciturne, sa passion se remarquait, émanait de tous les pores de sa peau. Etait-il un amant généreux ? Impossible qu'il soit égoïste, elle avait déjà eu l'occasion de constater le contraire plusieurs fois.

Etait-elle encore capable d'aimer ? Sans doute, mais un autre héros ? Certainement pas. Elle ne dormirait pas la nuit, elle serait morte d'inquiétude. Elle n'accepterait jamais d'avoir des enfants avec un homme tel que Ben, ce serait irresponsable de sa part. Non, c'était impossible.

Mais elle pouvait continuer à rêver, n'est-ce pas ?

Ben tourna le coin de sa maison et longea l'allée qui conduisait à la route, puis traversa en direction de la plage.

Ses enjambées s'allongèrent tandis qu'il marchait au bord de l'eau en enfonçant les pieds dans le sable encore chaud.

Il espérait que le doux clapotis des vagues calmerait son esprit en désordre et chasserait les pensées folles qui tourbillonnaient dans sa tête. Les mains enfoncées dans les poches, tête baissée, il avait toujours autant envie de prendre le docteur dans ses bras, de l'embrasser à perdre haleine pour ne plus voir cette angoisse dans ses yeux couleur de jacinthe. Bien entendu, il l'avait embrassée, mais pas comme il l'aurait voulu. Sans doute par prudence… Pourtant il aurait tant voulu la voir sourire et oublier le chagrin qui la torturait… La faire sienne.

En hâte, il passa son T-shirt par-dessus sa tête et ôta son pantalon. Une fois en boxer, il se précipita dans l'eau jusqu'à ce qu'elle lui arrive à mi-cuisses et plongea. Peine perdue… Les images s'attardaient dans son esprit. Il attendit que ses poumons soient près d'exploser pour émerger à la surface.

Aspirant l'air à grandes goulées, il se passa les mains sur le visage et les cheveux, puis leva la tête pour regarder les étoiles. Et revécut aussitôt le moment passé avec Rachel, où il avait senti le parfum enivrant de ses cheveux et la chaleur de son corps. Bien entendu, il avait immédiatement eu envie d'elle…

Bon sang, et il la désirait toujours. Ici ou ailleurs, très vite. Rien que d'imaginer son corps souple collé au sien, il devenait fou.

Il regardait toujours le ciel, attendant que son cœur cesse de battre la chamade et que ses sens s'apaisent. Rien ne se passerait entre elle et lui cette nuit, ni aucune autre.

Il se mit à nager en direction de la barrière de corail, à longues brasses puissantes, se concentrant sur la perfection de ses mouvements pour oublier toute autre sensation. Mais lorsqu'il entendit les vagues s'écraser contre la barrière, haletant, il fit du sur-place et le désir le reprit, toujours ardent.

Il ferait mieux d'aller en ville boire encore quelques bières avec ses collègues ; peut-être aurait-il une chance de rencontrer l'une des touristes qui venaient sur l'île prendre du bon temps… une excellente façon de ne pas s'engager.

Non, cela ne lui disait rien, ni ce soir, ni depuis qu'il connaissait Rachel, d'ailleurs. Depuis qu'il avait posé les yeux sur elle, toutes ses convictions s'étaient envolées. Le fait qu'il refuse d'éprouver de nouveau le chagrin de perdre un être cher ne réussissait pas à lui faire oublier cette nouvelle voisine attirante, fascinante même. La première nuit, il s'était dit qu'il était resté trop longtemps sans femme, mais chaque fois qu'il pensait en chercher une, l'image de Rachel revenait le hanter, comme si elle avait un droit sur lui. Ridicule !

Elle n'avait rien à faire dans la vie qu'il s'était choisie. En tant que policier, il lui était difficile d'avoir une vie privée. Il avait trop de responsabilités pour s'attacher à certains êtres plus qu'à d'autres.

Le croyait-il vraiment ? Oui. Il n'y avait pas de place pour la compassion dans son métier.

Revenu sur la plage, il se laissa tomber assis sur le sable et s'appuya sur les coudes. Il avait quitté Wellington et abandonné sans mal sa carrière de médecin. Il adorait cet endroit sans prétention, et entrer dans la police à trente-deux ans l'avait amusé sans trop le stresser : sur l'île, pas de trafic de drogue, ni de meurtres, ni d'affaires très graves ; quelques vols et quelques bagarres, sans plus.

Il leva la tête vers le firmament et pensa au gamin. Quelle étoile avait-il choisie pour son père ? Un courageux petit bonhomme. Pas étonnant, avec la mère qu'il avait… L'amour qu'elle portait à son fils se lisait dans ses yeux, sur son visage et dans chacun de ses gestes.

Avait-elle aimé son mari ainsi ? Dans ce cas, Jamie avait

eu de la chance. Alors pourquoi avoir investi cet entrepôt sans en avoir reçu l'ordre et sans souci de sa sécurité ?

Ben soupira. Si c'était lui que Rachel attendait le soir à la maison, il ferait très attention même en traversant la route…

Un bruit sourd de chute le fit sourire : une noix de coco venait de tomber ; mais son sourire s'éteignit vite, car une poignée de gens se faisaient tuer chaque année à cause de ces chutes. Rachel et Riley savaient-ils qu'ils ne devaient pas rester sous un palmier ?

Il fallait les prévenir sans tarder, c'est-à-dire demain matin… Sautant sur ses pieds, il rentra chez lui, plus indécis que jamais. Toutefois, une chose était sûre : comme il préférait se tenir loin, il prierait Effie de leur transmettre le message au sujet des noix de coco.

De toute façon, la mère et le fils n'avaient que faire de lui.

Même s'ils s'étaient rapidement adaptés à leur nouvel environnement, le contrat de Rachel n'était que d'un an. Elle pouvait le renouveler, mais choisirait-elle de rester ? Il en doutait. Elle voudrait que son fils reçoive une bonne éducation. L'enverrait-elle en pension en Nouvelle-Zélande ou en Angleterre, ou partirait-elle avec lui ?

Il soupira. Qu'est-ce que ça pouvait bien lui faire ? Il n'avait aucune place dans sa vie, hormis celle de voisin susceptible de partager un barbecue un soir ou l'autre, en compagnie de tas d'autres gens.

Pas de lien, jamais, pour son bien à elle.

6.

— Colleen, mais que faites-vous ?

Rachel regardait avec étonnement sa secrétaire accroupie sous le bureau.

— Je mets un peu d'ordre, il y a une pile de vieux papiers qui ne servent plus à rien là-dessous.

Colleen réapparut et se mit en devoir de tirer la pile ; Rachel parcourut distraitement les gros titres des journaux, des nouvelles locales, pour la plupart.

Colleen lui en tendit un.

— Regardez celui-ci, il est de l'année dernière.

— « Un héros dans la police de l'île », lut-elle avec un léger pincement à l'estomac.

L'inspecteur principal Ben Armstrong a été accueilli en héros hier après-midi, après avoir affronté l'océan en furie pour sauver deux jeunes garçons en difficulté, qui avaient emprunté le bateau de pêche de leur père sans permission. Une rafale a fait chavirer l'embarcation et Armstrong, sans souci du danger, s'est immédiatement jeté à l'eau pour les secourir.

Sentant monter la nausée, elle reposa le journal sur le bureau. Encore un héros qui faisait passer la vie des autres avant la sienne. C'était très noble, certes ; mais pensait-il à ceux qu'il laisserait derrière lui s'il lui arrivait malheur ? Bon, évidemment, il n'avait personne en ce moment…

— Rachel, vous allez bien ?

Elle cligna des yeux et regarda sa secrétaire.

— Oui, pas de problème. Je vais boire un café avant de commencer mes consultations.

Colleen ramassa une liasse de papiers.

— Je vais les jeter dans le conteneur. Voulez-vous que je vous rapporte ce café ?

— Merci, volontiers. Je me présente à mes patientes, pendant ce temps.

Pour tenter d'ignorer l'écho qui résonnait dans son esprit : « Ben est un héros. »

Il fallait qu'elle se tienne loin de lui. Même si elle appréciait sa compagnie, il ne devait pas devenir davantage qu'un ami. Ce serait irresponsable d'en tomber amoureuse, son cœur ne survivrait pas à une seconde perte.

Elle s'affala dans son fauteuil en regardant dans le vague. Non, elle n'était pas en train de tomber amoureuse d'un type qu'elle ne connaissait que depuis un mois. Elle le désirait, oui, parce qu'elle n'avait plus eu d'homme dans son lit depuis deux ans. En Angleterre, elle n'y pensait même pas, elle n'était pas prête ; à présent non plus, en dépit des nuits où elle s'éveillait en sueur… c'est-à-dire presque toutes depuis qu'elle était à Rarotonga.

Depuis qu'elle connaissait Ben.

Elle sentit les larmes lui picoter les paupières. Pourquoi songer sans cesse à lui ? C'était impossible, et Riley non plus n'avait pas intérêt à devenir trop intime avec lui. Déjà, elle était sûre que s'il arrivait quelque chose à Ben, son fils en souffrirait beaucoup. Il le vénérait comme… un héros.

Encore ce mot ! Cet article de journal avait été un avertissement salutaire. Elle n'irait plus nager avec lui, même si cela faisait de la peine à son fils. Etait-elle injuste ? Peut-être, mais elle ne cherchait qu'à protéger son enfant.

Son attention fut attirée par un mouvement à l'extérieur. Un homme âgé traversait la pelouse d'un pas hésitant en direction d'un banc à l'ombre, guidé par un jeune garçon qui lui tenait le bras. Aussitôt, son cœur se serra : les grands-parents de Riley vivaient à l'autre bout du monde. Quand les reverrait-il ? Pourrait-il les aimer et les respecter s'il n'avait aucun contact avec eux ?

Bien sûr que oui. Il rencontrait beaucoup de personnes âgées ici, les beaux-parents de Lissie, par exemple. Ce qui lui manquait surtout, c'était une figure paternelle.

Dans ce cas, mieux valait qu'il continue à prendre des leçons de natation avec Ben ; elle n'était pas obligée de rester assise sur la plage à les regarder, et d'ailleurs, ils s'amuseraient certainement plus si elle n'était pas là.

Colleen, qui revenait, interrompit le cours de ses pensées.

— Votre café, Rachel.

— Merci, Colleen. Je vais commencer la consultation.

Des rires et des bavardages l'accueillirent quand elle entra dans la salle d'attente, et dix paires d'yeux se fixèrent sur elle.

— Bonjour, docteur !

— Bonjour, mesdames ! Si vous préférez qu'une de vos amies soit présente pendant l'examen, pas de problème.

Tout se passa au mieux jusqu'à l'arrivée de la septième patiente, qui entra seule.

— Liu, n'est-ce pas ? Vous ne voulez personne à vos côtés ?

— Non, c'est bon.

— Parfait, alors allongez-vous.

Rachel commença l'examen de l'abdomen.

— Combien d'enfants avez-vous ?

— Quatre filles, des petits démons !

Rachel sourit, et ne dit rien de la petite boule solide qu'elle sentait à la palpation de l'utérus.

— Vos règles sont régulières ?

Les yeux de la patiente s'emplirent d'angoisse.

— Non, pas du tout. Pourquoi, il y a quelque chose qui ne va pas ?

— Habillez-vous et venez vous asseoir.

— D'accord, docteur. Allez-y, dites-moi tout même si c'est grave. C'est un cancer ?

Rachel prit la main froide de Liu.

— J'ai senti une petite boule à la palpation. Impossible d'affirmer quoi que ce soit tant que je n'ai pas les résultats du labo, mais dès que je les aurai je vous préviens. J'aimerais que vous passiez un scanner, c'est-à-dire que vous alliez à Auckland, mais en attendant, ne passez pas la semaine à vous ronger d'inquiétude.

— D'accord, docteur, je vous fais confiance. Je n'aimerais pas faire votre métier, dit Liu en se levant. Je suis contente d'être venue seule, je n'aurais pas voulu que les autres sachent.

Rachel l'embrassa.

— Si vous avez besoin de me parler, appelez ou passez, ici ou chez moi.

— Merci, docteur. Au fait, mes filles aimeraient faire la connaissance de Riley. Elles en ont beaucoup entendu parler par les garçons de Lissie, il paraît qu'il est très gentil.

— C'est vrai, mais la liberté qu'il a ici est nouvelle pour lui.

— Et ça vous inquiète, n'est-ce pas ? Ben est super avec les enfants.

Voyant la mine interrogative de Rachel, Liu reprit en souriant :

— J'ai entendu dire qu'il vous apprenait aussi à nager ; c'est la première fois qu'il enseigne la natation à un adulte.

— Oui, c'est très aimable à lui.

— D'autant que…

Liu eut un sourire en coin.

— Tout le monde dit que vous allez bien ensemble. C'est agréable de voir Ben heureux, ça fait si longtemps qu'il est seul !

Rachel serra les dents. Inutile qu'on le lui rappelle.

— Désolé d'être en retard, dit Ben ; c'est à cause d'un touriste enragé dont le portefeuille avait soi-disant été volé sur son scooter pendant qu'il se baignait. Au moment où nous lui promettions de faire une enquête, sa femme est arrivée en brandissant le fameux portefeuille, qu'il avait oublié sur le lit quand il s'était changé.

Rachel sourit. Il devenait loquace.

— Bien entendu, il s'est confondu en excuses !

Son sourire s'évanouit. Liu avait dit que tout le monde lui trouvait l'air heureux… Etait-elle la cause de ce changement ? Sans doute que non.

— Exactement ! répliqua Ben avant de froncer les sourcils. Où est Riley ?

— Il reste chez Lissie pour la nuit. Les garçons sont à un anniversaire, puis elle les récupère pour les emmener à un barbecue chez ses beaux-parents. Riley avait envie d'y aller… Je crois que sa grand-mère lui manque.

Ben l'étudia entre ses cils comme s'il la jaugeait, des pieds à la tête.

— Du coup, vous ne venez pas nager ?

— J'ai pensé que, puisque j'étais libre, je pourrais rester assise ici à me reposer. Je suis vannée. Deux naissances avant midi, et ma première consultation préventive…

Elle avait envoyé les prélèvements à Auckland en les priant de commencer par ceux de Liu.

— Comment ça s'est passé ?

— Oh ! Très bien, elles ont été ravies et m'ont promis d'en parler à leurs amies pour les amener la prochaine fois.

Du moins, c'était prévu, sauf si elle avait détecté quelque chose de grave chez Liu… Ce qui risquait d'en décourager certaines, qui préféraient ne pas savoir qu'elles étaient atteintes d'une maladie.

— Qu'y a-t-il, Rachel ?

Il s'assit près d'elle, si près qu'elle se raidit pour qu'il ne la touche pas par inadvertance, puis appuya de nouveau sa tête contre le poteau. Inutile de lui confier ses inquiétudes à propos de ses patientes, il n'y connaissait rien à la médecine et ne comprendrait pas.

— Rien, je repense à une patiente que j'ai examinée.

— Un ennui ?

— J'ai fait un frottis et j'attends les résultats. J'ai senti une petite boule dure dans l'utérus.

— Dans ce cas, ce n'est pas une simple dysplasie.

Elle le regarda, interdite. Comment connaissait-il ce mot ?

— Je le crains.

— Pas de chance, pour votre première consultation… De combien était la probabilité ?

— Assez élevée, je pense, ces femmes n'ont jamais été examinées…

Ben lui posa une main sur le genou et décrivit de petits cercles avec son pouce sur sa peau.

— Si j'en crois ce que les gens disent, vous avez conquis tout le monde ici.

— C'est vrai ?

Il lui adressa un long sourire qui lui fit éprouver une chaleur intense.

Elle se leva d'un bond.

— Un rafraîchissement ? J'ai envie d'une boisson glacée.

Il se leva et plongea le regard dans le sien.

— Allons boire quelque chose en ville, et dîner ensuite.

— Vous m'invitez ? balbutia-t-elle.

Quelle excuse inventer ? Riley n'était pas là… Oh ! Après tout, pourquoi pas ? se dit-elle en sentant l'excitation la gagner.

— D'accord ! Je vais me changer.

Une jupe en coton et un T-shirt sans manches n'étaient pas une tenue pour sortir. Avec Ben ! Il l'avait invitée !

— Inutile, à Rarotonga, on est décontractés.

— Bon. Je ferme la maison.

Il se pencha et posa les lèvres sur les siennes.

— Pourquoi être si pressée ? murmura-t-il tout près de sa bouche.

Avant qu'elle ait pu penser à répondre, il la prit par les épaules pour l'attirer à lui et son baiser se fit plus intense, sa langue chercha la sienne…

Sous cette étreinte, elle tangua, et rendit son baiser avec fougue à cet homme qu'elle désirait depuis qu'elle lui avait ouvert la porte le premier soir. Impossible de prétendre encore qu'elle n'avait pas envie de lui. Et il embrassait si bien… Un baiser qui faisait vibrer toutes ses terminaisons nerveuses et les fibres de son corps, et qui, elle l'espérait, ne se terminerait jamais.

Avide, elle se colla à lui pour sentir la fermeté de ses muscles. Son torse était dur contre ses seins, et ses bras la plaquaient comme pour l'empêcher de s'échapper. Elle glissa les mains sous sa chemise et caressa la peau soyeuse. Chaque bout de ses doigts envoyait une onde de désir à son corps entier.

Elle sentit sa bouche quitter la sienne doucement, à regret, semblait-il. Pourquoi s'arrêtait-il ? Elle rejeta la tête en arrière pour le regarder dans les yeux, puis se passa la langue sur les lèvres et vit son regard suivre le mouvement. Elle se mit sur la pointe des pieds pour recommencer à l'embrasser.

Avec un petit hochement de tête, il recula d'un pas.

— On y va ? Ne précipitons pas les choses, nous avons toute la nuit devant nous.

« Toute la nuit » ? A s'embrasser et à faire l'amour ? Elle déglutit. Pourquoi pas ? Maintenant qu'elle avait partagé un baiser passionné avec lui, elle n'avait plus envie de s'arrêter, mais il avait raison, puisqu'ils avaient toute la nuit, pourquoi se dépêcher ?

Elle courut changer son T-shirt contre un chemisier léger.

Lorsqu'ils furent au café, ils décidèrent de s'installer dehors pour profiter de la légère brise du soir qui venait du lagon tout proche. Il la fit asseoir à une table et entra leur chercher deux bières.

Etourdie de bonheur, elle passa furtivement les doigts sur ses lèvres encore gonflées, revivant chaque détail de ce baiser. Il savait embrasser ! Mais ce qu'elle appréciait le plus, c'était cette stupeur dans ses yeux lorsqu'il s'était écarté d'elle, et sa voix rauque quand il avait dit qu'il était temps de partir : lui aussi avait été ému par cette alchimie qu'ils avaient ressentie tous les deux.

Jetant un coup d'œil vers l'intérieur, elle le vit s'accouder au comptoir avec nonchalance pour parler au barman. Calme, comme si rien ne s'était passé, comme s'il n'avait pas parlé du reste de la nuit…

Il se retourna, s'aperçut qu'elle le regardait et lui fit un clin d'œil.

Elle redressa les épaules et sourit. Elle se sentait capable de jouer le jeu.

Tandis qu'il rejoignait la table, elle s'aperçut que toutes les femmes présentes le suivaient d'un regard admiratif, et elle éprouva de la fierté d'avoir été choisie. Cela ne pouvait qu'accroître sa confiance en elle.

Depuis qu'elle était veuve, elle passait peu de temps sans Riley, sauf pendant ses heures de travail. Ce soir, elle s'apprêtait à s'amuser ; elle avait recommencé à vivre, dans ce pays qui l'avait déjà enveloppée dans sa magie, avec un homme qui semblait éprouver les mêmes sentiments qu'elle. Pour une fois, elle allait ignorer les avertissements dont elle entendait les échos en esprit. Ils boiraient quelques verres, iraient dîner, puis s'embrasseraient de nouveau et peut-être… peut-être iraient-ils plus loin. Elle ne doutait pas qu'il soit un amant fantastique, tant son baiser avait été généreux et excitant.

— Que signifie ce sourire ? demanda-t-il en posant les bouteilles sur la table.

La brise de mer ne parvint pas à atténuer la soudaine chaleur qui l'envahit et la rougeur qui lui monta aux joues.

— Rien du tout.

Elle but une gorgée, s'étrangla et se mit à tousser.

Tout de suite il fut derrière elle et lui tapota le dos du plat de la main.

— Merci, ça va mieux !

La table se balança lorsqu'il s'assit à côté d'elle, tout près.

— Eh bien, nous y voici. Une soirée mémorable.

Son cœur cogna dans sa poitrine, et quand elle porta la bouteille à ses lèvres d'une main tremblante, elle fit très attention. Même si elle appréciait le contact de sa main, elle n'avait plus envie de recevoir des tapes dans le dos…

— Vous venez souvent ici ?

— Hmm. Ici et ailleurs.

— Citadin, n'est-ce pas ?

— Exact.

Soudain, elle se sentit fondre au souvenir de son baiser. Mieux valait ne plus y penser si elle voulait apprécier toute la nuit… Elle chercha un sujet de conversation.

— Vous venez avec vos collègues ou avec d'autres amis ?

— Les deux.

— Vous pratiquez un sport, rugby… ou football peut-être ?

— Le golf.

Il tapa du doigt sur la table.

— Je ne joue plus au rugby, c'est pour les jeunes ou les fous.

— Et vous n'êtes ni l'un ni l'autre.

— Merci. Je le crois.

Il passa le doigt sur le cercle humide laissé par sa bouteille.

— Toujours contente d'avoir pris la décision de quitter Londres ?

— Je me plais beaucoup à Rarotonga.

— C'était juste pour vérifier. En tout cas, moi, je m'habitue à vous voir ici. S'il vous prenait l'envie de repartir, j'aimerais que vous m'avertissiez, c'est tout.

Ah ? Il voulait qu'elle le prévienne de son départ ?

— Bizarre, de vivre dans un endroit où la population entière tiendrait dans une station de métro de la ville où je viens, et d'aller travailler en T-shirt sans manches et les jambes nues !

Le voyant hésiter à répondre, elle posa sa main sur la sienne et désigna d'un geste le rivage.

— Pourquoi voudrais-je quitter tout ça ? C'est un pays de rêve. Je ne regrette ni les bus ni les trains, pas plus que les appartements sans jardin, les hôpitaux de la taille d'une petite ville et les supermarchés où personne ne me connaît.

Elle sentit sa main se retourner sous la sienne et lui serrer les doigts.

— Bonne réponse, murmura-t-il. Mais vous n'en êtes qu'au début.

Elle feignit de ne pas avoir entendu. Pourquoi gâcher une merveilleuse soirée à se disputer au sujet d'un avenir encore si incertain ? Seul le temps dirait si elle allait rester longtemps sur cette île…

Ils regardèrent les mouettes tournoyer au-dessus d'eux, guettant le moment où un client s'en irait en laissant de la nourriture dans son assiette. Sur un ponton proche, les membres du club d'aviron amarraient leurs yoles et s'extrayaient de leurs combinaisons de plongée. Elle sourit.

— Oui, on est vraiment bien ici. Si mes anciens collègues me voyaient en ce moment, ils en baveraient d'envie !

Une serveuse arriva à leur table.

— Je vous ressers ?

— Oui, s'il vous plaît, dit Ben sans la consulter.

Le sourire de Rachel s'élargit. Que c'était agréable d'être prise en charge un moment ! Elle avait tant de décisions à prendre pour ses patients et Riley qu'elle appréciait de se laisser guider de temps en temps.

— Ben, pourquoi êtes-vous ici ?

Sa pomme d'Adam se souleva pendant qu'il terminait d'un trait sa première bouteille, et elle crut tout d'abord qu'il ne répondrait pas. Puis il scruta l'horizon du regard avant de se tourner de nouveau vers elle pour plonger les yeux dans les siens.

— Après la mort de Catrina, j'étais incapable de réfléchir sainement, et dans mon entourage c'était à qui me donnerait le meilleur conseil.

Elle hocha la tête.

— Et aucun n'était bon.

— Hmm. Cela allait de trouver du travail sur une autre planète à me mettre à courir après tous les jupons qui passaient… Invraisemblable. Comme s'ils avaient été à ma place !

— Tant qu'on n'est pas passé par cette épreuve, on ne peut pas comprendre. Les gens ont tellement envie de vous aider qu'ils sont prêts à vous proposer n'importe quoi pour être eux-mêmes soulagés de votre peine.

Il caressa du doigt le dos de sa main.

— C'est vrai. Je pense que certains ont été rassurés quand j'ai annoncé que je m'étais engagé dans la police et que je partais pour les îles Cook. Pour eux, le problème était résolu.

— Vous n'avez pas toujours été policier ?

— Non, dit-il sèchement en retirant sa main.

Elle se redressa. Bien, ce ton et ce geste signifiaient qu'il ne donnerait pas plus d'explications.

— Parlez-moi de votre famille, Ben.

Il porta la bouteille à ses lèvres et but une grande gorgée. Le silence s'installa. Etait-elle allée trop loin ? Elle redouta d'avoir gâché la soirée en lui faisait subir cet interrogatoire.

Mais ses craintes étaient vaines, car bientôt il se mit à parler.

— Ma mère fait la cuisine et s'occupe des nombreuses personnes âgées du village de retraités où elle travaille, et mon père est mort d'un cancer il y a quelques années.

Il regarda de nouveau le lagon. Le soleil avait disparu entre les collines et une pénombre chaude régnait maintenant sur l'île.

— Que dire d'autre ? J'ai une sœur autoritaire et un frère joufflu qui fait son possible pour éviter les joies du mariage en sortant avec plusieurs filles à la fois. Et une poignée de cousins qui ont grandi à la ferme avec nous.

Elle percevait l'amour dans sa voix.

— Ils vous manquent, n'est-ce pas ?

— Oh ! Ils ne me laissent guère le temps de les regretter. Depuis que j'habite sur l'île, je suis devenu très populaire ! Ils viennent tous en vacances chez moi, et c'est rare qu'il n'y en ait pas un qui débarque à un moment ou à un autre.

— Je n'ai pourtant vu personne depuis mon arrivée ?

— Pour l'instant, ils ont épuisé leurs congés et englouti leurs économies en venant au mariage de ma sœur, au mois d'avril.

— C'est merveilleux ! soupira-t-elle. On dirait que cette île est faite pour le mariage…

Elle n'imaginait pas un lieu plus romantique… Mais à quoi pensait-elle ? Elle n'avait même pas encore commencé sa vie de célibataire ! Le mariage, pour elle, si mariage il y avait, était encore loin.

— Vous avez faim ?

— Oui, très.

— D'accord pour dîner ici ? Nous pouvons rester à la terrasse et commander des pizzas, ou monter au restaurant du premier étage et consulter le menu.

— Dehors, ce sera parfait.

Elle n'avait pas envie d'être placée au milieu de tous

les clients qu'elle avait vus arriver. L'atmosphère serait étouffante et beaucoup moins intime. Mieux valait partager une pizza avec lui ici en profitant du calme et de la relative fraîcheur.

7.

A 8 heures, quand un groupe composé de jeunes gens de l'école se mit à jouer de la musique avec enthousiasme, sinon avec talent, il se leva et lui tendit la main pour qu'elle le suive.

— Venez, allons gigoter un peu.

— Oh ! C'est la plus charmante invitation qu'on m'ait jamais faite !

Elle lui adressa encore une fois ce sourire doux et cependant sexy dont elle avait le secret, et qui lui faisait perdre tous ses moyens.

Il se sentait démuni devant elle. Il suffisait qu'elle lui sourie pour qu'il perde tous ses moyens… Pourquoi l'avoir invitée à danser ? Alors qu'ils n'avaient pas encore quitté la table, son cœur battait à tout rompre.

Elle prit sa main et l'entraîna vers le petit carré de plancher vide où elle se mit à balancer ses hanches somptueuses au rythme des percussions. Il secoua la tête, amusé.

— Comment diable faites-vous ça ?

— Facile ! Essayez, relâchez tout et remuez-vous.

— Je sais danser, figurez-vous !

Pourtant, ses pieds semblaient collés au sol.

— Allons, bougez vos hanches !

Essayait-elle de le séduire ou était-elle une de ces femmes qui dansaient sur n'importe quelle musique ? En Nouvelle-Zélande, les pubs en étaient pleins. Il sourit et se mit à remuer les hanches, puis les pieds, et enfin tout le corps.

Elle lui rendit son sourire, ce qui lui fit l'effet d'une

récompense, et son corps réagit à cette sollicitation au point de le gêner... Si elle continuait, il devrait aller se rasseoir. Il ferait mieux de l'attirer hors de la piste et de la ramener chez elle. S'il la poussait à l'intérieur, s'il claquait la porte et s'enfuyait ensuite jusque chez lui, il oublierait les merveilleuses sensations que lui procurait son joli sourire, l'effluve de lavande qui semblait plus doux et plus fruité sur sa peau... et éviterait de perdre de nouveau son cœur.

Il lui prit la main, la leva au-dessus de sa tête et la fit passer sous son bras, puis la refit tourner pour qu'ils soient face à face. Bon sang, il s'amusait, il se sentait vivant !

Ils continuèrent jusqu'à ce qu'ils se jettent dans les bras l'un de l'autre, haletants.

— Je suis épuisée, murmura-t-elle.

« Pas trop, j'espère », songea-t-il.

— Rachel... Prenons un taxi et rentrons.

Pas question qu'il prenne le volant ce soir, même si en dansant il avait sans doute évacué toute la bière qu'il avait bue.

— Où ?

Elle se raidit dans ses bras et rejeta la tête en arrière pour le regarder dans les yeux. Ses cheveux s'étaient échappés de sa barrette et lorsqu'ils lui frôlaient le bras, la sensation était difficile à soutenir. La tension de son corps devint extrême.

Il se pencha pour embrasser ses lèvres pulpeuses.

— A la maison.

Dans le taxi, il l'enlaça, l'attira à lui et l'embrassa jusqu'à ce que le chauffeur tapote contre la vitre.

— Nous y sommes !

Il lui tendit deux billets, aida Rachel à descendre, puis la souleva dans ses bras et se dirigea vers sa propre porte qu'il ouvrit d'un coup de pied. Il ne s'embarrassa pas de lumière, car le clair de lune qui filtrait à travers les fenêtres était suffisant pour se diriger vers sa chambre où il l'allongea sur le lit.

Elle s'assit aussitôt et se mit à déboutonner son chemisier, et ce qu'il lut dans ses yeux le bouleversa et l'excita davantage. Elle avait envie de lui. Il se défit en hâte de ses vêtements.

Le T-shirt de Rachel glissa le long de ses bras et s'arrêta à la poitrine quand elle dégrafa son soutien-gorge.

Quand il en vit jaillir ses seins magnifiques, il en eut le souffle coupé. Il les prit dans ses mains en coupe et, du pouce, caressa ses mamelons érigés, lui arrachant un gémissement de plaisir. Ses hanches se soulevèrent et elle descendit sa jupe aux genoux, l'enleva et s'allongea sur le dos.

Il se régala du spectacle de son corps magnifique tout en laissant glisser sa main de son mamelon à l'endroit le plus intime et secret du corps féminin.

— Tu es splendide, Rachel, tu es si belle…

S'allongeant à côté d'elle, il posa la bouche sur sa peau, savourant son goût et sa chaleur.

Lorsqu'elle tendit les mains vers lui pour le caresser, il éprouva un désir violent, tel qu'il n'en avait jamais connu auparavant. Il fallait qu'elle cesse tout de suite, sinon…

— Rachel, par pitié, arrête-toi si tu veux que je puisse te faire plaisir !

Il entendit un petit rire rauque et sexy.

— C'est déjà fait, Ben. Je ne peux plus attendre, j'ai attendu des semaines. Prends-moi, maintenant.

Il sourit. Comment résister à son exigence ?

Rachel s'étira, toucha le bois du lit avec ses orteils. Elle se sentait merveilleusement bien.

— Cesse d'avoir l'air si contente de toi !

Avec un petit rire, elle se tourna vers Ben.

Il se souleva sur les coudes, roula sur elle, couvrit son corps du sien et lui jeta un regard plein d'espièglerie.

— Tu es insatiable, n'est-ce pas ?

— Tout dépend de la qualité de l'offre.

— Longtemps, et très lentement…

Il prit sa lèvre inférieure entre ses dents et la mordilla.

Oui, cela lui convenait, elle tiendrait la distance. Elle rit.

— Tu sais, je manque d'entraînement !

Pourtant, son corps se souvenait de chaque geste… Elle répondit avec passion à la douce morsure dans son cou et sur ses seins.

— Je suis impatient de te voir en pleine forme, alors, grogna-t-il contre sa poitrine avant d'emprisonner un mamelon dans sa bouche.

L'aiguillon du désir la piqua aussitôt.

— Tu appelles ça « lentement » ?

— Hmm.

Sa main glissa contre son flanc en caressant la courbe de sa hanche pour s'arrêter entre ses jambes.

Quand il la retira, elle voulut lui crier de ne pas cesser, mais les mots lui manquèrent. Elle adorait sentir son poids qui l'écrasait, ses muscles durcis et son désir d'elle.

— Maintenant ! gémit-elle.

Au lieu d'obéir, il reprit sa caresse jusqu'à ce qu'elle arque le ventre vers lui, folle de désir, en le suppliant.

Quand il vint enfin en elle, tout son corps se mit à trembler. Il l'emmena loin, très loin, dans un endroit de rêve dont elle n'aurait jamais soupçonné l'existence, en un kaléidoscope de sensations qui faillit lui faire perdre l'esprit. Elle referma les mains derrière son dos et le tint serré très fort, comme si elle s'accrochait au bord du monde.

8.

La sonnerie de son téléphone portable la réveilla. En se retournant pour attraper son sac à main qu'elle avait laissé tomber sur le sol dans sa hâte hier soir, elle se trouva nez à nez avec Ben, dont les yeux ouverts étincelaient. Sa bouche s'ouvrit sur un sourire.

— Bonjour, docteur.

Elle hésita. N'avait-elle plus de prénom ?

— Bonjour, Ben.

Il tendit le bras et saisit le sac.

— C'est ça que tu cherches ?

— Oui.

Elle farfouilla à la recherche de son téléphone.

— Quelle heure est-il ?

— L'heure de l'amour, à mon avis.

Elle rejeta la tête en arrière pour le regarder dans les yeux.

— C'est toi qui es insatiable, maintenant !

Son cœur cognait dans sa poitrine. Il allait la détruire : s'il n'y avait pas de suite à la nuit qu'ils venaient de passer, elle était perdue. Aucun homme ne l'avait comblée comme celui-ci.

La sonnerie de son portable cessa brusquement, et le silence lui rappela ce qui l'avait réveillée. Elle vérifia tout de même le numéro d'appel au cas où ce serait une urgence.

— C'était Lissie. Je suppose que Riley voulait me parler… Il doit commencer à trouver le temps long. Désolée, il faut que je le rappelle.

Le sourire de Ben s'élargit.

— Pas de problème ! Dis-lui bonjour de ma part.

Elle ramassa un oreiller et le lui jeta sur la tête.

— Bien entendu !

— Maman, je veux rentrer à la maison tout de suite ! gémit Riley quand elle l'eut au bout du fil. Je veux te voir !

A sa voix, elle devina qu'il était proche des larmes. Son cœur se serra : Riley n'avait pas l'habitude de passer la nuit en dehors de la maison. Pourtant, c'était lui qui avait tenu à rester avec les enfants de Lissie…

— D'accord, mon chéri, je vais venir te chercher bientôt. Tu t'es bien amusé ?

— Oui, mais j'ai envie de rentrer, maintenant.

— En attendant que j'arrive, réfléchis à ce que tu as envie de faire aujourd'hui. C'est samedi, je ne travaille pas et tu ne vas pas chez Lanette.

— Je veux aller me baigner avec Ben.

— D'accord, tu lui demanderas s'il veut t'emmener.

Elle vit que Ben fronçait les sourcils.

— Riley, tu veux me passer Lissie ?

Rachel attendit un instant que son amie reprenne le combiné.

— Oh ! Désolée si je t'ai réveillée, mais je sais qu'en principe tu es debout à cette heure-ci, et il voulait absolument te parler…, dit Lissie.

Rachel consulta sa montre.

— Il est 6 h 20 ! Je ne me rendais pas compte…

— Oh ! Mon Dieu ! Tu as passé la soirée avec Ben ? Vous êtes sortis et rentrés tard, n'est-ce pas ? C'est pour ça que tu dormais encore !

Son amie eut un petit rire.

— Tu n'es pas rentrée chez toi, c'est ça ? Allez, raconte-moi tout.

Rachel resta un instant silencieuse.

— Je serai là dans quelques minutes.

Malgré ses efforts, elle ne parvint pas à garder son sérieux, et entendit bientôt Lissie éclater de rire.

— Inutile de prendre ce ton avec moi, Rachel, je te connais trop bien ! Si tu veux en profiter encore un peu, j'essaierai d'occuper Riley. Il a déjà l'air moins malheureux, depuis qu'il t'a parlé.

— Non, j'arrive.

Elle raccrocha et regarda Ben en soupirant.

— Les meilleures amies sont quelquefois casse-pieds…

— Je ne sais pas, je n'en ai pas.

Il bondit du lit en hâte en la voyant saisir de nouveau l'oreiller.

— Rachel… Puisque Lissie est au courant de tout, pourquoi ne viendrais-je pas avec toi chercher Riley ? Nous pourrions aller nous baigner avant de prendre le petit déjeuner en ville ?

— Ça ne te fait rien qu'elle sache, pour nous deux ?

Elle aurait cru qu'il s'enfuirait à des kilomètres… Ce qui, sur cette petite île, n'aurait fait que le ramener à son point de départ.

Il lui souleva le menton du doigt.

— Je n'ai pas honte d'avoir passé la nuit avec toi. Dois-je comprendre que tu préférerais le cacher ?

Elle lui embrassa le doigt.

— Pas du tout, sinon je serais rentrée chez moi hier soir.

Elle vit la tension disparaître de son visage.

— Je vais chercher nos maillots de bain, je te rejoins dans dix minutes.

Elle ramassa ses vêtements et s'habilla en hâte. Si elle ne sortait pas d'ici immédiatement, la vue de ce corps nu splendide allait la distraire et elle serait en retard, ce qui ne ferait que donner à Lissie de nouveaux motifs de se moquer d'elle.

En entendant parler de bain matinal, Lissie, Pita et les garçons s'étaient joints à eux avec enthousiasme. Lorsque Rachel laissa tomber sa jupe courte à ses pieds, elle s'aperçut que Ben la regardait et plongea les yeux dans les siens. Il lui fit un clin d'œil et se lécha les lèvres avant de se retourner pour soulever Riley dans ses bras ; il le lança en l'air et le rattrapa.

Son fils hurla de plaisir.

— Encore ! Encore !

Il s'exécuta, puis le jucha sur son épaule tel un pompier effectuant un sauvetage et descendit vers le rivage.

— Je vais te lâcher dans l'eau, et tu devras revenir par tes propres moyens, d'accord ?

Rachel, qui les observait, remarqua combien Ben était attentif jusqu'à ce que Riley ait atteint le bord.

— Alors ? dit Lissie derrière elle. Inutile de nier, je sais que tu as passé la nuit avec Ben.

Elle se retourna.

— Ecoute, Lissie…

Son amie se mit à rire.

— C'est inscrit sur ton visage. Tu as l'air si heureuse ! Il y a bien longtemps que je ne t'ai pas vue ainsi.

— Lissie, je t'en prie…

— Je suis ta meilleure amie, n'est-ce pas ? Tu ne peux pas me mentir. En fait, je ne te croirais pas, à cause de cette étincelle dans tes yeux. Dis-moi seulement que tu as passé une nuit merveilleuse.

Vaincue, elle secoua la tête en souriant, puis se mit à rire aussi.

— Oui, fantastique.

Du bord de l'eau, Ben et Pita, qui les observaient, se regardèrent en secouant la tête : pas difficile de comprendre ce qu'ils pensaient de ces femmes qui riaient sans raison. Mais elle s'en moquait : Lissie avait raison, elle était très heureuse.

Qui sait ce qui les attendait, Ben et elle ? A ce moment précis, elle refusait de se poser la question. Elle profiterait au maximum du temps passé avec lui, et après, elle verrait bien…

— Maman, je veux aller à l'école !

Riley lâcha sa fourchette et son couteau et repoussa son assiette de *fish and chips*, puis fronça les sourcils tellement fort qu'ils se rejoignirent sur son front.

Le cœur lui manqua. Jamie faisait ça aussi quand il voulait avoir une conversation sérieuse avec elle.

— Tu n'auras cinq ans que dans trois mois.

— Et alors ? Harry y va la semaine prochaine.

— Oui, mais il a cinq ans aujourd'hui, c'est d'ailleurs pour ça que tu es invité à son anniversaire.

Il y avait déjà une semaine qu'ils étaient allés à la plage avec Ben et la famille de Lissie, et depuis, son fils avait encore pris de l'assurance.

— On ne t'acceptera pas avant que tu aies cinq ans. C'est comme ça.

— Pourquoi ?

— Parce que la directrice l'a dit, et que c'est elle qui commande. Mange, maintenant.

— Non ! Je veux aller à l'école !

— Eh bien, les enfants qui vont à l'école mangent tout sans discuter. Tu adores les *fish and chips*, d'habitude.

— Pas ce soir.

— Bien, alors il est temps d'aller au lit.

Elle repoussa sa chaise et se leva.

— Non, j'irai pas me coucher ! dit-il en la regardant d'un air de défi.

— C'est le dîner ou le lit, choisis.

En soupirant, elle se mit à débarrasser la table. Si jamais il désobéissait et sortait jouer, que ferait-elle ? Pourquoi se rebellait-il juste les jours où elle était particulièrement épuisée ?

Soudain, des coups légers se firent entendre à la porte de l'arrière.

— Je peux entrer ?

— Ben ! hurla Riley en bondissant de sa chaise. On peut aller s'entraîner au football avant qu'il fasse nuit ?

— Riley, assieds-toi, s'il te plaît ! cria-t-elle.

— Un problème ? dit Ben en entrant.

Elle hocha la tête.

— Ce soir, je suis trop fatiguée pour réagir et il en profite.

Ben jeta un regard circulaire.

— Hé, Riley, tu as des *fish and chips* pour le dîner ?

— J'en veux pas. Viens, Ben, on va dehors avant la nuit !

Ben tira une chaise et s'assit.

— Désolé, ce soir c'est impossible : mon joueur étoile n'a pas fini son repas.

— J'ai pas faim.

— Peu importe, tu as besoin de manger pour faire du sport.

Les sourcils de Riley se froncèrent de nouveau.

— Qu'est-ce que tu veux dire ?

— Que si tu ne manges pas, tu ne grandiras plus. D'accord, tu as pris quelques centimètres depuis que je te connais et tu deviendras sans doute très grand, mais seulement si tu manges tout ce que ta maman te donne.

Riley le regarda comme s'il flairait un piège, puis remonta enfin sur sa chaise. Ben poussa l'assiette vers lui ; le petit garçon reprit ses couverts et coupa un morceau de poisson qu'il se fourra dans la bouche.

Rachel se détendit et étouffa un bâillement.

— Merci.

— Pas de problème. Pourquoi es-tu si fatiguée ?

— Je n'en sais rien. Sans doute la chaleur, le travail, et le manque de sommeil…

Il eut un sourire en coin.

— Je me demande bien ce qui t'empêche de dormir.

— Inutile de faire de l'esprit. Tu veux un café ?

— Volontiers, mais après la partie de football que j'ai promise à mon étoile.

Riley repoussa de nouveau son assiette.

— Viens vite, Ben, le soleil va se coucher !

Rachel ramassa l'assiette presque vide pendant que Ben lui posait un léger baiser sur la nuque.

— Veux-tu que je te laisse tranquille ce soir ?

Qui aurait pensé qu'il soit si attentionné ? Elle réprima un bâillement.

— Non, je ne pense pas.

— Exercice et repos ensuite, donc, dit-il en riant avant de se diriger vers la cour.

Elle s'appuya au comptoir pour ne pas s'asseoir, sachant que sinon elle n'aurait plus le courage de faire la vaisselle ni de préparer le repas de Riley pour demain. Effie ne serait pas contente qu'elle fasse son travail, mais elle tentait toujours de combattre sa propension au désordre. Allons, il était temps de s'installer à l'évier !

En réalité, elle ne bougea pas, écoutant les cris perçants de Riley mêlés de rires et les coups sourds sur le ballon. Ben signifiait déjà tant de choses pour elle qu'elle en était effrayée, car même si cette île était paradisiaque, elle ne comptait pas y passer sa vie. C'était un havre où se recueillir et reprendre ses forces ; son fils était en train de comprendre que la vie continuait et qu'il vivrait encore des moments heureux, et elle aussi, aidée par Ben qui lui avait offert la tendresse, un plaisir intense qui reconstruisait sa confiance en elle, et un sentiment d'appartenance à cette île lointaine en la lui faisant découvrir sans la brusquer ni lui imposer quoi que ce soit.

Bien qu'elle aime les îliens qui l'avaient accueillie avec générosité et affection, et qu'elle apprécie ce qu'ils faisaient pour elle, elle se sentait parfois étouffée. De plus, quoi qu'elle fasse, elle serait toujours une « visiteuse », même si elle vivait cinquante ans à Rarotonga.

Ben aussi, d'ailleurs. On l'appréciait en tant que policier ou entraîneur sur le terrain de rugby, mais il serait toujours un « Kiwi »...

Son téléphone vibra sur la table au moment où Ben se précipitait à l'intérieur en fourrant son propre portable dans sa poche.

— Il faut que je parte ! Une urgence.

Il remarqua qu'elle avait son téléphone à la main.

— C'est sans doute l'hôpital. Vous allez être placés en stand-by.

— Qu'est-ce qui se passe ?

Mais il était déjà ressorti telle une tornade. Elle lut le message sur son écran :

Accident sur la barrière de corail, blessures multiples et probables noyades. Tous les médecins sont demandés aux urgences.

Le cœur lui manqua. Si c'était du côté le plus éloigné du lagon, ces malheureux avaient peu de chances de survivre. Elle avait vu à quelle hauteur montaient les brisants avant de se fracasser avec furie contre les rochers. Nul ne pouvait réchapper de la violence de ces eaux tumultueuses...

— Maman, Ben a mis le gyrophare sur son 4x4 en partant !

— Hmm. Je vais appeler Molly pour qu'elle vienne passer la nuit ici avec toi, d'accord ?

« Erreur, se dit-elle aussitôt. Mieux vaut lui expliquer tout de suite pourquoi tu dois partir. »

— On attend des blessés à l'hôpital, je dois aller les soigner, dit-elle.

— Pas de problème, maman, je sais que c'est ton travail.

Incroyable ! Il était devenu raisonnable...

— Tu es gentil, Riley !

Le téléphone se remit à sonner. C'était Lissie.

— Tu as eu le message ?

— J'y vais, veux-tu que je te prenne en passant ?

— S'il te plaît. Amène Riley, il restera avec mes fils, Lanette arrive pour les garder.

Une bonne chose de réglée.

— D'accord, je prépare son sac pour demain matin.

— Ne te précipite pas, ça va prendre un bon moment avant qu'ils ne parviennent à dégager ces imbéciles de la barrière.

Elle perçut la colère dans la voix de son amie.

— Pourquoi les traites-tu d'imbéciles ?

— Trois touristes, qui étaient venus assister à un mariage. Ils étaient soûls, bien sûr, et ils ont décidé d'emprunter une barque, sans rien demander à personne, pour faire le tour de l'île. Ils n'ont même pas pensé au pêcheur qui a perdu son outil de travail dans cette affaire. Ils se sont trop approchés de la barrière de corail et ont été entraînés dans les déferlantes.

Rachel sentit un frisson glacé lui parcourir l'échine. Ben était en route pour les arracher à la mer furieuse… Pourvu qu'il ne lui arrive rien, qu'il ne prenne pas de risques inutiles histoire de jouer les héros ! Elle en doutait, cependant, car il était soucieux de sa réputation…

Son estomac se serra.

— Ben est parti depuis dix minutes.

— Pita aussi, avec son bateau !

Lissie criait presque, à présent. Avait-elle peur pour son mari ?

— Pita sera prudent, Lissie. Il ne fera pas d'action d'éclat, il pense à toi et aux enfants.

— Je sais, mais ça me rend folle de rage. Ces abrutis n'ont pensé à personne. Dans quel état doivent être leur famille et leurs amis, en ce moment ! Et le couple qui se marie demain ? Avec tous les efforts qu'ils ont faits pour organiser la cérémonie, cet idiot de garçon d'honneur vient de tout gâcher.

Rachel écouta, s'efforçant d'oublier la panique qui montait en elle. Elle adressa à Ben une prière muette.

« Pour une fois, je t'en supplie, ne te mets pas en danger. J'ai déjà perdu un homme parce qu'il était un héros, je ne supporterais pas d'en perdre un second. »

9.

— Celui-ci était inconscient quand nous l'avons tiré de là, annonça Ben au groupe de médecins et d'infirmières qui attendaient dans le petit service d'urgence.

Rachel sentit le soulagement la submerger en le voyant indemne, bien que trempé. Il avait dû entendre sa prière...

— Il a repris conscience il y a environ un quart d'heure, poursuivit-il, mais son état est déplorable : bras et jambe gauches fracturés et de profondes lacérations sur les cuisses et le torse.

Le corps du blessé était couvert d'épais bandages, sans doute destinés à stopper les hémorragies. Rachel écouta la suite du rapport de Ben, une description clinique étonnante pour un policier. Il utilisait un vocabulaire si précis qu'elle se remémora son attitude le premier jour quand il avait amené Effie ainsi que leur conversation au sujet de la patiente qui l'inquiétait : il avait fait preuve de compétences et d'une compréhension surprenantes...

— Rachel et Lissie, prenez-le en charge, ordonna le chef du service d'urgence.

Rachel suivit son amie pendant que leur patient était transféré en salle de réanimation. Celui-ci avait peut-être repris connaissance, mais rien n'assurait qu'il ne la reperdrait pas. Les blessures à la tête étaient graves et l'hôpital manquait cruellement de matériel de surveillance des constantes.

Derrière elle, elle entendait toujours la voix grave de Ben.

— Il a fallu le réanimer après son transfert à bord ; il

avait de l'eau dans les poumons. Nous avons dû le traîner dans l'eau jusqu'au bateau ; impossible d'approcher davantage de la barque sans prendre le risque d'être emportés nous-mêmes. Selon son copain, il a perdu connaissance environ dix minutes avant notre arrivée, mais il respirait.

— C'est vous qui l'avez sorti de l'eau ? demanda un aide-soignant.

— On était quatre.

— Je me doutais bien que vous seriez de la partie…

Elle regarda par-dessus son épaule pour voir la réaction de Ben. Il semblait plutôt mal à l'aise que fier, comme Jamie l'aurait été à sa place.

— N'y avait-il pas un troisième homme ? demanda-t-elle.

Elle vit son regard perdre toute expression.

— Les recherches se poursuivent, mais il fait nuit noire et la pluie n'arrange rien…

Elle traversa la pièce et posa une main sur son bras.

— Pas très bon, on dirait. Au moins, la mer est chaude, c'est déjà ça.

— C'est le seul point rassurant.

Il posa la main sur la sienne un instant.

— Je te rejoins plus tard, je retourne là-bas.

— Tu es obligé ? Ils sont déjà nombreux…

— C'est mon métier, Rachel. Et de toute façon, je ne pourrais jamais tourner le dos à quelqu'un qui est en danger.

— Regarde-toi, tu es trempé. Pourquoi ne pas te changer d'abord ?

Il leva un sourcil.

— Il pleut ; le type que nous cherchons doit être trempé depuis des heures, et plus tôt nous le trouverons mieux ce sera.

Elle eut envie de le prendre dans ses bras pour le retenir, le supplier de ne pas faire d'imprudences, mais elle savait que ça serait inutile. Ce qui ne l'empêcha pas de parler.

— Donc, tu vas te jeter à l'eau sans souci de ta sécurité, ni des gens qui tiennent à toi. Comme un héros, hein ?

— Laisse-moi passer, docteur.

Elle haussa les épaules.

— Bien sûr, tu te moques de ce que je dis, de toute façon !

Il fit un pas en avant et se pencha pour qu'elle soit la seule à percevoir sa colère.

— Qui es-tu pour me parler comme ça, docteur ?

Elle eut un mouvement de recul. Eh bien, c'était ce qui s'appelait être remise à sa place, et c'était douloureux. D'accord, elle n'avait pas à se préoccuper de sa santé. Encore un avertissement, puisqu'elle avait ignoré le précédent. Ses yeux se mouillèrent, mais elle se redressa. Après tout, elle venait de sauver son cœur ; il n'était pas trop tard pour interrompre ce qui venait tout juste de commencer entre eux, une sorte d'amitié amoureuse, sans plus. Sauf qu'en le regardant quitter le service, elle savait qu'il y avait bien autre chose entre eux. Mais ce n'était pas à considérer. Elle se tourna pour rejoindre Lissie et son patient.

L'aide-soignant, qui avait visiblement compris ce qui se passait, s'approcha d'elle.

— Nous avons besoin de héros. Ici, les gens admirent Ben pour son courage. Il ne se met jamais en avant, il est toujours prêt à aider, à sauver quelqu'un. Il ne faillit jamais.

— Pour moi, c'est de l'obstination et de l'inconscience.

— Laisse tomber, Rachel.

Ben se tenait dans l'encadrement de la porte.

Aussitôt, elle fut horrifiée de sa propre attitude : elle parlait ouvertement de Ben devant le personnel, à présent ? Elle se tourna vers lui et le regarda dans les yeux. Elle y lut de la compassion, non de la colère. Ainsi, il comprenait pourquoi elle réagissait de cette manière… Et alors ? Elle avait décidé d'interrompre leur relation. Elle était trop proche de lui et en payait déjà le prix. Il lui briserait le cœur un jour ou l'autre.

Une demi-heure plus tard, Lissie rangea les radios qu'elle étudiait.

— Il faut opérer pour placer une broche à la fracture du fémur.

— Hmm, il y a concussion.

— Mais avant de commencer, je vais dire un mot à ses amis dans la salle d'attente. Ils ont le culot d'exiger que les blessés soient rapatriés en Nouvelle-Zélande sous prétexte que notre hôpital n'est pas assez équipé.

Elle serra les poings.

— S'ils ne s'étaient pas comportés comme des idiots, ils n'auraient pas eu besoin d'aller à l'hôpital.

— C'est fréquent de rapatrier les blessés ?

— Assez, oui, surtout quand les blessures sont graves. Mais nous n'affrétons pas de vol spécial si ce n'est pas une question de vie et de mort. Ils partiront sur un vol régulier demain matin, et en attendant, nous allons faire notre possible, quand j'aurai dit ma façon de penser à ces abrutis qui hurlent dans la salle d'attente.

— Tu veux que je t'assiste en salle d'opération ?

— Bien entendu.

Lissie sortit d'un pas décidé.

Rachel donna des instructions aux infirmières avant d'aller se laver. Pas trace de Ben, ni du troisième blessé. Le désespoir l'envahit ; la situation était inquiétante. Même si ces jeunes gens avaient été inconscients, ils ne méritaient pas de mourir. Si tous les gens qui agissaient de façon stupide devaient disparaître de la surface de la planète, il ne resterait pas beaucoup de monde.

Ce qui n'empêchait pas qu'elle déplore l'inconscience de Ben, qui avait dû sauter dans les flots au mépris de sa propre sécurité…

Elle se concentra. C'était la première fois qu'elle voyait Lissie opérer.

— Tu es un excellent chirurgien ! ne put-elle s'empêcher d'observer.

— Que veux-tu, j'ai de l'entraînement. Ici, ce n'est pas comme à Londres, je suis confrontée à toutes sortes d'interventions. Pas beaucoup de fractures du fémur, pourtant, répondit Lissie.

— Tu vas utiliser un clou intra-médullaire ?

— Non, je n'en ai pas. Je vais placer un fixateur externe.

— La bonne vieille méthode, alors. La plaque et les vis…

Rachel suturait une lacération profonde à l'autre cuisse.

— Sauf en gynéco, reprit-elle, je n'ai pas opéré depuis mon internat où j'observais plus que je n'agissais.

— Eh bien, reste ici et tu auras l'occasion de pratiquer. Des fractures du crâne, surtout, et des hématomes au cerveau.

Elle vissa la plaque qui maintiendrait l'os en place le temps qu'il se ressoude.

— Beaucoup de traumas crâniens ?

— Les noix de coco qui tombent tuent trois ou quatre personnes par an, et les plus chanceux atterrissent ici. Sans parler de ceux qui tombent de leur scooter la tête la première.

Rachel fit la grimace.

— Ils ne sont pas obligés de porter un casque ?

— La loi stipule que ce n'est pas obligatoire en dessous de quarante kilomètres à l'heure, mais Ben travaille à la faire changer, pour les conducteurs comme pour leurs passagers.

Encore Ben, l'homme providentiel… Il ne semblait pas se voir ainsi, et sans doute n'agissait-il pas pour se faire valoir.

Une heure plus tard, tout était terminé. Leur patient était en assez bonne condition pour être transféré en avion jusqu'à un hôpital où des spécialistes munis d'un équipement ultramoderne le prendraient en charge.

— Il a eu de la chance que tu sois là, Lissie.

Elle étouffa un bâillement qui lui rappela son épuisement, momentanément oublié pendant la situation d'urgence.

— Allons prendre un café, suggéra son amie en bâillant à son tour. Mes garçons ne m'ont pas laissée dormir hier soir tant ils étaient excités avec cette histoire d'école. Et toi, pourquoi es-tu fatiguée ?

— Pas à cause de Riley, en tout cas.

Sans crier gare, Lissie la prit dans ses bras.

— Je parie que c'est à cause d'un policier aux yeux noirs, non ?

— Tu n'avais pas parlé d'un café ? répondit Rachel, détournant la question.

Elle se força à sourire, puis se souvint de la scène du dîner.

— Riley a essayé de me forcer la main ce soir. Figure-toi qu'il veut aller à l'école avec Harry.

— Pourquoi as-tu refusé ? Il est intelligent, et il a presque cinq ans. Ce serait mieux qu'il commence avec son copain que dans trois mois avec des enfants qu'il ne connaît pas.

— C'est vrai, mais la directrice l'acceptera-t-elle ?

— Je ne vois pas pourquoi elle refuserait. Tu devrais lui en parler.

— D'accord, je le ferai.

Pour une fois, se dit-elle avec satisfaction, elle avait pris une décision rapide. Sans doute une question d'adaptation...

Elles burent leur café, vérifièrent les constantes de leur patient et sortirent sur le seuil. La pluie était maintenant torrentielle.

— Et si on demandait à quelqu'un de venir nous chercher, Lissie ? Pita, par exemple...

Pas question d'appeler Ben et de risquer de se faire rabrouer.

— Il déteste que je l'interrompe durant une opération de sauvetage. Nous allons devoir attendre.

Son amie entra dans le réfectoire.

— Une partie de Scrabble ?

— Ah, tu crois que tu vas gagner parce que j'arrive à peine à garder les yeux ouverts ?

— Vous pouvez être rassurées, ils ont trouvé le troisième gars, annonça une infirmière. Il est revenu à la nage.

— Il est blessé ? demanda Rachel.

— Pas que je sache. Selon Ben, il peut rentrer chez lui.

— Mais Ben n'est pas médecin ! s'exclama Rachel, choquée.

La prochaine fois qu'elle le verrait, elle lui demanderait de s'expliquer sur ces étonnantes connaissances médicales. Et pendant qu'elle y était, elle devrait justifier aussi sa propre réaction de tout à l'heure…

Ben gara le 4x4 devant chez lui et éteignit les phares. Comme chaque fois qu'il rentrait à la maison, il jeta un regard machinal vers les fenêtres de Rachel.

Décidément, il ne se satisfaisait pas de cette relation avec elle, songea-t-il. Il était en train d'imaginer ce qu'il éprouverait si elle l'attendait à la maison le soir…

Il devrait s'en éloigner pendant qu'il en était encore temps. Une amitié amoureuse était une chose, un engagement à long terme une autre. Il frissonna. Comment rompre, alors qu'il ne pensait qu'à elle, qu'à la tenir dans ses bras ? Pourquoi s'était-il soudain mis à penser que son avenir n'était pas de rester policier dans cette petite île perdue au milieu du Pacifique ?

Que se passerait-il quand le contrat de Rachel se terminerait ? Si elle ne le renouvelait pas, la suivrait-il jusqu'à sa prochaine destination ? Pas question, ce serait de la folie. Il s'était construit une vie qui lui convenait, solitaire, mais sûre, avec des amis et une famille qui lui rendait souvent visite. Il se sentait chez lui à présent, et il ne risquerait pas son cœur. Pas pour Rachel.

En fait, c'était plutôt la date de son départ qui lui importait. Elle semblait heureuse ici, mais comme la plupart des gens qui venaient pour travailler, elle se fatiguerait vite de cette vie retirée et monotone et du manque de confort moderne.

Et si elle s'adaptait, malgré tout ? L'espoir frémit dans son cœur, pour s'éteindre presque aussitôt.

Il poussa la portière du coude et sortit de son véhicule. Les mains sur les hanches, sans souci de la pluie, il observa les nuages noirs. Une soudaine rage le submergea, lui faisant serrer les poings. D'où lui était venue cette idée naïve ? C'était une citadine, habituée à avoir toutes les commodités sous la main. Et si elle ne s'en souciait pas pour elle-même, elle avait un petit garçon à qui elle voudrait assurer la meilleure qualité de vie possible.

Il se retourna et traversa la pelouse mouillée en regardant toujours du côté de chez Rachel. Il avait envie de hurler. Elle était responsable de la situation, il n'avait jamais voulu s'attacher de nouveau à une femme. Jamais. Mais il s'était attaché à elle, et ce soir elle s'était permis de critiquer sa façon d'être. Eh bien, il fallait que ça cesse.

Il claqua la portière, passa sous la clôture et se dirigea vers la porte de la maison voisine où brillait une vive lumière. A partir de maintenant, elle n'était plus que « le docteur ». Plus de Rachel, sa voisine aux yeux à damner un saint. Les liens entre « le docteur » et Rachel s'estompaient de plus en plus…

Il sentait sa petite vie tranquille lui échapper, et s'il ne réagissait pas sans tarder, ce serait trop tard.

Il leva la main pour frapper et arrêta son geste. Il était plus de minuit, et elle avait dit être déjà épuisée à l'heure du dîner. Elle devait dormir. Mais alors, pourquoi cette lumière allumée ? Elle l'attendait peut-être, après leur dispute à l'hôpital ? Peu vraisemblable.

Il secoua les épaules pour évacuer la tension, tourna la poignée et entra. Il arpenta le couloir, jetant un regard dans le salon au passage, et resta sur le seuil à observer son visage serein. Elle était allongée sur le canapé, profondément endormie.

Sur son visage, plus trace de ses accusations… Elle avait prononcé le mot « héros » comme s'il était empoisonné, et il avait compris qu'elle avait peur. Mais de quoi ? Qu'il lui arrive malheur ? Cela aurait plutôt dû lui faire plaisir, mais sa fureur s'accrut. Ne le connaissait-elle pas assez bien pour savoir qu'il ne prenait aucun risque qu'il n'ait déjà calculé ? En tout cas, elle savait remuer le couteau dans la plaie…

Pourquoi se sentait-il blessé à ce point ? Il ne devrait pas être si vulnérable, puisqu'il était supposé se tenir loin de tout engagement. Les femmes exigeaient trop en refusant d'accepter le caractère de leur compagnon. Même Catrina avait eu des exigences qu'il ne pouvait satisfaire : par exemple, elle avait mal supporté qu'il l'oblige à passer Noël chez ses parents alors qu'elle aurait préféré rester avec ses amis. Alors que, depuis sa mort, il n'était jamais plus rentré dans sa famille pour les fêtes… Quelle ironie !

A présent, c'était Rachel qu'il avait blessée en s'obstinant à aller au secours de ces touristes. Parce qu'il se sentait obligé de sauver des vies : c'était aussi vital pour lui que de respirer.

Il l'étudia de la tête aux pieds. Il connaissait ce corps intimement, adorait ses courbes et ses méplats, la façon dont son visage s'éclairait quand elle souriait et dont ses yeux brillaient parfois de malice.

Comment mettre fin à leur histoire ? Il s'approcha d'elle et se pencha pour passer un doigt sur sa joue. Il avait besoin d'elle, elle comptait beaucoup pour lui, mais il ne pouvait pas continuer ainsi.

Elle n'avait aucun droit sur lui. Après tout, ne voulait-elle pas, elle aussi, sauver ces hommes ? Ce qu'elle exigeait, c'était que ce ne soit pas lui qui s'en charge…

Non, elle l'avait prié de ne pas être inconscient, c'était différent. A cause de son mari, qui avait trouvé la mort alors qu'il avait joué les héros. Il avait vu le désespoir dans ses yeux quand elle lui avait raconté ce drame.

Elle remua, se mit sur le dos, la couverture glissa au sol, et il retint son souffle pour ne pas l'éveiller. Elle aurait un choc si elle le voyait là, debout, en train de l'observer ; de toute façon, elle serait mieux dans son lit. Il se pencha pour la prendre dans ses bras. Aussitôt, il fut enveloppé par son effluve de lavande et la désira. Où était donc sa résolution de rompre ?

Elle murmura quelque chose dans son sommeil, et il eut envie de la tenir serrée contre lui et de ne plus jamais la lâcher. Ils devraient pouvoir affronter leurs démons ensemble et les faire fuir une bonne fois pour toutes, croire qu'ils avaient devant eux un avenir radieux. Jusqu'au jour où elle quitterait l'île. Où serait-il alors ?

— Ben ?

— Chut, c'est moi. Je te mets au lit.

— Oh ! Ben ! Je t'ai attendu, dit-elle en souriant.

Elle se tortilla pour lui échapper et posa les pieds par terre.

— Je vais m'en aller, Rachel, je voulais juste te parler.

Tout à fait l'inverse de ce qu'il faisait…

Il lui prit le visage dans ses mains et caressa sa bouche du pouce.

Elle ouvrit les yeux en grand et lui lécha le doigt, et ce simple geste augmenta son désir. Son cœur s'emballa.

— Demain, dit-elle en plantant doucement ses dents dans son pouce.

— Rachel, arrête !

— Je n'ai encore rien fait…

Sa voix était pleine de promesses.

Il ne pouvait l'ignorer, il n'en avait pas la force. Passant une main dans son dos, il l'attira à lui ; elle entoura ses jambes des siennes et il exprima son désir par un grognement de gorge, posa la bouche sur la sienne et son cerveau cessa de fonctionner.

Elle s'accrocha à lui, passa une main entre leurs deux corps pour défaire son pantalon. Avec un frisson, il la porta vers la table et l'appuya au bord.

Rejetant la tête en arrière, il caressa sa peau soyeuse.

Elle plongea les yeux dans les siens. Ils étaient emplis de confiance et de cette envie de lui qui le rendait fou.

— Vite, murmura-t-elle sans détourner le regard.

— Je n'ai pas le choix.

Un gémissement lui répondit.

Ils furent emportés ensemble dans le plaisir, et même après, il ne la lâcha pas. Elle n'avait pas détourné les yeux des siens une seule seconde.

Impossible de s'éloigner d'elle… C'était comme si elle était une part de lui. Ses lèvres bougèrent contre son cou, mais il ne comprit pas ce qu'elle disait.

— Pardon ?

— Tu es un amant merveilleux.

— Je peux te retourner le compliment. Je me suis cru au paradis.

Elle se libéra, se releva et lui prit la main pour l'entraîner dans la chambre où ils restèrent enlacés pour recommencer, en prenant leur temps cette fois.

Plus tard, il se souleva sur un coude pour regarder l'heure au réveil de la table de chevet. 2 h 20 du matin ! Il s'étira ; tous ses muscles étaient légèrement douloureux. Ses yeux se fermèrent ; il était épuisé, et ressentait en même temps un sentiment de bien-être qu'il ne s'expliquait pas. Comme s'il était enfin rentré chez lui.

— Ben ? Tu dors ?

— Plus maintenant.

Il roula sur le flanc, l'attira à lui et passa un bras sous sa taille.

— Je devrais rentrer, inutile que Riley me trouve ici demain matin.

Elle se raidit.

— Tu as raison, je n'aimerais pas qu'il se fasse des idées.

Il s'écarta d'elle.

— Que veux-tu dire par là ?

— Qu'il pense que tu peux remplacer son père.

Un soulagement mêlé de déception l'envahit. Elle ne le voyait pas en père ? Il aimait les enfants, pourtant, tous les gens de l'île le savaient bien. Et pourquoi ce soulagement ? Parce qu'elle ne lui demandait rien de plus que de poursuivre cette relation sans engagement. Mais elle le détrompa aussitôt.

— De toute façon, Ben, je voulais te dire que ça ne pouvait pas continuer ainsi. J'ai l'impression d'être prisonnière. Tu es comme une drogue dont je ne peux plus me passer, et ça ne me plaît pas.

Ainsi, elle avait réfléchi et pris les mêmes décisions que lui… Elle avait l'intention de rompre. Il eut soudain très mal, comme si un poignard venait de lui être enfoncé dans le cœur.

— Je comprends.

Il se redressa et le silence tomba entre eux.

— Tu as sans doute raison. Mieux vaut que nous restions bons voisins.

Elle lui agrippa la main.

— Comment expliques-tu que dès que nous sommes à moins de cinquante mètres l'un de l'autre nous crevons de désir ?

Il porta sa main à ses lèvres et embrassa sa paume, puis ses doigts l'un après l'autre.

— Nous allons devoir réfléchir et trouver la force de dépasser cette situation pour continuer.

Puis il appuya la main sur sa cuisse pour sortir du lit, enfila son jean, mit sa veste sur son épaule et se dirigea vers la porte.

— A plus tard.

10.

— Heureusement qu'il y a les dimanches !

Elle s'enfonça dans le canapé moelleux du salon de Lissie. Toutes les portes vitrées de la véranda étaient grandes ouvertes, et elles regardaient la pelouse imbibée d'eau où les trois garçons se couraient après, trempés jusqu'aux os.

— Tu te couches trop tard ? demanda son amie avec un sourire malicieux.

— Pas du tout.

Plus depuis une semaine, depuis la nuit du sauvetage et la conversation qui avait mis fin à sa relation avec Ben.

Le lendemain matin, quand elle était passée sous la clôture pour lui rapporter sa chemise, il était déjà parti ; et le reste de la semaine, il s'était fait remarquer par son absence. De temps à autre, elle entendait son 4x4 quand il rentrait tard dans la nuit, mais le matin, quelle que soit l'heure à laquelle elle se levait, il n'était plus là.

Selon Lissie, la police avait commencé une enquête à propos du vol de l'embarcation par les trois jeunes hommes.

— Il paraît que Ben a passé un bon savon à celui qui a eu la chance de s'en tirer indemne. Il a précisé qu'une famille entière dépendait de ce bateau pour gagner sa vie et demandé ce qu'ils comptaient faire tous les trois pour réparer leur bêtise.

Malgré son cœur lourd, Rachel sentit les coins de sa bouche se relever en un sourire.

— Je l'imagine très bien dans ce rôle. Et alors ?

— Ils ont payé au pêcheur un nouveau bateau.

— Super ! Ben est très fort.

Mais où était-il donc ? Une semaine entière sans le voir, c'était si long !

Il n'avait pas protesté quand elle avait dit vouloir mettre fin à leur relation… Maintenant, elle regrettait d'avoir parlé. Pourtant, ce moment de solitude pouvait être une bonne chose, lui donner le temps d'analyser ses sentiments pour lui.

Alors pourquoi se sentait-elle si triste et découragée ? Par-dessus le marché, la pluie n'avait pas cessé depuis la nuit du naufrage. Une pluie battante, chaude, qui inondait tout et créait d'énormes flaques où Riley aimait sauter à pieds joints. Comme si les nuages étaient retenus au-dessus de l'île et que le vent ne se décide plus à souffler pour les chasser… Manifestement, c'était normal au mois de mai.

— Rachel ! Tu es encore dans la lune. Reviens sur terre !

— « Encore » ? Que veux-tu dire ?

Elle prit son verre de jus de papaye, embarrassée.

— Je crois que tu es amoureuse de Ben.

— Quoi ? Absolument pas ! Tu sais bien que c'est impossible, Lissie.

Elle sentit monter la panique. Elle l'avait bien envisagé, mais si son amie parvenait à la même conclusion qu'elle, c'était une confirmation de ses soupçons, avec toutes les complications qui l'accompagnaient.

Lissie prit un air complaisant.

— Et pourquoi pas ? Bien sûr que Jamie te manque toujours, mais il faut que tu recommences à vivre et à t'amuser…

— Bon sang, ça n'a rien d'amusant, c'est sérieux !

— De quoi as-tu peur ?

— De tout !

Lissie sourit.

— Eh bien, tu n'as aucune raison de t'en faire, cette étincelle qui brille dans tes yeux depuis que tu as rencontré Ben indique que tu es heureuse. Prends les choses comme elles viennent, sans te soucier de l'avenir. Apprenez à vous connaître, tous les deux, en dehors de la passion. Le reste se fera tout seul.

Rachel fit tourner son verre dans ses mains.

— Je ne l'ai pas vu depuis une semaine, on dirait qu'il m'évite. Il a mis un mot à la porte pour me prévenir qu'il ne pourrait pas jouer au football avec Riley parce qu'il avait trop de travail. Bizarre, sur cette île où rien ne se passe…

Lissie posa son verre sur la table basse et se leva.

— Nous avons besoin d'une boisson un peu plus forte. Je vais préparer des *Margarita*.

— Euh… Tu crois ? Je te rappelle que nos enfants jouent dehors et que nous devons garder l'esprit clair.

Elles éclatèrent de rire ensemble, puis Lissie se mit à doser la tequila dans un shaker.

— Pita les surveille, il bricole sous l'appentis ; inutile de nous inquiéter. Je n'en ai pas bu depuis des lustres, je me demande à quoi j'ai occupé ma vie !

— A te mêler de la mienne, peut-être ? glissa malicieusement Rachel.

Elle termina son jus de papaye et s'appuya au dossier du canapé.

La première gorgée glacée était délicieuse.

— Si jamais tu te lasses de la médecine, tu as une carrière toute trouvée !

— Ravie que mon cocktail te plaise. Tu restes pour le dîner, n'est-ce pas ? Poulet grillé au menu.

— D'accord.

Rachel se détendit. Dieu merci, il n'était plus question de Ben pour l'instant…

— Tu as tout préparé pour l'école ?

— Hmm. Riley est si excité ! Il a des vêtements neufs et des fournitures qu'il regarde au moins vingt fois par jour.

— Salut, je ne suis pas en retard pour le dîner, j'espère ?

Rachel redressa le dos et sentit un frisson la parcourir. Ben ! Elle regarda Lissie, qui semblait aussi étonnée qu'elle.

— Pas du tout, nous en étions à l'apéritif et Pita répare un engin quelconque…

— Je vois. Je vais le rejoindre pour lui donner un coup de main.

Il sortit aussitôt et Lissie la regarda dans les yeux.

— C'est Pita qui a dû l'inviter. Je t'assure que je n'étais pas au courant. Peu importe, nous allons passer une bonne soirée.

— Tu crois ?

— Hmm. Tu en veux un second ? demanda Lissie en montrant le shaker.

Pas question, surtout si Ben était là… Quoique, justement.

— Oh… Pourquoi pas ?

Riley courait après le ballon dans la boue et les flaques en poussant des hurlements. Le cœur de Ben se serra. Il ne reconnaissait plus le petit garçon triste qui attendait le retour de son papa…

Il poussa un soupir. S'entendre appeler « papa », avoir un enfant qui venait l'embrasser le soir…

Il le vit arriver vers lui en riant.

— Tu as vu ça, Ben ?

— Hmm, pas mal du tout !

— Hé, Ben ! J'ai besoin d'aide pour finir de remonter ce kart. Tu en as parlé à Rachel ? demanda Pita.

— Euh… non, pas encore.

Pita lui donna une tape dans le dos.

— Tu ferais mieux de lui demander si elle est d'accord pour que son fils conduise un truc qui va à quinze à l'heure !

— Et si elle refuse ? Elle ne doit même pas savoir ce que c'est qu'un kart !

C'était là que le père de Riley aurait eu son mot à

dire… Il sentit sa poitrine se serrer de nouveau. Même si ce n'était pas son rôle, il lui expliquerait que les bleus et les bosses faisaient partie de l'apprentissage de la vie des petits garçons.

— Tiens-moi le capot, dit Pita qui se mit à serrer les boulons. Je suis sûr que tu peux la convaincre. Crois-moi, si les miens le conduisent, elle n'a aucune chance d'interdire au sien d'en faire autant…

Après le dîner, ils s'installèrent tous les quatre sur la terrasse.

— Ils veulent faire du karting ? Mais où ? Il n'y a pas la place ici ! s'exclama soudain Rachel.

Ben soupira. Il avait décidé d'attendre un peu pour en parler, mais Harry et Jason l'avaient devancé… Par chance, elle avait attendu pour protester que les garçons soient rentrés regarder la télévision.

Il but une gorgée de bière.

— Il y a une voie réservée le long de la route principale, et ils peuvent aller sur les petites routes…

— Tu plaisantes ! A combien montent ces engins ?

— Environ quinze à l'heure, peut-être un peu plus…

Il évita le regard de Rachel, dont les yeux étaient de plus en plus écarquillés. Mais elle se tourna vers Lissie.

— Tu n'as pas peur, toi ?

— Si je n'avais pas été d'accord, Pita n'aurait pas entrepris de réparer le kart.

— Des trucs de garçons, n'est-ce pas ? O.K., je vois que je suis coincée.

Ben se sentit soulagé.

— Ils porteront un casque et auront interdiction de s'en servir quand ils sont seuls.

— C'est toi qui établis les règles ?

Alors qu'aucun des enfants n'était le sien, c'était ce qu'elle sous-entendait… Inutile de se sentir contrarié, elle n'avait pas tort.

— Il se trouve qu'en tant que policier je connais bien les problèmes de sécurité.

Et qu'il se souciait de Riley comme son père l'aurait fait s'il était toujours là, eut-il envie d'ajouter.

Ni que la mère et l'enfant lui importaient plus qu'il ne l'aurait souhaité, depuis le premier soir.

L'amour… Ce mot revenait souvent dans son esprit ces derniers temps. Il ferait mieux de partir en courant.

Rachel bâilla.

— Ce doit être l'heure de rentrer, on n'entend plus les garçons.

— Je vous raccompagne, proposa-t-il.

Il jura en son for intérieur. Bon sang, n'avait-il pas l'intention, il y a deux minutes, de partir en courant ? Oui, et il serait rentré chez lui épuisé, malheureux et toujours… amoureux.

Tandis que Rachel prenait sa trousse médicale dans sa voiture, il installa Riley endormi sur la banquette arrière du 4x4, lui caressa la joue, et une vague de tendresse le submergea. Il recula, se redressa et regarda Rachel par-dessus le toit du véhicule.

— On y va ?

— Oui, dit-elle en se glissant sur le siège passager. Tu es gentil avec Riley.

— Normal, c'est vraiment un petit bonhomme adorable.

Elle regarda dehors.

— Cette pluie ne cessera donc jamais ? Je vais devenir folle à rester enfermée.

— Tu peux sortir, ce n'est que de l'eau, et elle n'est pas froide, répliqua-t-il avec un sourire.

Ainsi, il y avait des choses qu'elle ne supportait pas à Rarotonga, ce qui signifiait qu'elle ne renouvellerait peut-être pas son contrat. Comment s'accommoderait-il de son absence ?

Le moteur rugit, le 4x4 bondit en avant. Plus vite il les

ramènerait, plus vite il se retrouverait seul sur sa terrasse à savourer la paix et le silence.

Ils n'allèrent pas loin. Au second croisement, il freina à fond pour éviter un groupe de gens entourant un bus qui emmenait les touristes au spectacle du centre culturel.

— Un accident ? demanda Rachel.

— Si c'est le cas, il vient de se produire. Il n'y a aucun policier pour faire la circulation.

Il descendit du véhicule.

— Je vais voir. Riley ne va pas se réveiller ? ajouta-t-il, voyant qu'elle sortait aussi de la voiture.

— Non, pas maintenant, crois-moi.

Elle le suivit, et lorsqu'il se fut approché il poussa un juron. Deux jeunes gens étaient allongés sur le bas-côté, leurs corps tordus et déformés. Il se tourna vers le groupe.

— Reculez, laissez passer le médecin ! Quelqu'un a appelé la police et l'hôpital ?

Il entendit des réponses affirmatives.

— D'accord, écartez-vous tous de la route. On ne vous voit pas, c'est dangereux !

Puis il s'agenouilla à côté des blessés.

— Que s'est-il passé ? Il y a des témoins ?

— Ils marchaient au bord, dit une femme. Un chien a traversé devant le bus et le chauffeur a freiné, mais trop tard.

— Merci, madame. Je vous demanderai d'attendre la police qui prendra votre témoignage.

Il sortit son portable et composa le numéro d'urgence.

— Tetevano ? Un accident au *Fruit de l'Ile*, tu es au courant ? D'accord, à tout de suite.

Rachel s'approcha.

— Je dois prévenir Lissie.

— L'ambulance arrive, mais nous n'avons pas de secouristes ici. Il faut que tu t'occupes d'eux.

A la lumière de sa torche, il lut la surprise dans ses yeux.

— Tu n'as pas l'intention de m'aider ?

Il soupira. Bien sûr que si…

— Veux-tu que je me charge du jeune homme ? demanda-t-il.

— Oui, s'il te plaît. Prends ce qu'il te faut dans la trousse, et avertis-moi si tu dois utiliser du matériel.

Tout en mettant Lissie au courant, elle s'éloigna vers la jeune fille étendue à plat ventre sur le gravier.

Le jeune homme grogna et tenta de se mettre sur le flanc.

— Reste tranquille, tu as eu un accident. Ne bouge pas tant que je ne t'ai pas examiné, d'accord ? lui dit Ben d'une voix douce.

— Ellie ? Elle était avec moi…, balbutia-t-il en continuant à essayer de se relever.

Ben lui prit le poignet se mit à compter les pulsations.

— Elle est juste à côté. Comment t'appelles-tu ?

— Thomas. Aïe ! J'ai mal à la tête.

En palpant le crâne et les os du visage, Ben sentit une protubérance à la mâchoire.

— Ne t'en fais pas, ce n'est qu'un bleu énorme.

Avec un peu de chance, ce ne serait pas grave, car son élocution n'était apparemment pas affectée.

Il entendit Rachel à quelques pas de lui.

— Ellie, ne vous touchez pas le visage, s'il vous plaît. Je veux attendre d'être à l'hôpital pour retirer ces graviers de votre joue. Je vais vous donner un antalgique et vous examiner. Vous avez mal autre part ?

Un cri jaillit, et Ben sentit un frisson glacé lui parcourir l'échine. Ignorant la prière de Rachel, Ellie se grattait la joue. Aussitôt, il s'approcha pour lui saisir les mains. Quand elle se mit à donner des coups de pieds pour se libérer, il regarda autour de lui et vit avec soulagement Tetevano qui se frayait un chemin dans la foule.

— Tete, donne-nous un coup de main !

Son collègue s'agenouilla pour agripper les chevilles de la blessée pendant que Rachel administrait la morphine.

— Merci. Elle est en état de choc, mais l'injection va la calmer.

Ben ne lui lâcha pas les mains tant que Rachel examinait la tête, l'abdomen et les membres.

— Une entaille au front qui doit être suturée, une probable entorse au genou et des écorchures, mais à mon avis, elle ne s'en tire pas trop mal. Je ne trouve pas l'endroit de l'impact avec le bus.

— C'est peut-être Thomas seul qui a été heurté, et elle aura subi le contrecoup.

Il retourna vers sa victime.

— Thomas ? Comment ça va ?

Rachel le rejoignit. Il était surpris de la vitesse à laquelle tout lui revenait, comme s'il n'avait jamais abandonné la médecine. Etait-il fait pour cela, tout compte fait ? Non. S'il avait été seul, il ne serait sans doute pas intervenu.

Ils entendirent la sirène bien avant l'arrivée de l'ambulance. La plupart des spectateurs avaient disparu, probablement à cause de la pluie battante.

— Va avec eux, Rachel, ils ont peut-être besoin de toi à l'hôpital. J'emmène Riley et je le mets au lit.

— Pourquoi n'y vas-tu pas toi-même ? Tu sais aussi bien que moi que tu es qualifié pour ça !

— C'est ton métier, pas le mien.

Sans lui laisser le temps de répliquer, il tourna les talons. Il ne voulait surtout pas qu'elle ait pitié de lui.

11.

Le lundi matin, après avoir réveillé Riley à 6 h 30, Rachel fut étonnée de le voir habillé et prêt à partir à 7 heures.

— Tu n'as pas déjeuné !

— Si, j'ai mangé un peu de céréales. Pourquoi on peut pas partir tout de suite ?

— Parce qu'il est trop tôt ! L'école commence à 8 heures et demie. Quelle heure est-il ?

Il fronça le nez en regardant la pendule.

— 7h10. C'est long !

Agacée, elle poussa un soupir. Après l'accident d'hier soir, elle avait peu dormi. A son retour de l'hôpital, Ben, qui veillait sur la terrasse, était rentré chez lui après avoir lâché un laconique « bonsoir » à son attention. Avait-il peur qu'elle lui pose des questions sur son aptitude à soigner les blessés ?

— Qu'est-ce que j'emporte pour midi, maman ?

— C'est une surprise… Ton sandwich préféré.

— Tu aimais l'école, toi, maman ?

— Oui, et tu l'aimeras aussi ; tu vas te faire des amis, lire des histoires et apprendre le calcul.

— Ils vont me demander ce que je veux faire plus tard ?

— C'est un peu tôt, mon chéri.

— Je veux être policier, comme papa et Ben.

C'était à prévoir… Elle espéra que cette phase ne durerait pas.

Enfin, à 8 heures, elle prit son sac et sa trousse médicale.

— Vite, maman, ils vont commencer sans moi !

— Aucun risque. Tu vois, il fait soleil pour ton premier jour de classe, dit-elle en désignant le ciel.

Dieu merci, la pluie avait cessé…

— Alors, où est notre petit écolier ? demanda Effie en entrant. Tiens, pour ton premier jour, mon garçon.

Elle posa un paquet sur la table.

— Merci ! Je peux l'ouvrir ?

— Hmm, je pense que tu en auras besoin aujourd'hui.

Riley défit le papier et en sortit une boîte à sandwich en plastique bleu, décorée d'étoiles argentées.

— Oh ! super ! Regarde, maman !

— En effet, Effie t'a gâté ! Tu veux que j'y mette ton déjeuner tout de suite ?

— Oui, mais on y va, maintenant ?

— Allez-y, dit Effie, je m'occupe de la maison.

Rachel fourra toutes ses affaires sur le siège arrière et monta dans la voiture en jetant un coup d'œil vers chez Ben, comme tous les matins. Aucun signe de lui, ni de son 4x4. En descendant l'allée, elle songea qu'elle devrait s'acheter un véhicule au lieu de profiter de celui qu'il lui prêtait…

La tristesse l'envahit. Il lui manquait tant ! Pas seulement la nuit, mais aussi les soirées sur la terrasse, sa patience pour les leçons de natation… Lissie avait raison, elle était prête à tourner la page et à profiter de nouveau de la vie.

— Maman, tu as oublié de t'arrêter !

Elle fit demi-tour dans le premier chemin, honteuse d'avoir manqué le portail de chez son amie. Même en ce jour spécial, elle était distraite par la pensée de Ben !

Harry et Jason faisaient de grands signes au milieu de la route. Elle gara la voiture et descendit.

— Mettez-vous sur le bord ! Où est Lissie ?

— Dans la cuisine.

Elle entra et trouva son amie en train de débarrasser la table du petit déjeuner.

— Alors, prête pour le grand jour ?

Les larmes lui montèrent brusquement aux yeux, et Rachel sentit sa vue se brouiller.

— Je ne sais pas…, murmura-t-elle.

— Tout ira bien, tu verras.

— J'aimerais que son père soit là pour le voir, il serait si fier…

— Veux-tu que j'aille avec toi ? dit Lissie en lui entourant les épaules de son bras. J'ai des patients qui m'attendent à 9 heures, mais je peux téléphoner…

— Non, j'y vais. Ils meurent d'impatience, tous les trois. Accompagne-moi jusqu'au portail.

Avant de sortir, elle lui prit la main.

— Merci de m'avoir fait venir à Rarotonga, Lissie. Je devrais être pleine de courage à présent…

— Mais tu l'es ! Tu sais, j'ai pleuré aussi le premier jour où j'ai emmené Harry.

Rachel soupira.

— Je suppose que nous ne faisons pas des enfants pour les garder sous notre coupe toute leur vie…

Pourtant, aujourd'hui elle l'aurait presque souhaité, mais Riley était grand et intelligent pour son âge, visiblement sur les traces de son père.

Ben s'arrêta devant l'école et fit la grimace en entendant le tapage qui émanait de la cour.

— Ouf ! Je n'aimerais pas être instit !

Il sentit son cœur s'emballer lorsqu'il aperçut Rachel devant le bâtiment, tenant fermement Riley par la main, en train de parler à la directrice. Le petit garçon devait être un peu anxieux, ce qui était normal.

Il descendit du véhicule, mécontent de lui : il devrait être en route pour le poste de police, pas ici. A quoi lui avait servi de se lever très tôt pour aller prendre le petit déjeuner au *Swampies* ?

Pour être sincère, il n'aurait pas voulu manquer le spectacle de Riley entrant à l'école. Mais alors qu'il avançait, ce n'était pas le petit garçon qu'il regardait : il avait les yeux fixés sur Rachel, dont les épaules étaient tendues à l'extrême et dont la main serrait fort celle de son fils.

Il arriva derrière elle, huma aussitôt son parfum de lavande et déglutit ; il ferma les poings et combattit son impulsion de dénouer le ruban qui attachait ses cheveux.

Son sang battit plus vite. Comment pouvait-il rester en retrait ? Il avait envie d'elle, bon sang ! Elle lui manquait à chaque instant. Aurait-il la force de s'en tenir à sa résolution ? S'agissant d'un simple désir physique, c'était facile, mais en étant amoureux…

Il recula. Il fallait qu'il sorte de là tout de suite. Tant pis pour Riley, tant pis pour Rachel, il ne serait pas à leur côté en ce grand jour.

— Ben ?

Trop tard… Elle s'était retournée et le regardait comme s'il arrivait d'une autre planète.

« Cours ! » lui criait une moitié de son cerveau ; « maîtrise-toi ! » lui soufflait l'autre.

— Hmm, c'est moi.

— Tu es merveilleux !

Ah ? Il était merveilleux, avec la sueur qui lui dégoulinait dans le dos ?

— Il va être ravi de te voir.

Enfin, Riley se tourna, un sourire illumina son visage et il hurla à pleins poumons.

— Ben, tu es venu ! Je le savais !

Il se libéra de la main de sa mère et se précipita dans les bras de Ben.

— Eh bien, bonhomme ! Je n'aurais voulu manquer ça pour rien au monde, dit-il en riant.

Plongeant les yeux dans ceux de Rachel, il souleva Riley dans ses bras, puis le reposa.

— Tu vas bien t'amuser ! Tu me crois ?

— Oui…, balbutia le petit garçon.

— Regarde, Harry et Jason t'attendent. Ils sont forts, tu sais, ils ne laisseront personne t'embêter.

Rachel s'approcha et Ben se redressa, passa un bras autour de ses épaules et l'attira à lui.

Elle tremblait.

— C'est idiot, n'est-ce pas ? Je n'arrive pas à le laisser partir.

Il vit que ses yeux étaient noyés de larmes et sentit son cœur chavirer.

— Je parie que ta mère a éprouvé la même chose en t'emmenant à l'école pour la première fois.

— Elle me l'a dit dans un e-mail cette semaine, oui. J'ai pensé qu'elle exagérait, c'est dans son caractère.

Sa voix s'était affermie et elle ne tremblait plus.

— Merci d'être venu, Ben, ça m'a fait plaisir.

Bien entendu, son mari aurait été à ses côtés… et ceux de son fils. Lui manquait-il toujours autant ?

— De rien, marmonna-t-il. Veux-tu aller boire un café après ?

Quel imbécile de lui proposer ça ! Il n'avait pas réfléchi…

— Maman, je veux rentrer dans la classe, maintenant !

Elle sourit.

— Bien sûr.

— Tu viens aussi, Ben ?

— Oui.

Il jeta un regard interrogateur à Rachel, espérant qu'il ne lui déplaisait pas en s'imposant ainsi, et lut la gratitude dans ses yeux.

En pénétrant dans la salle de classe, il eut l'impression de faire partie d'une famille. Jamais il n'aurait cru cela possible.

Rachel le regarda, le sourcil levé.

— Tu vas bien ?

Il hocha la tête. Il était en train d'assister à la rentrée de Riley pour les soutenir, elle et son fils, et elle n'allait pas tarder à pleurer, il le voyait bien…

— Allons, Riley, tu es au premier rang à côté d'Harry, dit l'institutrice. C'est ton ami, n'est-ce pas ?

Le petit garçon baissa la tête, mais il parvint à faire un signe affirmatif. Son poing se ferma dans la main de Ben, qui s'accroupit pour être à sa hauteur.

— Tout va bien, Riley ?

Comme il fixait toujours le sol, Ben fit signe à Harry.

— Allez vous asseoir, tous les deux, nous restons ici pour vous regarder.

Harry s'approcha, prit Riley par le bras et l'entraîna.

— Viens, Riley. Si nous nous dépêchons, la maîtresse nous lira une histoire.

Ben fit asseoir Rachel au fond, prit place à côté d'elle et posa une main sur la sienne.

— Tout va bien se passer, tu verras.

Elle se tourna vers lui.

— Merci, murmura-t-elle. Je ne comprends pas ce qui m'arrive… J'aimerais mieux soigner une EP chez une de mes patientes enceintes !

Ben s'esclaffa.

— Tu préférerais une embolie pulmonaire à un premier jour de classe ?

Elle le regarda, perplexe.

— Tu sais ce que signifie EP, donc.

Zut ! Il fallait toujours être sur ses gardes avec elle ! Rien ne lui échappait.

— Comme tout le monde ! répondit-il en haussant les épaules.

— Je doute que ce soit un problème qu'un policier rencontre tous les jours.

Il allongea les jambes et réfléchit à toute vitesse.

— J'ai été marié à une infirmière.

— Ah, et vous aviez des discussions passionnantes de ce genre à la fin du repas ?

— Hmm, marmonna-t-il.

Il regarda Riley, espérant capter son attention, esquisser une grimace pour qu'il rie, histoire de faire diversion. Pas de chance, le petit garçon était à présent totalement absorbé par l'histoire que lisait l'institutrice.

— Tu as connu quelqu'un qui en a été victime ? Tu as perdu un proche à cause d'une embolie pulmonaire ?

— Non, Rachel. Pas Catrina, si c'est ce que tu penses.

Elle l'observa fixement un long moment avant de détourner les yeux pour les fixer sur Riley.

— Dans cinq minutes, nous pourrons sortir sans problème et nous irons boire ce café que tu m'as promis.

Voilà. Elle aurait tout le temps de l'interroger, il le lisait dans ses yeux. Il consulta sa montre et prit l'air étonné.

— Tu as vu l'heure ?

Il était en retard, mais son chef était prévenu et lui enverrait un message si nécessaire.

Il vit une lueur d'acier passer dans son regard.

— Ne songe pas une minute que tu vas y échapper : tu m'as promis un café, nous prendrons un café !

Pour tenter de l'amadouer, il ébaucha un sourire.

— Et si on remettait à plus tard ?

Peut-être à l'année prochaine, songea-t-il plein d'espoir, quand elle serait partie…

En réponse, elle baissa la tête et le regarda à travers ses cils d'un air moqueur.

— Non, j'ai vraiment besoin d'un bon café bien fort. Ce matin, je n'ai pas eu le temps de le boire. Tu ne peux pas me priver de ça, n'est-ce pas ?

Il comprit qu'il était vaincu.

— D'accord, tu as gagné.

— On s'en va ?

Riley ne s'aperçut même pas de leur départ ; les yeux de Rachel se mouillèrent de nouveau.

— Il ne nous a même pas vus partir.

— Eh bien, c'est ce que tu voulais, non ?

— Oui… Mais j'ai la sensation qu'il m'a déjà oubliée, c'est idiot !

Il s'arrêta près de son véhicule.

— On se retrouve au *Swampies*, suis-moi si tu ne te souviens plus où c'est.

Une fois installé au volant, il se prépara à un interrogatoire serré au sujet de son passé.

Avec satisfaction, elle mit un sachet de sucre dans sa tasse.

— Enfin !

Il allongea une jambe de chaque côté de la table, l'air très décontracté, mais elle ne fut pas dupe. Les doigts qui tenaient sa cuiller étaient blancs et cela faisait bien cinq minutes qu'il remuait son café.

— Ne t'en fais pas, je n'ai pas l'intention de te cuisiner !

— Ah bon ?

Elle se rencogna dans sa chaise et l'étudia.

Il lui avait tant manqué qu'elle n'avait aucune envie de passer le peu de temps qu'il lui accordait à parler médecine, ce qui semblait l'ennuyer fortement. S'il voulait lui expliquer, il le ferait, et sinon, elle attendrait qu'il soit décidé. Pour l'instant, elle lui était reconnaissante d'être venu la soutenir à l'école.

— Merci encore. Je me suis sentie mieux dès que je t'ai vu.

— Rachel… J'ai fait des études de médecine. J'étais généraliste.

D'abord, elle ne fut pas sûre d'avoir bien entendu, puis les mots prirent un sens et elle ne fut nullement surprise.

— Je pensais qu'il y avait quelque chose comme ça.

— Difficile de le cacher, quelquefois.

Mais pourquoi le souhaitait-il ? Qu'est-ce qui avait mal tourné ?

— Je suppose. La médecine devient une part de nous-mêmes, n'est-ce pas ?

— Ce n'est pas un métier que tout le monde peut exercer. Et surtout pas moi.

Il termina sa tasse et se leva.

— Tu viens ?

Elle tenta d'avaler son café, mais il était trop chaud. A regret, elle reposa sa tasse intacte.

— Tu es vraiment en retard ?

— Ils savent où me joindre. Allons-y.

Il lui prit la main et sortit du café pour se diriger vers la plage.

Elle abandonna ses chaussures sur le sable et ils se promenèrent le long du rivage en laissant les vaguelettes leur lécher les pieds.

Au moment où elle ouvrait la bouche pour dire qu'elle partait pour l'hôpital, il la devança.

— Un jour, j'ai assisté à un accident à la ferme de mon père, c'est ce qui m'a donné envie d'être médecin. Mon père a été très déçu, parce que mon frère avait aussi annoncé qu'il ne prendrait pas sa suite. Nous étions forts en science tous les deux, nous tenions ça de ma mère…

— Et qu'est-il arrivé à la propriété ?

— C'est ma sœur qui s'en occupe. Elle adore le grand air et le travail de la ferme, de même que ses enfants, d'ailleurs.

— Ainsi, ton père n'a pas eu à la vendre ?

— Pas à des étrangers, en tout cas. Mon beau-frère est riche et il adore sa femme. Comme il peut travailler par téléphone et internet, il reste à la maison et prend en charge tous les travaux domestiques.

— Cela semble parfait.

Elle se surprit à éprouver un pincement d'envie.

— Et toi, donc, tu es allé à la fac de médecine.

— Oui. Au début, ça m'a plu. J'ai même été fier de pouvoir soulager les patients... Mais je n'ai pas supporté de ne pouvoir les sauver tous.

— C'est assez habituel dans notre métier.

Il allongea le pas et elle le suivit tant bien que mal sans rien dire.

— Comme j'avais envie d'une continuité entre le patient et sa famille, de regarder grandir les enfants, vieillir les parents... et que je ne supportais pas de voir les gens souffrir aux urgences, j'ai choisi de devenir généraliste.

Rachel se tourna vers lui : il avait les yeux dans le vague. Il soupira et s'arrêta pour contempler l'océan.

— Vois-tu... ça a l'air idiot, mais je n'ai pas mieux supporté de voir souffrir mes malades. Quand ce berger s'est fait renverser chez mon père, je n'ai rien pu faire d'autre que partir en courant pour chercher du secours. Tout le monde a trouvé ça très bien, mais moi, je savais que j'avais surtout fui la souffrance que je lisais dans son regard.

Il se tourna vers elle.

— J'ai cru qu'en devenant médecin je surmonterais cette faiblesse, mais je me suis trompé.

Voilà pourquoi il ne pouvait s'empêcher de jouer les héros...

— Quand as-tu décidé d'abandonner pour entrer dans la police ?

— Après l'accident de voiture qui a causé la mort de Catrina. J'étais coincé dans l'habitacle, entre mon siège et le moteur, et j'ai dû assister à sa souffrance à chaque respiration parce que ses côtes brisées lui entraient dans les poumons. Son agonie a été horrible, elle me suppliait de l'aider, de la soulager, et je n'ai rien pu faire que lui tenir la main...

Elle lui prit la main pour tenter de le consoler.

Il frissonna.

— C'est mon souvenir le plus fort, avec un sentiment de culpabilité pour avoir eu envie de détourner les yeux. J'ai dû m'obliger à garder les yeux dans les siens jusqu'à ce que ses paupières se ferment. Ce qu'elle a souffert a été insupportable, pour tous les deux.

Rachel l'enlaça, le tint serré contre elle, sentant la tension de tout son corps. Tout ce qu'elle avait à lui offrir, c'était sa chaleur et sa tendresse.

Combien de temps restèrent-ils ainsi ? Elle n'aurait su le dire. Enfin, il s'écarta d'elle.

— Regarde-moi, Rachel. Je suis presque un géant, et incapable d'endurer la vue de la douleur des autres.

— Tu n'as aucune raison d'en avoir honte, Ben.

A ce moment-là, le portable accroché à sa ceinture sonna et il le sortit pour consulter le message.

— Ah, cette fois, il faut que j'aille travailler.

En revenant vers la ville, ils restèrent silencieux, et elle médita sur ce qu'il lui avait raconté, sur sa gentillesse et sa compassion. Il avait dû être un médecin fantastique, doux avec les patients, du genre à ne pas accepter les premiers résultats dans les cas qui méritaient d'être approfondis, et sans aucun doute à ne pas refuser l'avis de ses collègues. De toute façon, il devait aussi user de ces qualités dans son nouveau métier.

Elle comprenait à présent pourquoi il avait choisi une petite île où peu de choses se produisaient, où il n'avait en général pas de décisions importantes à prendre. Et pourtant, dès qu'il voyait quelqu'un en danger, il accourait à son secours. Elle ne pouvait pas l'oublier, alors qu'elle et son fils vivaient les conséquences du comportement de Jamie…

— A quelle heure est ta consultation ?

Ils étaient revenus au parking.

— Dans dix minutes.

— Comment va Liu ?

— Il paraît qu'elle en est à la moitié de sa chimiothérapie et qu'elle commence à harceler tout le monde pour savoir quand elle pourra rejoindre ses filles.

— Etonnant qu'elles ne soient pas allées s'installer à Auckland pour la durée de son traitement !

— Je suppose que c'est l'un des inconvénients de la vie sur cette petite île…

— Grâce à toi, elle a de grandes chances de s'en tirer. Pardon, Rachel, mais je dois vraiment y aller.

— Ben… Je te remercie de m'avoir parlé de ton passé.

Elle le regarda démarrer et s'éloigner après un petit signe d'au revoir discret.

Elle le comprenait bien mieux maintenant, mais à quoi cela la menait-il ? Il pouvait toujours se mettre en danger et ne pas rentrer le soir… Son cœur se serra d'amour et de désespoir. Il ne changerait jamais. Il fallait qu'elle s'éloigne de lui, à tout prix, tant qu'elle le pouvait encore. Elle n'avait aucune intention d'aller assister à ses obsèques après l'un de ses actes héroïques.

12.

Ben était à la fois satisfait et amer. Mission accomplie : il lui avait donné une raison de s'éloigner de lui.

Alors pourquoi n'était-il pas heureux ? Au moins, il n'aurait plus à rentrer en cachette le plus tard possible pour l'éviter.

Bien entendu, il avait toujours envie d'elle… De passer un doigt sur ses lèvres avant de l'embrasser. Il avait été stupide de se rendre à l'école aujourd'hui. Durant un moment, ils auraient pu croire qu'ils étaient une famille, ce qu'il cherchait à éviter depuis des années. Il n'avait même pas réfléchi aux conséquences…

— Hé, Ben, tu atterris de ta planète ?

— Pourquoi, Harley ? J'ai l'air d'un extraterrestre ?

— Hmm. Bon, on va l'arrêter, ce Hawthorne ?

— Quoi, tout de suite ? Je n'ai pas tout compris.

— Tu vois bien ! Je t'ai pourtant dit au téléphone que nous étions fin prêts.

Harley posa un dossier sur le bureau.

— Le mandat de perquisition est arrivé et les gars nous attendent. On y va ?

Ben se leva et fit tourner son trousseau de clés.

— D'accord. Tu as d'autres détails à me donner sur cette affaire ?

Il plaisantait, bien entendu, car il avait travaillé de longues heures dessus.

Son collègue s'esclaffa.

— Toi au moins, tu as l'art de mettre les gens à l'aise !

Enfin, le moment de l'action était venu, songea-t-il. Il

s'agissait d'amener l'homme au poste pour l'interroger et le confondre si possible. Cela lui changerait les idées, il en avait bien besoin.

— Je t'ai vu avec Rachel et le gosse ce matin à l'école, dit Harley en sortant sans lui laisser le temps de répliquer.

En retournant en ville, il fit abstraction de sa vie personnelle et se concentra sur l'affaire. Pas question de faire des erreurs, il y en avait assez eu comme ça. Ses collègues comptaient sur lui, et tous savaient que Hawthorne gardait des armes à feu chez lui.

Après des semaines de surveillance et de travail en collaboration avec le service des fraudes d'Auckland, ils allaient finalement pouvoir le coffrer.

Harley fit signe à un vieil homme qui marchait dans l'allée.

— Pauvre Toko ! Même si nous arrêtons cet escroc, ça ne lui rendra pas son argent. Il en a tant besoin pour payer les études de ses petits-enfants en Nouvelle-Zélande…

Ben était furieux contre ce Hawthorne : il se moquait bien des malheurs qu'il provoquait en volant les économies des îliens ! C'était un beau parleur, qui incitait les gens à investir dans des entreprises fictives en leur offrant des intérêts plus élevés que ceux des banques. Bien sûr, les gens étaient trop naïfs, mais cela ne l'excusait pas. Il avait tondu pas mal de ses compatriotes, après avoir ruiné sa propre mère.

« Eh bien, à nous maintenant de te prendre ta liberté », songea Ben. Il remonta l'allée de l'une des maisons les plus opulentes de l'île et bondit du véhicule. Enfin de l'action, enfin il faisait quelque chose dont il aurait lieu d'être fier…

Au dîner, Riley s'endormit sur son assiette.

Rachel lui caressa la tête en souriant, fière de son petit guerrier, et sentit les larmes lui monter aux yeux.

Soudain, on frappa à la porte, et aussitôt Ben apparut, le visage énigmatique.

— Salut, murmura-t-il. J'ai promis à Riley de venir ce soir. On dirait qu'il a fini sa journée ?

— Il est épuisé, mais il a adoré son premier jour d'école et n'a cessé d'en parler depuis qu'il est rentré. A l'en croire, je suis la pire des ignorantes et son institutrice est un puits de science.

— Le privilège de l'enseignant, dit Ben en souriant. Tu veux que je le mette au lit ?

— Volontiers, il devient trop lourd pour moi.

Elle le précéda pour ouvrir les draps, et Ben posa doucement le petit garçon sur le lit.

— Tu le déshabilles ?

Il l'aida à le tenir pour lui passer son T-shirt par-dessus la tête, et sa main frôla la sienne par inadvertance. Aussitôt, elle eut conscience des étincelles qui passaient entre eux. Il lui manquait. Ses caresses, ses baisers, faire l'amour… Elle eut envie de se jeter dans ses bras, mais elle s'était juré de ne pas succomber. Son cœur battait dans sa gorge.

Il attendit, immobile, comme s'il retenait son souffle. Etait-il conscient de son trouble ?

Elle ôta le T-shirt de Riley et l'embrassa sur la joue.

— Bonne nuit, mon chéri.

Puis elle se tourna vers la porte et jeta un regard par-dessus son épaule. Aussitôt, son cœur se serra.

Ben était penché sur le lit, la main posée sur le bras de son fils.

— Bonne nuit, bonhomme. Ravi que l'école t'ait plu. Tu grandis vite.

Il l'embrassa et se dirigea vers la porte.

— Il grandit trop vite, murmura Rachel, comme il s'approchait d'elle.

— Tu voudrais l'en empêcher ?

— Ne sois pas idiot.

Elle alla dans la cuisine terminer la salade qu'elle avait commencé à préparer pour elle.

— Alors comme ça, je suis idiot ?

Il était derrière elle, tout près… Elle sentait son souffle dans sa nuque et sa chaleur se communiquait à son corps ; un violent désir l'envahit.

Elle s'écarta de lui, luttant contre son envie de se coller à lui et de l'attirer dans son lit.

Appuyée au comptoir, elle croisa les bras et fixa les yeux au sol.

— Merci d'être venu ce soir. Riley sera désolé de t'avoir manqué. Il est allé chez toi en arrivant, mais tu n'y étais pas.

— J'ai eu une journée mouvementée.

— Oui, c'est ce que j'ai entendu dire.

Elle sentit monter la colère. Il y avait eu une fusillade entre la police et un homme d'affaires véreux et elle s'était angoissée des heures durant, jusqu'à ce qu'on lui annonce que Ben était sauf. Quand l'ambulance avait amené à l'hôpital un policier blessé, elle s'était précipitée juste pour voir sa tête, et son soulagement momentané s'était vite mué en fureur.

— Désolé, j'aurais pu t'appeler.

Elle croisa son regard.

— Par exemple, oui. Tu pensais que ça m'était égal ? Que je ne m'inquiéterais pas pour toi ?

— Nous avons enfin arrêté un escroc que nous traquions depuis longtemps, qui spoliait les gens de l'île de leurs économies.

— Oh ! Je vois, inspecteur Ben à la rescousse !

Il se dirigea vers le réfrigérateur.

— Tu as de la bière ?

Pourquoi ne rentrait-il pas chez lui en la laissant s'occuper de sa vie ?

— Je vais en boire une aussi.

En évitant que leurs doigts ne se frôlent, elle prit la bouteille qu'il venait de décapsuler pour elle et avala une gorgée de la boisson glacée.

— Rachel, nous avons maîtrisé la situation d'un bout à l'autre.

— Ce type a quand même tiré sur un de tes collègues !

— Pas du tout, il n'a même pas eu le temps de sortir une arme.

— Et le policier qui a été blessé ?

— Quoi ? Il a été bousculé par un comparse qui s'enfuyait et sa tête a heurté la balustrade.

Il fronça les sourcils.

— Je suppose que la rumeur en a décidé autrement…

— C'est bien pour ça que j'aurais été rassurée si tu m'avais appelée !

Elle s'aperçut qu'il la scrutait. Que cherchait-il ? Le pardon ?

— Impossible. Je ferais mieux de m'en aller.

— Navrée, Ben, mais je ne vivrai pas en sachant que tu es toujours prêt à te mettre en danger pour sauver quelqu'un.

Il s'approcha pour lui soulever le menton du doigt.

— Je sais, Rachel, je sais.

Et il disparut, la laissant immobile dans la cuisine, le cœur douloureux et la respiration coupée.

— Comment va ton bras ? demanda-t-elle à Lissie en posant un doigt sur son plâtre.

Toutes deux, assises à la proue du bateau, regardaient les enfants s'ébattre dans l'eau.

— Je n'ai plus mal, mais ça me gêne et ça me démange. Je n'en reviens pas d'avoir glissé sur une peau de banane, c'est digne d'une bande dessinée…

— Je dois admettre que je n'y ai pas cru quand Harry me l'a raconté.

— Maman, regarde-moi !

Riley se précipita la tête la première du plongeoir situé à l'arrière.

Elle secoua la tête.

— Il n'a peur de rien ! Il ne sait nager que depuis trois mois…

— Ne t'en plains pas ! Je donnerais n'importe quoi pour pouvoir les suivre. Il fait si chaud !

Le bateau appartenait à l'une des compagnies de charters de la famille de Pita, qui avait proposé de les amener après l'école de l'autre côté du lagon où l'eau était plus profonde. Visiblement, les enfants appréciaient beaucoup.

Pita était à la barre.

— J'aurais juré qu'ils seraient aphones au bout d'un moment !

Rachel lui sourit.

— Malheureusement non… Riley est un véritable moulin à paroles, difficile de croire que c'est le même petit garçon silencieux que j'ai amené de Londres !

— Il a fait du chemin, c'est vrai. J'ai entendu Ben lui proposer de l'emmener à la pêche l'autre jour, si tu avais vu sa tête ! Comme si on lui avait offert la lune !

— Quand ça ?

Riley n'en avait pas parlé… Elle n'avait pratiquement pas vu Ben depuis qu'il était sorti en trombe de chez elle, trois semaines plus tôt, et depuis, elle luttait contre son envie d'aller lui demander pardon.

— Il y a deux jours sur la plage ; tous les enfants étaient avec lui. Riley est suspendu à ses lèvres, et tant mieux. C'est un très bon exemple pour lui.

Rachel sentit un nœud se former dans son estomac.

— Tant qu'il ne s'attache pas trop à lui…

— Pourquoi ? Tu envisages de nous quitter bientôt ? intervint Lissie qui les écoutait. Je croyais que tu étais installée…

— C'est vrai, et j'adore cet endroit, mais qui sait ce que l'avenir nous réserve ? Je n'ai jamais eu l'intention de passer le restant de ma vie ici. Il me semble qu'un jour ou l'autre, j'aurai envie de retourner travailler dans un grand hôpital.

Elle scruta l'eau à la recherche de son fils.

Quand elle le vit, son cœur bondit dans sa poitrine : il flottait à plat ventre, bras et jambes écartés, immobile. Elle se leva d'un bond.

— Riley ! J'arrive !

Sans réfléchir, elle sauta… et coula à pic aussitôt. La panique la gagna tandis qu'elle touchait le fond. « Ne respire pas, sinon tu vas te noyer », se dit-elle, affolée.

Désespérée, elle donna un coup de pied pour tenter de remonter à la surface, mais vers où se diriger ? Tout était pareil là-dessous. Sentant quelque chose lui frôler le mollet, elle ouvrit la bouche pour crier et avala de l'eau salée. Elle était perdue…

Comme par miracle, elle émergea sous le soleil et, clignant des yeux, toussant, elle chercha le bateau.

— Au secours ! hurla-t-elle en griffant la surface, alors que déjà elle se renfonçait.

Soudain, elle sentit des mains puissantes l'attraper par la taille.

— Ne bouge pas, je te tiens !

Elle eut un hoquet.

— Ben ? Où est Riley ? Il s'est noyé !

— Il va très bien, je te le jure. Il joue avec les autres, il ne t'a même pas vue sauter.

Il la poussa vers le bateau.

— Pita va t'aider à monter.

Elle prit la main que Pita lui tendait pendant que Ben la poussait. Une fois sur le pont, elle entendit le rire de son fils.

— Riley ! Viens ici tout de suite !

— Tu as coulé comme un plomb, dit Lissie. J'ai eu si peur !

— Je veux Riley ! hurla Rachel.

Ben plongea pour aller le chercher, puis l'aida à monter à bord tout en lui jetant un regard plein de compréhension.

— Merci, murmura-t-elle en entourant Riley de ses bras.

Elle l'avait cru mort, et voilà qu'il se tortillait pour lui échapper et retourner avec ses amis…

Que dire ? Elle s'était ridiculisée, et pire, elle avait sauté à l'eau sans souci de sa propre sécurité. Si elle n'était pas remontée, elle aurait fait de son fils un orphelin. Elle n'était pas moins inconsciente que Jamie, ou Ben. Faux, et injuste : avant de sauter, Ben aurait sondé la profondeur et vérifié qu'il n'y ait pas de rochers dangereux juste sous la surface. En fait, il était beaucoup plus prudent qu'elle.

— Tu m'as vu faire l'étoile de mer, maman ?

A quoi bon essayer de lui expliquer ?

— Oui, mon chéri.

— Attends, je vais recommencer.

— D'accord, je te regarde.

Lissie lui caressa l'épaule.

— A cet âge, ils se croient invulnérables…

— Tu n'as jamais peur pour les tiens ?

— Si, tout le temps, dit son amie en l'enveloppant dans une serviette de bain. Tu trembles tellement que tu vas faire chavirer le bateau.

— Merci, dit-elle d'une voix étouffée.

Elle n'arrêtait pas de remercier tout le monde, en ce moment…

— D'où est arrivé Ben ?

— Il approchait dans son canot à moteur quand tu as sauté.

Ben venait de hisser son embarcation à bord à l'aide d'une corde.

— J'apportais du carburant à Pita. Tu vas bien ? demanda-t-il en s'asseyant à côté d'elle.

Elle se raidit pour ne pas se blottir dans ses bras. Elle ne méritait pas tant d'attention…

— Je suis très secouée, j'ai eu peur pour Riley.

— Et tu as réagi comme n'importe quelle mère l'aurait fait.

Elle frissonna.

— Oui, je suppose, je n'ai pensé à rien d'autre qu'à le sauver. Je sais ce que tu vas me dire : que j'ai été stupide de me mettre en danger.

— Pas du tout, répliqua-t-il en l'attirant contre lui.

Ils restèrent là, muets, à regarder les enfants jusqu'à ce que Lissie les rappelle à bord. Il était temps de rentrer.

— Si vous veniez dîner à la maison, ce soir, Riley et toi ? J'ai des côtelettes à griller.

Lui proposait-il un nouveau départ ? Non, plutôt une continuation…

— Viens plutôt chez nous, Riley est épuisé.

Tandis qu'ils regagnaient le rivage, puis dans la voiture de Ben, et plus tard en prenant sa douche et en passant un short bleu marine et un T-shirt blanc, elle eut tout le temps de méditer. Riley, épuisé, eut du mal à enfiler son pyjama, et elle n'insista pas pour le forcer à manger.

Juste au moment où elle sortait de la chambre de son fils endormi, Ben arriva avec la viande.

Elle prit la bière qu'il lui offrait et pendant qu'il allumait le barbecue, remua la salade qu'elle avait préparée. La vision de Riley à plat ventre dans l'eau ne la quittait pas, et elle revit tout à coup Jason, juste à côté, dans la même position. Pourquoi n'avait-elle pas cherché plus loin ? Si elle en avait parlé à Lissie ou à Pita, ils lui auraient expliqué à quoi jouaient les garçons…

Ainsi, c'était cet instinct qui avait poussé Jamie le jour de sa mort, parce que son collègue était en danger. Tout comme Ben avec ces touristes imprudents, qui se seraient noyés s'il n'était pas intervenu.

Elle sortit s'asseoir sur la première marche et prit une profonde inspiration.

— Ben, j'ai fait une grosse erreur aujourd'hui.

Il prit place à côté d'elle et allongea ses jambes.

— Peu importe. Tu vas bien, Riley aussi, c'est l'essentiel.

— Je n'avais pas le droit de te reprocher ton imprudence…

— Chut ! Je comprends.

Elle le savait. Il ne lui en voulait pas.

— Merci.

Ils sirotèrent leur bière en silence en admirant les couleurs flamboyantes du couchant.

— Heureusement que tu es arrivé… Tu es toujours là quand j'ai besoin de toi.

Un compagnon, et pas seulement un amant, songea-t-elle. Quelqu'un qui s'impliquait dans sa vie et celle de son fils, et avec qui elle pouvait envisager un avenir.

— Hmm. Rachel… j'ai quelque chose à te demander.

— Oui ?

— Est-ce que tu comptes renouveler ton contrat ici ?

— Je pense. Riley est si heureux, je ne veux pas le contrarier. Et… je ne me sens pas prête à repartir.

— On m'a offert une promotion, qui pourrait m'obliger à rentrer en Nouvelle-Zélande, mais pas avant deux ans.

— C'est super !

— Je n'ai pas encore accepté, mais j'en ai très envie.

Les étoiles brillaient à présent au firmament. Elle sentit son cœur s'alourdir. Elle l'aimait. Elle se tourna vers lui.

— Ben, nous nous entendons bien, mais j'ai peur pour nous. De nous.

— Moi aussi, Rachel.

— Je t'aime, Ben, mais je ne veux plus jamais revivre l'épreuve que j'ai traversée avec Jamie.

Elle sentit sa main se glisser dans la sienne.

— Moi non plus, je ne survivrai pas à un second événement semblable à celui qui m'a privé de Catrina.

Il se mit à tracer du pouce de petits cercles sur le dos de sa main, et elle se sentit apaisée.

Puis il plongea son regard dans le sien.

— Mais je t'aime aussi, et il m'est impossible de te quitter. Je veux vivre avec toi et je me sens prêt à être heureux de nouveau. Et toi ? Je t'attendrai aussi longtemps qu'il le faudra.

Elle sourit. Tout le poids qu'elle avait sur le cœur s'envola et elle se redressa.

— Moi ? Je suis à tes côtés, sur la même page de l'histoire. Il est déjà trop tard pour s'enfuir. Depuis que tu es venu frapper à ma porte avec Effie dans les bras, j'ai su que tu étais important pour moi.

— Donc, nous sommes d'accord ? Tu veux bien partager ma vie ?

— Essaie de m'éviter encore, et tu verras !

Elle sentit son cœur se gonfler de bonheur, au point qu'elle craignit d'être étouffée.

— J'ai déjà moins peur de l'avenir.

Il l'embrassa longuement, comme s'il voulait être rassuré et l'assurer de son amour.

— Je t'aime, Ben, murmura-t-elle contre sa bouche.

13.

Six mois plus tard

— Vous pouvez embrasser la mariée, dit l'officiante.

— Enfin ! Le moment que j'ai attendu toute la journée…

Ben sourit à Mme Armstrong, qui protesta.

— Mais tu m'as embrassée toute la journée !

Il eut un sourire espiègle.

— Peut-être, mais tu n'étais pas encore ma femme !

Il se pencha et avança les lèvres vers elle lentement, frôla les siennes puis s'écarta.

— C'est tout ? Tu crois que je me suis mariée pour si peu ?

Avec fougue, il l'attira à lui et sa bouche prit la sienne ; leurs langues se mêlèrent et il lui caressa le dos, cherchant la peau sous la soie de sa robe. Elle cessa de respirer, oublia où elle était et ressentit le vif aiguillon du désir.

— Bien, vous deux, ne bougez plus, c'est pour la photo !

Pita, derrière eux, tenait l'appareil au bout de ses bras tendus.

— Oh ! Maman, c'est dégoûtant ! s'exclama Riley avec une grimace.

Elle se retourna en souriant et arrangea les hibiscus blancs piqués dans sa coiffure.

— Tu verras quand ton tour sera venu !

— Beuh !… Moi j'embrasserai jamais une fille comme ça !

Lissie, les larmes aux yeux, s'approcha et l'enlaça.

— Je suis si heureuse pour toi !

— Merci de m'avoir convaincue de te rejoindre ici, Lissie.

— C'est l'heure des photos ! cria l'officiante qui faisait aussi office de photographe.

Elle les guida vers le bord de l'eau.

— Pourquoi nous avoir obligées à porter ces belles chaussures alors que les hommes sont pieds nus ? s'enquit Lissie.

— Parce qu'elles sont belles, justement.

Elle admira sa robe de satin bleu ciel parfaitement assortie à ses chaussures.

— Et parce que je n'ai pas souvent l'occasion de m'habiller. Mais dans le sable, ce n'est pas très pratique, je l'avoue…

— Par chance, nous allons sortir d'ici pour danser sur une vraie piste, au restaurant !

Ben tapota l'épaule de Lissie.

— Tu m'embrasses, moi aussi ?

— Bien sûr !

Elle l'entoura de ses bras pendant que Pita faisait de même avec Rachel.

Riley se retourna et courut vers ses grands-parents.

— Venez, on va prendre les photos !

Rachel poussa un soupir heureux. Elle avait du mal à croire que ses parents étaient venus de Londres pour son mariage. Un peu plus loin, le frère de Ben poussait son frère à elle dans son fauteuil roulant pendant que sa belle-sœur bavardait avec la sœur de Ben.

Une onde de bonheur se répandit dans ses veines. Jamais elle n'aurait cru pouvoir être aussi heureuse. Ben était splendide dans sa chemise de soie au col ouvert et son pantalon fauve. Et pieds nus.

Un mariage de plus dans l'île… Elle en avait tant vu

depuis son arrivée ! Mais, à son avis, aucun n'avait été aussi beau que le sien.

Sa mère s'avança et la prit dans ses bras.

— Rachel, tu es radieuse ! Je suis si heureuse pour toi ! Ben est un type formidable, dit-elle en l'embrassant sur la joue.

— Merci, maman.

Elle regarda son père.

— Papa, comment vas-tu ?

— Eh bien, j'ai du sable plein mes chaussettes. Tu ne pouvais pas te marier à l'église, comme tout le monde ?

En riant, elle lui posa un baiser sur le front.

— Tu es un vieux ronchon, mais je t'aime.

— Tu es ma fille, tu le sais ? dit-il d'une voix enrouée en lui rendant son baiser.

Quand l'avait-il embrassée pour la dernière fois ? Sans doute pas depuis l'accident de son frère. Ainsi, pensa-t-elle avec émotion, les miracles existaient…

Ben la prit par le coude.

— Tout va bien ?

— Le mieux du monde, répondit-elle, les yeux embués.

— Vite, maman ! La dame veut prendre des photos de toi et papa !

Aussitôt, Ben s'emmêla les pieds et se rattrapa de justesse, et Rachel se figea.

Autour d'eux, les bavardages cessèrent peu à peu.

Riley les prit tous les deux par la main.

— Allez, dépêchez-vous !

Ben s'accroupit pour l'embrasser.

— J'ai bien entendu, bonhomme, tu m'as appelé papa ?

— Oui, bien sûr ! Puisque tu vas habiter chez nous, tu es mon papa, non ?

Ben se redressa.

— Je suis le plus heureux du monde, j'ai une femme et un fils merveilleux.

Sa voix tremblait, et ses yeux se mouillèrent.

Rachel se pencha vers lui.

— Que dirais-tu d'un second, dans sept mois ? murmura-t-elle.

Riley, coincé entre eux, hurla quand ils se rapprochèrent l'un de l'autre pour un baiser passionné.

Les larmes coulaient sur les joues de Ben.

— Rachel, je t'aime tant ! Et je n'ai que mon cœur à t'offrir…

Une fois de plus, elle sourit.

— Tu trouves que ce n'est rien ? C'est le plus fabuleux des cadeaux.

LOUISA HEATON

Le cadeau qu'ils attendaient

Traduction française de
CHRYSTELLE POULAIN

BLANCHE

HARLEQUIN

Titre original :
REUNITED BY THEIR PREGNANCY SURPRISE

Ce roman a déjà été publié en 2017.

1.

Emily entra dans le service de neurologie au pas de charge.

Malgré sa fatigue et ses hauts talons, elle ne pouvait s'empêcher de courir. Une infirmière l'avait appelée une heure plus tôt pour lui dire que Sam s'était réveillé. Enfin…

Au Beverly West Hospital, l'un des plus prestigieux hôpitaux de Los Angeles, son mari avait reçu les meilleurs soins possible depuis leur accident de voiture. Quand on les avait sortis de cet amas de tôle broyée, elle avait eu peur. Mais elle avait vite fait confiance aux médecins, des professionnels expérimentés et reconnus.

Une fois seulement, elle avait mis en doute leur diagnostic. C'était quand le chef des urgences lui avait annoncé qu'elle était indemne… Et enceinte.

Sidérée, elle avait mis plusieurs jours à le croire. Elle avait fait un test de grossesse, consulté sa gynécologue. Mais c'était bien le cas. Elle attendait un bébé !

S'avançant dans le couloir, Emily repéra le Dr Waters, consultante en neurologie, devant la porte de Sam. La spécialiste discutait avec ses internes d'un air préoccupé, une vision assez troublante. Puisque Sam émergeait du coma, tout aurait dû aller pour le mieux, non ?

Lorsqu'elle les rejoignit, le Dr Waters esquissa un sourire très professionnel.

— Bonjour, madame Saint.

— Bonjour, répondit-elle, alarmée par le ton grave de la neurologue. Sam est-il réveillé ?

Le moment de vérité approchait. Soit son mari allait être content de la voir, soit il resterait l'homme inabordable qu'il était devenu ces derniers mois.

— Oui, dit le Dr Waters. Mais comme il est très fatigué, il se rendort vite. C'est normal après un pareil choc. Il faut souvent un jour ou deux pour émerger complètement.

— Puis-je aller le voir ? Lui parler ?

Lorsqu'elle avait reçu cet appel, il était encore tôt, mais elle ne dormait plus. Elle était allongée dans son lit, les yeux fixés au plafond, à se demander quoi faire.

Devait-elle quitter Sam ou se battre pour sauver leur mariage ?

Quelques jours auparavant, elle avait sorti une valise de l'armoire. Avant l'accident, elle n'aurait pas hésité à la remplir. Mais tout avait changé. Sam était blessé, et elle, enceinte.

Elle avait alors rangé la valise en se disant qu'elle allait patienter un peu. Elle était curieuse de voir la réaction de son époux au réveil. Peut-être allait-il revenir à de meilleurs sentiments ? C'était peu probable, cependant…

Depuis plusieurs mois, il refusait d'accéder à son vœu le plus cher, fonder une famille, et ce, sans la moindre explication. S'il avait tenté de se justifier, elle aurait peut-être compris, mais non. Ils étaient dans une impasse totale. Sam ne voulait même pas en discuter.

Il devait forcément y avoir une raison pour qu'il soit fermé à ce point, mais laquelle ? Il ne lui disait rien. Il ne lui faisait pas confiance. Ils avaient fini par ne plus s'adresser la parole, sauf nécessité absolue.

Peut-être ne la jugeait-il pas digne d'être mère, tout simplement ?

Quoi qu'il en soit, elle lui devait la vérité. Et s'il ne changeait pas d'avis après l'annonce de sa grossesse, elle partirait. Le cœur brisé, mais la tête haute. Elle refusait que son enfant soit un fardeau indésirable. Elle se débrouillerait, seule, avec son bébé.

Le Dr Waters lança un regard discret en direction de ses collègues. Ceux-ci comprirent le message et s'éclipsèrent.

— Vous pouvez entrer, bien sûr, dit la consultante. Mais… Il y a un petit problème.

Emily eut un coup au cœur. Sam allait-il garder des séquelles de l'accident ? Il avait récupéré si vite que c'était difficile à croire.

— La mémoire de votre mari est défaillante, annonça la spécialiste. En d'autres termes, il souffre d'amnésie. Ce trouble est certainement passager, du moins je l'espère. Mais pour l'instant, tout est confus dans sa tête.

Malgré elle, Emily poussa un soupir de soulagement. Elle avait imaginé le pire !

— C'est tout ? Mais alors…

— C'est déjà beaucoup, madame Saint. L'amnésie doit être prise au sérieux. Je ne sais pas si vous vous rendez compte…

— Je vais le voir.

Sans laisser à la neurologue le temps de réagir, elle entra dans la chambre. Elle avait attendu dix jours que Sam reprenne connaissance. Dix jours. Une éternité !

Elle lui avait tenu la main. Elle lui avait lu le journal, en espérant que le son de sa voix le réveillerait. A d'autres moments, elle s'était contentée de le regarder. Elle avait imaginé leurs douces retrouvailles…

Sans doute s'était-elle bercée d'illusions, mais un peu d'espoir n'avait jamais fait de mal à personne !

— Sam ? dit-elle d'une voix aiguë qui l'effraya. Sam…, répéta-t-elle plus doucement.

Le beau visage de son mari était aussi pâle que l'oreiller, mais il paraissait serein, et quand, très lentement, il battit des paupières, elle fut soulagée de voir son magnifique regard bleu se focaliser sur elle.

Lorsqu'il lui sourit, elle eut l'impression que l'univers se figeait autour d'eux.

Un sourire. Cela faisait si longtemps…

Sam la dévisageait avec tendresse, comme le soir de leur premier dîner en amoureux. Ils avaient eu un vrai coup de foudre et, très vite, ils ne s'étaient plus quittés.

Comment les choses avaient-elles pu dégénérer à ce point ? Elle avait fini par se murer dans le silence pour éviter les disputes. Le manque de communication détruisait souvent les couples mais, en se taisant, elle avait voulu sauver le sien. Ces querelles incessantes étaient trop horribles…

Elle inspira à fond puis, laissant tomber son sac sur le carrelage, courut vers le lit. Prenant la main tendue de Sam, elle appuya doucement ses lèvres sur les siennes, savourant le contact de son menton râpeux.

Il était vivant. Il semblait heureux de la voir. A cette minute précise, rien d'autre ne comptait.

Elle lui effleura la joue puis scruta son visage. En tant que sage-femme, elle savait reconnaître les signes de détresse. Il n'avait pas l'air de souffrir. C'était déjà rassurant.

— Comment te sens-tu ? chuchota-t-elle.

— Mieux… Depuis… que tu es là, Em, répliqua-t-il d'une voix éraillée, en lui pressant les doigts.

La vision de leurs mains jointes fit naître en elle un frisson de bonheur. Elle avait mille fois rêvé de cet épilogue. C'était si bon de le voir remuer, même un tout petit peu !

Elle s'assit sur le lit en souriant.

— J'ai eu très peur, Sam…

Il ferma brièvement les paupières, comme si l'idée qu'elle se soit inquiétée le chagrinait. C'était sans doute le cas. Il était toujours si gentil, si adorable. Du moins, avant…

— La doctoresse… dit qu'on a eu un accident de voiture. C'est bien ça ?

La confusion se lisait sur ses traits. Néanmoins, ayant été prévenue, Emily ne s'affola pas. La mémoire de Sam avait occulté cet épisode traumatisant en un réflexe de protection. Cela arrivait parfois. Tout allait rentrer dans l'ordre.

— Oui, répondit-elle d'un ton calme.

— Mais toi, tu n'as rien ?

Il se faisait du souci. Non seulement il ne lui en voulait pas, mais il se préoccupait de sa santé. Pour un peu, elle aurait chanté d'allégresse. Elle y voyait la preuve qu'il avait encore des sentiments…

— Non. J'ai juste eu le coup du lapin.

— Mais ça peut être grave ! Dis-moi qu'ils t'ont examinée !

— Bien sûr qu'ils m'ont examinée.

Dressé sur un coude, Sam tendit la main pour lui effleurer la nuque. Mais très vite, il se rallongea et parut s'assoupir.

— Regarde-moi ça, chuchota-t-il. Je n'ai plus de forces.

— C'est normal. Tu dors depuis dix jours.

Il la dévisagea d'un air à la fois ahuri et contrarié.

— Dix jours ?

— Tu as beau avoir la tête dure, ton crâne a reçu un gros choc. Les médecins ont dû te plonger dans un coma artificiel.

Il poussa un gros soupir puis referma les yeux. Cette fois, il se rendormit vraiment sans qu'elle ait eu le temps de lui annoncer « la » nouvelle…

Au fond, cela pouvait attendre. Elle n'était plus à un jour près, d'autant que ces retrouvailles avaient pris une tournure inespérée.

Sam s'était réjoui de la voir. Ils avaient discuté sans acrimonie. Elle avait retrouvé un mari désorienté mais chaleureux. Comme son sourire lui avait manqué !

Toutefois, l'accalmie risquait d'être brève. Sam n'allait sûrement pas sauter de joie en apprenant qu'elle était enceinte. Mieux valait donc profiter de ce répit…

Elle embrassa doucement la main inerte de son époux.

Puis elle se leva et, comme d'habitude, s'installa dans le fauteuil.

C'était peut-être le calme avant la tempête. Mais pour l'instant, elle était heureuse.

Sam émergea lentement des brumes cotonneuses qui l'enveloppaient.

Une horrible migraine lui taraudait le crâne, et, s'il en croyait le « bip » du monitoring, il se trouvait à l'hôpital.

Emily, son adorable fiancée, dormait dans un fauteuil près du lit. Elle était toujours aussi belle, mais elle semblait épuisée. Des cernes sombres marquaient ses yeux clos, et elle était très pâle.

Au moins, sa magnifique cascade de boucles dorées n'avait pas changé. Ou plutôt, si..., songea-t-il, perturbé.

Les cheveux d'Emily paraissaient plus longs, et aussi plus clairs, comme s'ils avaient blondi au soleil. Mais en dix jours, c'était impossible. Elle avait probablement demandé au coiffeur de lui faire des mèches.

Quant à ses vêtements, il ne les reconnaissait pas. D'où venait cet élégant tailleur-pantalon qui mettait en valeur sa fine silhouette ? Sans doute était-elle allée faire du shopping pour se détendre après l'accident ? Elle adorait courir les boutiques de Beverly Hills...

Avec précaution, il s'assit contre les oreillers, puis s'inspecta des pieds à la tête. Il ne portait ni plâtre ni bandage. Apparemment, il ne souffrait « que » d'une commotion, mais elle avait dû être sévère.

Qu'avait-il raté ? Sans doute le dernier épisode de sa série préférée, mais il le regarderait sur Internet. Et heureusement, il avait encore le temps d'organiser l'anniversaire surprise d'Emily à Las Vegas. C'était l'essentiel.

Se voir ainsi diminué, sur un lit d'hôpital, le rendait

fou. Il avait tellement de choses à faire ! Entre le mariage et son travail, il avait du pain sur la planche.

Depuis plusieurs mois, il préparait l'ouverture de sa clinique privée, la maternité Saint, à Monterey. Quinze jours plus tôt, il avait fait le tour des lieux avec l'architecte et les entrepreneurs. L'inauguration devait avoir lieu… Voyons… La semaine suivante, si ses calculs étaient exacts.

Il avait conçu un établissement haut de gamme, à la pointe de la technologie médicale, et susceptible d'offrir un confort digne d'un hôtel cinq étoiles. Il rêvait que « sa » maternité devienne la meilleure des Etats-Unis, ni plus ni moins.

Pour obtenir ce niveau d'excellence, il avait dû convaincre de nombreux sponsors d'investir dans son projet. Plusieurs mécènes n'étaient autres que les pères de bébés qu'il avait mis au monde, quelques années auparavant !

Grâce à leurs carnets d'adresses respectifs, Emily et lui avaient pu recruter les meilleurs gynécologues de la côte ouest, ainsi que des sages-femmes, des pédiatres et du personnel hautement qualifiés, et maintenant il avait hâte de voir tout ce beau monde à l'œuvre.

Jamais il ne s'était senti motivé à ce point. Il était heureux et excité comme un gosse à Noël, et, dans ces circonstances, épouser Emily serait la cerise sur le gâteau.

Ils se connaissaient depuis six mois à peine, mais quelle importance ? Ils étaient destinés l'un à l'autre. Elle le touchait en plein cœur, comme personne avant elle.

Le jour de leur première rencontre, il avait fondu devant sa douceur et son air un peu fragile. Il l'avait désirée ardemment, dès le début, mais il avait pris garde de ne pas l'effrayer. Puis ils étaient sortis ensemble. Ils ne s'étaient plus quittés, et il avait arrêté de se poser des questions.

Maintenant, ils consacraient de longues heures au projet de la maternité. Tout se déroulait à merveille. Ils partageaient le même idéal, lui en tant qu'obstétricien, elle en tant que sage-femme.

Il avait donc cessé de s'interroger sur la vulnérabilité sous-jacente d'Emily. A quoi bon puisque tout allait bien ? Il avait trouvé la femme de ses rêves et il l'aimait passionnément.

La pauvre chérie… En plus du stress de l'accident, elle avait sans doute dû gérer les impondérables liés à l'ouverture de la maternité. Il n'était pas étonnant qu'elle semble si fatiguée !

Le cœur gonflé d'amour, il se pencha vers elle et lui prit la main, qu'il porta à ses lèvres. Elle se réveilla en trois secondes, comme une personne habituée aux urgences.

— Sam ?

— Salut, Belle au Bois dormant…

Elle jeta un coup d'œil sur sa montre, l'air un peu hagard.

— Oh là là ! J'ai dormi presque trois heures… As-tu mal quelque part ? demanda-t-elle en s'étirant.

— Juste à la tête.

— Veux-tu que j'appelle une infirmière ?

— Non, ne t'embête pas. C'est normal, étant donné le choc que j'ai reçu. Et ils doivent m'injecter de la morphine, je pense…

Il jeta un coup d'œil à sa perfusion puis pressa la main d'Emily.

— Tu m'as manqué, dit-il.

Si seulement elle pouvait s'allonger dans ce lit, contre lui ! Il la trouvait un peu bizarre, presque sur la défensive. Ou alors, était-ce l'effet du coma ?

— Tu étais inconscient.

— Oui, et maintenant je veux tout savoir. Comment vas-tu ? As-tu eu des soucis avec la maternité ?

Elle secoua la tête d'un air étonné.

— Non, tout va bien.

— Ouf, tant mieux ! Harry a-t-il réglé ce problème de fenêtre ? Fait les changements que nous avions demandés ?

— Quoi ?

— Les rideaux de la suite Nightingale… A-t-il pu les avoir en jaune pâle ?

Emily ouvrit des yeux ronds comme des soucoupes.

— Sam… Qu'est-ce que tu racontes ?

Ce n'était pas possible ! Elle devait s'en souvenir, quand même. Ou alors, l'accident lui avait causé des pertes de mémoire…

— La teinte ocre des rideaux ne nous plaisait pas, expliqua-t-il patiemment. Cette chambre sera la plus luxueuse. A une semaine de l'inauguration, mieux vaut éviter les fautes de goût avec toutes les photos qui vont paraître dans la presse.

— L'inauguration ? La presse ? Mais les journalistes ne sont pas revenus depuis…

La phrase mourut sur les lèvres d'Emily. Puis elle se raidit contre le dossier de son fauteuil et le dévisagea.

— Sam ! Quel jour sommes-nous, d'après toi ?

Il ferma les yeux et fit un rapide calcul. Il l'avait demandée en mariage un vendredi. Ensuite, il y avait eu l'accident, le coma…

— Lundi, répondit-il après un moment d'hésitation. Mardi, peut-être…

— Non, je veux dire… Quel mois ? De quelle année ?

Décidément, elle n'allait pas bien. Il allait demander au Dr Waters de l'examiner. Le plus tôt serait le mieux !

Pour lui faire plaisir, il récita la date. Alors, le peu de couleurs qu'elle avait disparut de son visage. Elle devint si pâle qu'il faillit sonner une infirmière.

Quand elle se détourna vers le mur, un signal d'alarme se déclencha dans le cerveau de Sam.

— Pourquoi ces questions, Emily ? Je ne suis quand même pas si déphasé ?

Il l'entendit renifler. Puis elle plongea la main dans son sac pour y prendre un mouchoir et se tamponner les yeux. Enfin, elle se tourna vers lui. Elle avait, de toute évidence, quelque chose à lui dire. Quelque chose qui n'allait pas lui plaire.

— Sam…, dit-elle d'une voix à peine audible. La maternité va bientôt fêter ses deux ans. Et nous sommes mariés… depuis dix-huit mois.

Ce fut à son tour de la dévisager. Puis il crispa les poings sur le drap de manière réflexe.

— Dix-huit mois ? Si c'est une plaisanterie, je la trouve de mauvais goût !

Les larmes se remirent à couler sur les joues livides d'Emily.

— Je ne plaisante pas, hélas. Ecoute-moi…

Il mit ses mains sur ses oreilles. Il ne voulait plus rien entendre. Em, « son » Em, se moquait de lui, et de bien cruelle manière. Qu'avait-il fait pour mériter cela ?

Les médecins et les infirmières, eux, ne mentiraient pas. Il allait leur demander le journal du jour. Ainsi, il serait fixé. Si sa mémoire avait flanché, il l'aurait « senti », quand même !

Il maintint le doigt appuyé sur la sonnette, ignorant les supplications et les pleurs d'Emily. Elle s'était levée et le dévisageait maintenant d'un air horrifié, en sanglotant. C'était *elle* qui était malade !

La porte s'ouvrit sur une infirmière qu'il n'avait encore jamais vue. Elle lança un regard soucieux à Emily puis s'avança vers lui.

— Que se passe-t-il, monsieur Saint ?

— Je veux parler au médecin qui s'occupe de mon cas. Maintenant…

La jeune femme secoua la tête.

— Le Dr Waters est partie ; elle avait une réunion dans un autre hôpital. Je ne suis pas sûre de pouvoir la déranger…

— Trouvez-moi *quelqu'un* ! Une personne qui connaît son métier…

Il jeta une œillade assassine à Emily. L'effet fut immédiat : elle prit son sac et quitta la chambre en courant. L'infirmière se précipita dans le couloir derrière elle, et en deux secondes il se retrouva seul.

Hors de lui, il reposa la tête sur l'oreiller. A cause d'Emily, sa migraine était devenue infernale. Mais, bientôt, tout allait rentrer dans l'ordre. Un spécialiste compétent allait venir le voir et lui expliquer pourquoi sa fiancée avait perdu l'esprit.

Car Emily était devenue folle. Il n'y avait pas d'autre explication.

2.

Emily se laissa glisser contre le mur puis s'assit à même le carrelage, dans le couloir. Le sang bourdonnait à ses tempes. Ses jambes ne la portaient plus.

Sam avait *perdu la mémoire* ! Il était resté bloqué *deux ans en arrière* !

L'infirmière, qui l'avait suivie, s'agenouilla près d'elle et lui pressa le bras.

— Madame Saint ? Vous vous sentez mal ? demanda-t-elle d'un ton inquiet.

« Mal » ? C'était le moins qu'on puisse dire. Elle étouffait, elle avait des vertiges…

Elle inspira profondément une fois, puis deux, avant de se remettre debout.

— Ça va aller, répondit-elle d'un ton calme qui la surprit elle-même. Seulement, je croyais mon mari atteint d'une amnésie légère. Je pensais… qu'il avait juste oublié l'accident. Or, sa mémoire a effacé deux ans de sa vie !

Il refusait d'accepter la vérité, mais quoi de plus normal ? Dynamique et entreprenant — il était toujours à la limite de l'hyperactivité —, il vivait à cent à l'heure. L'idée d'être amnésique devait le rendre malade.

C'était pourtant simple : il avait tout oublié. L'ouverture de la maternité. L'inauguration en grande pompe. La première naissance dans l'établissement. Les commentaires élogieux de la presse et du milieu médical. La clientèle huppée qui était la leur depuis deux ans. Ils en avaient vu naître, des bébés de stars !

Du côté privé, il y avait eu le mariage. L'excitation des préparatifs, le bonheur absolu, le voyage de noces à Paris. Et puis les disputes, le silence. L'accident…

Elle ferma les yeux. Quand elle les rouvrit, l'infirmière — qui, d'après son badge, s'appelait Melanie — lui tendit un gobelet d'eau qu'elle avait dû courir chercher au distributeur qui se trouvait un peu plus loin.

Emily se força à sourire.

— Merci, dit-elle.

— Je vais appeler l'adjoint du Dr Waters, madame Saint.

— C'est gentil. Et si vous pouviez… apporter un journal du jour à Sam, en guise de preuve, cela me rendrait service. Il ne me croit pas.

— Peut-être vaudrait-il mieux laisser faire le médecin ?

— Oui, peut-être. Ou alors, je pourrais le lui porter moi-même…

Elle en était malade à l'avance, mais Sam avait besoin d'elle. Malgré leur situation confuse, elle devait le soutenir.

— Dites au médecin qu'il nous faut des explications, reprit-elle. Il va falloir nous donner des pistes, nous dire quoi faire !

— Bien sûr.

Emily craignait déjà le pire. Si Sam ne recouvrait pas la mémoire, elle serait obligée de combler les trous. Elle devrait lui raconter leur vie, ce quotidien devenu cauchemardesque. Et comme si cela ne suffisait pas, lui apprendre qu'elle était enceinte…

Une intense nausée lui souleva l'estomac. Elle but quelques gorgées d'eau fraîche puis tenta de réfléchir.

Que savait-elle de l'amnésie ? Pas grand-chose, en réalité. Pendant ses études, avant sa spécialisation de sage-femme, elle avait lu quelques chapitres sur le sujet. Elle se rappelait que les pertes de mémoire pouvaient être définitives ou temporaires.

Elle espérait très fort que Sam pourrait retrouver ses

souvenirs. Auquel cas, tout reviendrait : les heurts, les disputes, la rupture quasi consommée. Mais il faudrait en passer par là, hélas, pour qu'ils puissent repartir de zéro…

Elle écrasa son gobelet entre ses mains puis, avisant une poubelle, le lança dedans. Après quoi, elle marcha d'un pas décidé vers la chambre de Sam. Dans quelques mois, ils allaient devenir parents et cela changeait tout.

Jamais elle ne ferait vivre à son enfant le cauchemar d'être rejeté, comme elle l'avait été autrefois. Elle devait se battre pour ce bébé !

Melanie reparut au moment où elle allait pousser la porte.

— Tenez, madame Saint, je vous ai trouvé un journal. Le médecin termine une consultation et il vous rejoint dans cinq minutes.

— D'accord. Merci beaucoup.

Un goût métallique lui emplit la bouche. Pourvu qu'elle ne soit pas malade ! Ce serait le bouquet final…

Mobilisant son courage, elle entra dans la chambre. Décidée à faire semblant d'ignorer le regard meurtrier de Sam, elle s'avança vers lui.

— Tu viens me présenter tes excuses ? demanda-t-il d'un ton rogue.

— Non, parce qu'il n'y a pas d'excuses à présenter. En revanche, je t'ai apporté ça.

Après avoir déposé le journal sur le lit, elle recula légèrement de peur que Sam ne le lui jette à la figure. Muet, il le prit et focalisa son attention sur la une.

Elle sut à quelle seconde précise il vit la date, car son beau visage se crispa intensément. Un muscle de sa mâchoire tressauta puis son regard s'écarquilla. Il feuilleta toutes les pages d'une main fébrile, sans doute pour vérifier qu'il ne s'agissait pas d'une mauvaise blague.

Il revint à la première page et lut les gros titres à mi-voix. Enfin, il laissa tomber le journal sur le carrelage d'un air dégoûté.

— Deux ans ! J'ai perdu *deux ans*…

La détresse perceptible dans sa voix brisa le cœur d'Emily. Malgré leurs différends, elle ne supportait pas de le voir souffrir.

— Je suis désolée, répondit-elle d'un ton calme. Tout ce que je t'ai dit est vrai. Nous sommes mariés depuis dix-huit mois. Nous étions très heureux…

— Etions ? répéta-t-il.

Son regard bleu, d'habitude doux et tendre, reflétait une tension inhabituelle. Emily secoua discrètement les mains pour les empêcher de trembler.

Surtout, ne pas fondre en larmes. Pourquoi était-elle si émotive ? Etait-ce dû à la grossesse ?

— Nous avons eu… quelques soucis, expliqua-t-elle.

— A la maternité ?

— Non, entre nous. On en parlera plus tard. Le médecin va arriver.

A peine avait-elle fini sa phrase que la porte s'ouvrit sur un jeune homme en blouse blanche qui tenait un dossier à la main. Il se présenta comme le Dr Elijah Penn, adjoint du Dr Waters, puis s'approcha.

— D'après Melanie, vous venez juste de vous réveiller, docteur Saint, dit-il d'un ton affable. Souffrez-vous ?

— Non, mais…

Voyant Sam incapable de continuer, Emily prit le relais.

— Mon mari n'a plus aucun souvenir des deux dernières années, docteur. Nous avons besoin… d'un éclairage sur cette amnésie. Y aurait-il des choses à faire pour l'aider à recouvrer la mémoire ?

Le Dr Penn fronça les sourcils d'un air perplexe.

— Même si j'ai lu le dossier, j'aimerais en savoir davantage avant de vous répondre. Puis-je vous faire passer quelques tests, docteur ?

— Bien sûr, répliqua Sam. Cela me paraît normal.

Emily sortit puis gagna la salle d'attente située au bout du couloir. Se laissant tomber sur une chaise, elle extirpa son portable de son sac. Il devait y avoir des photos dans l'appareil ! Elles évoqueraient peut-être quelque chose à Sam…

De fait, il y avait énormément de clichés, la plupart pris à la maternité. On la voyait avec des patientes, dont certaines étaient devenues des amies. Parfois, elle tenait dans les bras les bébés qu'elle avait mis au monde, radieuse. Sur d'autres images, elle posait avec ses collègues.

Pourquoi ne la voyait-on jamais avec Sam ?

L'unique photo d'eux remontait au jour où elle avait acheté ce téléphone : ils avaient fait un selfie. Sinon, elle l'avait photographié seul, en tenue de chirurgien, ou à la maison, occupé à lire un magazine. Et il avait toujours l'air taciturne !

En émergeant du coma, pour la première fois depuis des lustres, il avait souri. « Grâce » à l'amnésie. Mais son humeur n'était pas restée longtemps au beau fixe…

N'y tenant plus, elle se leva et commença à arpenter la pièce. Qu'allait-elle faire ? Qu'allaient-*ils* faire ?

Soudain, le Dr Penn passa la tête dans l'encadrement de la porte.

— Venez, madame, dit-il gentiment. J'ai fini.

Lorsqu'ils entrèrent dans la chambre, elle fut surprise de voir Sam lui tendre la main. Elle n'avait pas prévu ce geste. Avait-il besoin d'elle, malgré tout ?

Elle s'installa sur le lit puis entremêla ses doigts aux siens. Cela faisait si longtemps…

— Nous avons bien discuté, votre mari et moi, dit le Dr Penn. D'après mes informations, vous avez eu de la chance, tous les deux ! Et je suis maintenant en mesure d'affirmer qu'il souffre d'amnésie rétrograde.

— C'est-à-dire ?

— Cette pathologie peut provenir de diverses causes, dont les chocs à la tête, ce qui est le cas ici. En résumé, les souvenirs récents disparaissent, mais la mémoire à long terme reste intacte. Il s'agit en principe d'un trouble passager. Néanmoins… Il faut rester prudent. Certains patients ne recouvrent jamais la mémoire.

Emily assimila la nouvelle sans ciller. Elle ne voulait pas y croire. Elle refusait d'être défaitiste !

— Partons du principe que cela ne durera pas, répliqua-t-elle. Comment puis-je aider Sam ?

Le Dr Penn eut un sourire encourageant.

— Il faut réveiller les souvenirs… Donc, je vous conseille de regarder des photos et des vidéos ensemble. Vous pouvez aussi préparer ses plats favoris, lui montrer des objets du quotidien, retourner dans des endroits importants pour lui. Un élément isolé ne lui rendra pas la mémoire. Essayez de tisser un réseau, de créer une ambiance avec des lieux, des gens, des odeurs, des bruits… A terme, cela devrait déclencher une impression de déjà-vu.

— Il faut que je rentre chez moi ! intervint Sam.

— Un retour à la maison vous aidera peut-être, mais ce n'est pas garanti. Certains patients recouvrent la mémoire en quelques jours, d'autres en quelques semaines… voire plus, ajouta le Dr Penn d'un ton circonspect. Parfois, les souvenirs reviennent par bribes, ou alors, ils émergent d'un seul coup. C'est très variable.

Emily sentit la pression des doigts de Sam s'accentuer sur sa main.

— Donc, je peux partir ? demanda-t-il.

Le Dr Penn secoua la tête.

— Vous avez reçu un gros choc, donc nous allons vous garder encore quelques jours. Si vos constantes sont stables, et si vous répondez bien aux exercices de kiné, nous envisagerons une sortie.

Le neurologue s'attarda encore quelques minutes puis,

sur un dernier sourire, s'éclipsa pour continuer sa tournée. Restée seule avec Sam, Emily s'aperçut qu'ils se tenaient toujours par la main. C'était une sensation merveilleuse après cette longue période sans aucun contact. Ou presque...

— Comment te sens-tu ? murmura-t-elle.

— Disons... Que ça fait beaucoup de choses à digérer. Mais j'essaie de voir le côté positif de la situation.

— Le côté positif ? répéta-t-elle, surprise.

— Absolument, car ça pourrait être pire. D'une part, je sais toujours comment je m'appelle. D'autre part, je n'ai pas perdu mes connaissances médicales. Je vais pouvoir reprendre mon métier.

Il chercha son regard, puis ajouta :

— Et je sais à quel point je t'aime, Emily. Ça, je ne l'ai pas oublié.

Elle lui rendit son sourire, submergée par l'émotion. Quel bonheur d'entendre ces mots ! Elle les avait espérés si longtemps...

Avant l'accident, l'attitude de Sam l'avait mise au désespoir. Il s'était abruti de travail, multipliant les projets et les actions caritatives. Ses rares moments de loisir, il les avait passés à faire du sport ou chez des amis. Il avait tout fait pour l'éviter.

Et pour cause... Ils ne se supportaient plus.

Mais s'il avait tout oublié, le souvenir de leurs disputes demeurait, hélas, bien présent dans la tête d'Emily. Et cela faisait mal. Très mal. Alors, même en essayant de positiver, mieux valait ne pas se bercer d'illusions : les problèmes resurgiraient tôt ou tard.

Elle lui devait la vérité. Retarder l'inéluctable ne donnerait rien de bon.

— Sam... Il y a autre chose, dit-elle d'une voix tremblante. Ça ne va pas te plaire.

— Ah, bon ? Laisse-moi en décider, au moins !

Son sourire chaleureux, irrésistible, lui fendit le cœur.

Elle avait craqué pour lui au premier regard. Comme cette époque lui paraissait lointaine !

— Ecoute… Ils m'ont fait une prise de sang, juste après l'accident, et…

— Emily ! Qu'ont-ils trouvé ?

Il s'était rembruni, et elle n'eut aucun mal à imaginer son inquiétude. Il devait croire qu'on lui avait découvert une maladie grave. Alors, même si elle avait peur, elle ne pouvait pas le laisser dans le flou. Il allait sans doute se mettre en colère, lui lâcher la main, la faire sortir de sa chambre. Pourtant, elle n'avait pas le choix.

— Ils se sont rendu compte que…

Elle inspira à fond avant de se jeter à l'eau :

— Je suis enceinte, Sam. Je vais avoir un bébé.

Enceinte ?

Sam était estomaqué. Il n'aurait pas dû dévisager Emily comme si elle était une extraterrestre, mais c'était plus fort que lui.

Tout à coup, l'image de Serena envahit sa mémoire et il secoua violemment la tête malgré sa migraine. Il ne voulait pas de ces souvenirs-là ! C'était trop dur, trop cruel. Il ne les laissait jamais remonter à la surface…

Enceinte. Sa fiancée était enceinte !

Mais elle n'était pas sa fiancée. Ils étaient mariés, et elle allait avoir…

Il déglutit péniblement.

Son épouse était la femme de sa vie. Il l'adorait. Il aurait dû sauter de joie.

A sa manière de le regarder, il devina qu'Emily craignait sa réaction. Il devait faire bonne figure, prétendre qu'il était heureux…

Je vais être papa. Non, c'est au-delà de mes forces… Emily sait bien… Pourquoi avons-nous été si imprudents ?

Après ce qui était arrivé à Serena, c'était impossible !

Une vague de terreur déferla en lui. Il sentit son cœur s'emballer, sa peau devenir moite. Il ferma les yeux et agrippa le drap pour contenir le tremblement de ses mains.

Quand il rouvrit les paupières, Emily le regardait toujours. Il comprit alors qu'il l'aimait trop pour lui révéler ses angoisses. Il ne voulait pas lui avouer ses failles, ses faiblesses. S'il commençait à en parler, elle le prendrait pour un monstre.

Elle avait assez souffert depuis l'accident. Il devait la ménager, d'autant qu'elle était enceinte. Quand ils seraient rentrés chez eux, il pourrait peut-être aborder la question.

Lui étreignant la main, il s'obligea à sourire.

— Emily ! C'est… merveilleux. Je suis… content !

S'asseyant contre les oreillers, il se pencha en avant et la prit dans ses bras. Comme elle était douce ! Comme ses cheveux sentaient bon !

Le visage enfoui dans les mèches dorées, il la serra très fort, en espérant qu'elle ne se douterait de rien.

Elle s'abandonna et poussa un grand soupir. Il sut alors qu'il avait réussi à donner le change.

— C'est vrai ? Tu es content ?

Emily n'en croyait pas ses oreilles. Elle s'écarta légèrement pour observer Sam. Elle s'attendait presque à le voir faire la tête, mais non.

Il souriait. Il avait vraiment l'air heureux.

Peut-être existait-il un espoir que les choses s'arrangent ? Le « nouveau » Sam, celui qui était resté bloqué deux ans en arrière, semblait tellement plus accessible que l'autre…

De ses paumes tremblantes, elle lui captura le visage. Puis, sans réfléchir, elle l'embrassa. Dire qu'elle avait failli le quitter !

Ils avaient eu cet accident parce qu'ils étaient en train de se quereller dans la voiture. Quelques jours plus tard, elle lui avait écrit une lettre. Elle avait pensé la lui donner à son réveil, mais elle n'en ferait rien. Elle allait la détruire…

Toutefois, elle devait garder les pieds sur terre. L'amnésie de Sam expliquait probablement qu'il ne se soit pas énervé.

— Bien sûr, je suis ravi, répondit-il d'un ton gai. C'est génial ! A combien de semaines es-tu ?

— Huit et demie, presque neuf.

Il eut un sourire lumineux.

— C'est encore le début. Nous devrions garder le secret.

— Tu peux l'annoncer à ta famille, si tu veux.

— Non, je… Laissons passer le premier trimestre, d'accord ?

— Comme tu veux. Je suis tellement contente… que tu sois content. Je croyais que…

— Que quoi ?

— Rien. Aucune importance.

Elle voyait enfin la lumière au bout du tunnel. Peut-être allaient-ils sauver leur mariage ?

Bien sûr, la mauvaise période n'allait pas s'effacer d'un coup de baguette magique. Elle avait beaucoup souffert et aurait du mal à oublier ces semaines noires. Néanmoins, s'ils retrouvaient leur formidable complicité du début, les choses pouvaient rentrer dans l'ordre.

La vie leur offrait une seconde chance. Elle avait l'intention de la saisir.

A la seconde où Emily ferma la porte, Sam se laissa retomber contre les oreillers. Il était bouleversé. Anéanti. Rongé d'angoisse.

Pour un obstétricien, il se posait là. Les contraceptifs, cela existait, tout de même ! Emily n'était-elle pas sous pilule ?

Jamais il ne serait capable d'élever un enfant. Où trouverait-il la force d'assumer une si lourde responsabilité ?

Il adorait suivre des grossesses, mettre des bébés au monde. Néanmoins, tout était différent à l'hôpital. Il était entouré d'une équipe solide. Il disposait d'un matériel de pointe. Tout était réuni pour que les naissances se déroulent dans les meilleures conditions.

Quel bonheur d'être le premier à tenir ces nouveau-nés dans les bras ! Chaque fois, il se sentait privilégié et il éprouvait un bonheur immense. Mais sitôt le cordon ombilical coupé, sa mission s'arrêtait. Les parents prenaient le relais avec l'aide des pédiatres et des infirmières.

Traumatisé par la disparition de Serena, il avait choisi la médecine, et plus particulièrement l'obstétrique, pour aider de petits êtres à faire leur entrée dans la vie. Gérer « l'après » était en revanche au-delà de ses forces. Il y avait trop de risques qu'un problème survienne.

Pour parer à tout incident, il avait donc engagé les meilleurs spécialistes en réanimation néonatale. Des personnes formidables qui ne craignaient pas les situations difficiles, contrairement à lui…

Le jour où il avait rencontré Emily, il avait cru comprendre qu'elle ne voulait pas d'enfants, elle non plus. C'était bien ce qu'elle avait dit, non ?

Ils s'étaient vus pour la première fois dans une salle de travail. Sage-femme libérale, Emily accompagnait une future mère à l'hôpital où il exerçait après avoir jugé qu'un accouchement à domicile serait trop risqué.

Etant de garde, il avait pratiqué une délivrance par ventouse, et il avait été frappé par la beauté, la douceur, la gentillesse d'Emily, restée au chevet de la patiente.

Après la naissance, elle l'avait suivi dans le couloir pour le remercier. Il l'avait dévisagée longuement, subjugué par ses boucles blondes en désordre, ses joues roses et ses beaux yeux bleus. Elle était grande, mais avec ses sandales plates et son pantalon blanc, il avait trouvé qu'elle ressemblait à un elfe. A une créature surnaturelle, adorable et gracieuse…

— Joli travail, avait-il bafouillé.

— Moi ? Mais… C'est vous qui avez tout fait ! avait-elle protesté en rougissant.

— Nous exerçons de beaux métiers, vous et moi.

— Oui, c'est vrai. J'adore les bébés.

— Vous… en avez ? avait-il demandé, de manière un peu incongrue.

Elle avait secoué la tête en riant.

— Moi, oh, non ! Je n'en veux pas pour le moment. Faire naître ceux des autres me suffit.

Rassuré par cette réponse, et fasciné par Emily, il avait voulu mieux la connaître. Très vite, ils ne s'étaient plus quittés. Ils avaient tant de choses en commun !

Mais de là à devenir père… Comment avait-il pu se laisser entraîner si loin ?

Et, surtout, qu'allait-il faire, maintenant ?

3.

Le lendemain, un kinésithérapeute prénommé Matt vint trouver Sam pour l'aider à se lever.

Il était en plein effort et la tête lui tournait quand Emily arriva. Malgré la mauvaise nuit qu'il avait passée, son cœur bondit lorsqu'elle s'avança dans la chambre.

Contrairement à lui, elle s'était sans doute bien reposée car elle avait le visage lisse et semblait en pleine forme. Il la trouva adorable dans sa tenue hippie chic : chemise longue, pantalon fluide et besace en cuir, avec de grosses lunettes de soleil relevées dans les cheveux.

— Tu es debout ! s'exclama-t-elle d'un ton gai.

— Oui, mais pas pour longtemps…

Lâchant le déambulateur, il se laissa tomber sur le lit. Puis il inspira profondément en portant les mains à ses tempes.

— Vous avez des vertiges ? demanda Matt.

— Oui, un peu.

— Ne forcez pas et tout ira bien. D'abord, asseyez-vous tranquillement, et faites comme si vous vouliez visser vos pieds par terre. Ensuite, fléchissez puis relâchez les muscles des cuisses. Cela facilitera la circulation sanguine et vous empêchera d'avoir une nouvelle chute de tension.

Sam vit Emily se rapprocher. Elle parut hésiter puis elle lui tapota l'épaule. Elle sentait délicieusement bon. Il ne reconnaissait pas son parfum, mais il l'aimait beaucoup.

Il leva le visage vers elle dans l'espoir qu'elle allait l'embrasser. Pourtant, elle n'en fit rien. Etait-elle intimidée par la présence de Matt ? C'était peu probable. Il devait y avoir autre chose…

Tant que le kiné serait là, ils ne pourraient pas discuter. Mieux valait donc qu'il se concentre sur ses exercices, d'autant qu'il n'avait pas l'intention de passer des semaines à l'hôpital. Depuis la veille, il n'avait qu'une hâte : rentrer chez lui et, bien sûr, reprendre le travail.

Il agrippa le déambulateur puis, suivant les conseils de Matt, appuya fortement les pieds au sol. Il attendit quelques secondes pour s'assurer qu'il n'allait pas défaillir, après quoi il se mit debout et fit un pas en avant.

Matt s'était posté près de lui pour le retenir en cas de chute, mais c'était inutile. Il n'allait pas se faire dorloter comme un bébé, quand même !

Il marcha lentement jusqu'à la porte puis traversa le couloir. Une fois parvenu au comptoir des infirmières, il fit demi-tour et rentra dans la chambre. Il était en nage, épuisé, mais tant pis. Il l'avait fait !

Il s'écroula sur son lit en riant, sous le regard indulgent de Matt.

— D'accord, d'accord…, dit le kiné. Vous êtes du genre têtu. C'est bien, mais il faut savoir s'arrêter !

Emily s'assit sur le drap, l'air réprobateur.

— Ne m'en parlez pas ! Il est incorrigible. Il veut toujours repousser ses limites.

Sam s'épongea le visage en souriant.

— Je vais très bien. Et je continuerai à « repousser mes limites » jusqu'à mon retour à la maison.

— Parce que, après, vous arrêterez ? lança Matt sur le ton de la plaisanterie. Sérieusement, ménagez-vous. Je repasserai en fin de journée. N'oubliez pas : les médecins vous interdisent de vous lever, sauf pour aller aux toilettes.

Après le départ du kiné, Sam croisa le regard interrogateur d'Emily.

— Tu te souviens de la maison ? demanda-t-elle.

Il aurait préféré l'embrasser au lieu d'avoir une conversation sérieuse. Elle était si jolie, si adorable… Mais elle attendait sa réponse. Il ne pouvait pas la décevoir.

— Tu parles de l'appartement ? Le deux-pièces terrasse avec la vue magnifique sur Los Angeles ?

L'air déçu d'Emily lui indiqua qu'il avait tout faux.

— Non, murmura-t-elle. On n'habite plus là-bas.

Il se concentra pour forcer ses souvenirs à remonter. Sans succès, malheureusement. On aurait dit qu'un mur de béton leur faisait barrage dans son cerveau.

— Où, alors ? demanda-t-il.

— A Beverly Hills. Tu nous as trouvé un petit manoir blanc de style néoclassique, avec des balcons, des colonnes, des grandes portes… Bref, ce genre de truc.

Son manque d'enthousiasme le surprit.

— On dirait que notre maison ne te plaît pas, dit-il.

— Si, si. Simplement… On n'a pas encore eu le temps d'en faire un vrai chez-nous, mais ça viendra.

Il eut la nette impression qu'elle lui cachait quelque chose. Lui avait-il forcé la main, pour la maison ? S'y sentait-elle mal à l'aise ?

Oubliant les recommandations de Matt, il se remit debout puis attira Emily dans ses bras. Il ne voulait pas penser à leurs problèmes. Ils avaient mieux à faire, non ?

— Tu m'as manqué, chuchota-t-il.

Après quelques secondes d'hésitation, elle lui enlaça la taille. Bizarre, tout de même. S'ils n'avaient pas été « jeunes » mariés, il aurait juré qu'ils n'avaient pas eu de contact physique depuis longtemps. Mais elle était enceinte… Il n'y comprenait rien !

— Embrasse-moi, ajouta-t-il.

— Sam ! Les médecins t'ont prescrit du repos. Recouche-toi, s'il te plaît.

— D'accord, si tu viens au lit…

Il se pencha pour capturer sa bouche. Pour lui, leur

dernier baiser datait du jour de leurs fiançailles. Il y en avait sans doute eu beaucoup d'autres depuis. Des moments délicieux, comme celui qu'il était en train de vivre…

Les complications surgiraient bien assez tôt. Pour l'heure, son instinct lui criait de se rapprocher d'Emily. Il l'aimait. Il avait besoin d'elle. Rien d'autre n'avait d'importance.

Il releva la tête et chercha le regard de son épouse.

— J'ai hâte de rentrer à la maison, dit-il.

— Et moi… J'ai hâte que tu reviennes. Ce ne sera plus long.

En réalité, Sam dut patienter quinze jours avant de recevoir le feu vert des neurologues.

A bien des égards, ces deux semaines lui avaient paru les plus étranges — et les plus longues — de sa vie. Certes, il avait reçu la visite de ses parents, de sa famille. Mais il avait aussi vu passer des collègues dont les visages lui avaient paru nettement moins familiers.

Sur le plan médical, il avait subi une impressionnante batterie d'examens. Il s'était entretenu plusieurs fois avec un psychologue. Il avait aussi continué les exercices de kiné, et même suivi quelques séances avec un ergothérapeute.

Aux dires des intervenants, son état était stable. Il allait donc, enfin, pouvoir partir. Tant mieux car il était en train de devenir fou !

Malgré les photographies, vidéos et autres coupures de presse montrées par Emily, il n'avait pas recouvré la mémoire, et cette absence de progrès l'avait mis en fureur, autant que le confinement à l'hôpital.

Certaines fois, il se mettait en colère pour rien. Apparemment, les sautes d'humeur étaient courantes dans son état, mais il n'en était pas fier. Il détestait se montrer revêche, surtout envers Emily qui était un amour…

Une chose était certaine : il ne reviendrait jamais consulter ce Dr Evans, le psychologue. Celui-ci, trop perspicace, avait tout de suite deviné ses réticences à l'idée de devenir père. Or, il n'avait pas envie d'être « cuisiné » sur ce sujet.

Un jour, énervé après une séance, il avait essayé d'en parler à Emily, mais il avait eu l'impression qu'elle n'était pas au courant pour Serena. Très surpris, il avait détourné la conversation, mais depuis il y pensait sans arrêt. Se pouvait-il… qu'il ne lui ait rien raconté ? A elle, sa femme ?

Il y verrait certainement plus clair, dans tous les domaines, une fois rentré chez lui. Par ailleurs, il aurait le temps de réfléchir, puisque le Dr Waters lui avait prescrit deux mois d'arrêt de travail.

Ce matin-là, comme tous les autres, Emily l'avait rejoint dans sa chambre. Mais cette fois, elle était venue le chercher. Ils avaient pris congé de l'équipe puis étaient sortis sur le parking. Il avait eu l'impression d'être complètement déconnecté du monde.

Maintenant, il était assis sur le siège passager d'une luxueuse berline, avec Emily au volant. Elle paraissait nerveuse, mais quoi de plus normal ? Dans son état, et avec tout ce qu'elle avait supporté depuis l'accident…

Il réprima un frisson en pensant au bébé.

Elle était enceinte de onze semaines et allait bientôt passer sa première échographie. Il allait être obligé de l'accompagner, de jouer au futur papa. Il devrait lui tenir la main… à supposer qu'elle accepte car elle semblait toujours très réticente lorsqu'il cherchait un contact physique.

Une partie de lui-même ne demandait qu'à se réjouir de la situation. Mais à chaque fois qu'il s'imaginait père, il repensait à sa petite sœur, Serena, morte alors qu'il en avait la garde…

Le son tonitruant d'un klaxon le ramena à la réalité.

— Tu n'as pas peur ? demanda-t-il à Emily.

— Peur de quoi ?

Il voulait savoir si l'idée d'être maman l'effrayait, mais n'osa pas formuler cette question.

— De conduire… Après l'accident.

Elle haussa les épaules.

— J'ai angoissé, au début, mais j'ai repris le volant tout de suite. Il faut bien continuer à vivre. Sinon, on ne fait plus rien.

Tout dépend dans quel domaine, Emily…

Au lieu d'exprimer sa pensée, il opina en souriant puis se concentra sur le paysage. Ce quartier lui disait vaguement quelque chose. Il avait bon espoir de reconnaître « sa » maison, le moment venu.

Quittant l'avenue principale, Emily s'engagea sur une route sinueuse, laquelle desservait des rues bordées d'arbres plus belles les unes que les autres. Il aperçut une jeune femme qui promenait un chiot impeccablement toiletté. Quelques joggers en tenue dernier cri, et porteurs d'oreillettes high-tech, couraient sur les trottoirs flambant neufs.

Et que dire des maisons ? Jamais il n'avait vu une telle concentration de propriétés luxueuses au mètre carré. Ou alors, il ne s'en souvenait pas…

Bientôt, Emily s'engagea dans une grande allée privée. Au bout du chemin, un portail électrique s'ouvrit comme par magie, révélant une demeure qui le laissa pantois.

D'un blanc immaculé, elle se dressait fièrement contre le ciel bleu, mise en valeur par la lumière du jour. Emily n'avait pas menti : ce manoir — car c'en était un — aurait très bien pu convenir à une star de Hollywood. Un vrai palace…

Quand elle se gara devant le perron, il remarqua, stupéfait, que trois personnes en uniforme gris, un homme et deux femmes, les attendaient. Des employés de maison ? Etait-ce possible ?

« Bonjour, monsieur Saint. » « Quelle joie de vous revoir ! » « Comment allez-vous ? »

Sam répondit comme un automate, ne sachant pas qui étaient ces gens. Il les remercia néanmoins pour leur accueil puis regarda autour de lui, tandis que l'homme sortait les bagages du coffre.

Quel jardin ! De somptueux parterres fleuris égayaient les pelouses, et des arbres d'essences variées apportaient une ombre bienvenue. Il se récria d'admiration en apercevant un petit kiosque, ainsi qu'une tonnelle en fer forgé du plus bel effet.

— C'est magnifique !

— Tu as choisi cet endroit, répondit Emily d'une voix douce.

— Désolé, je… ne m'en souviens pas.

Elle soupira.

— Entrons. L'intérieur t'évoquera peut-être quelque chose.

Son attitude un peu distante lui mit la puce à l'oreille. Les médecins lui avaient dit qu'il se sentirait perdu, comme entre deux eaux, mais d'où venait cette impression de malaise ? Il devait y avoir un problème. A moins qu'il ne se fasse des idées… Comment savoir ?

Renonçant à comprendre, il prit la main d'Emily.

— Allons-y, dit-il.

A l'hôpital, il avait cent fois imaginé ce moment. Il avait rêvé que les souvenirs l'assailliraient d'un coup lorsqu'il redécouvrirait ses meubles, ou un tableau, ou un objet familier. Néanmoins, la vision de la grande salle à manger design le laissa de marbre : rien ne se produisit.

Emily le lâcha puis posa son sac et ses clés sur la table.

— Alors ? demanda-t-elle.

Frustré et en colère, il secoua la tête.

— Rien !

— Ne t'inquiète pas, ça reviendra. Je vais te montrer la maison.

Elle le guida dans une pièce, puis une autre, et une autre encore. Chaque fois, il lui semblait faire une visite en compagnie d'un agent immobilier. Grand salon, petit salon, cuisine, bibliothèque, salles d'eau, salle de jeu, lingerie, chambres d'amis, dépendances : tout était neuf, moderne, avec des équipements dernier cri. Il trouvait néanmoins la décoration — qui avait sans doute coûté très cher — un peu minimaliste.

Quel cauchemar… Cet endroit, dont il était pourtant propriétaire, ne lui disait absolument rien, et plus les minutes passaient, plus il s'énervait.

Il enrageait même contre Emily — la pauvre ! En fait, il était furieux de ruiner ses espoirs. Il aurait voulu la rendre heureuse en recouvrant la mémoire, mais ce n'était pas si simple.

Pire, comment allait-il pouvoir assumer sa paternité alors qu'il ne se rappelait pas avoir conçu un enfant ?

— Et voici notre chambre.

Pour faire plaisir à Emily, il s'avança dans la pièce. Son regard tomba aussitôt sur le lit immense recouvert d'un édredon blanc et d'une dizaine de coussins dorés. Ils étaient jolis, certes, mais bien trop nombreux ! Fallait-il les enlever tous les soirs avant de…

Emily allongée, un sourire malicieux aux lèvres, ses longs cheveux étalés sur les coussins. Lui, penché au-dessus d'elle, en train de l'embrasser dans le cou. Un fou rire mémorable…

Ce souvenir flash, brutal, lui fit tourner la tête, et il dut s'appuyer au montant du lit pour maintenir son équilibre. Emily se rapprocha aussitôt et lui posa une main sur le bras.

— Ça va ? demanda-t-elle d'un ton inquiet.

— Oui, oui. C'est juste…

Un coussin lancé à toute volée dans sa direction. Des cris, des éclats de voix. Emily courant vers la porte. « Je te déteste. »

Il jeta un coup d'œil par-dessus son épaule. Ce jour-là, elle avait ouvert la porte avec une telle violence qu'il y avait eu un léger impact sur le mur. Mais oui ! On distinguait encore cette trace…

— Sam ! Quelque chose est revenu ?

— Je… Tu étais en colère contre moi. Tu m'as jeté un coussin à la tête. J'étais là-bas, expliqua-t-il, se dirigeant vers le mur opposé. Voilà, ici… Tu l'as lancé, et puis tu es sortie en criant « Je te déteste ! »

Emily se mordit la lèvre inférieure, les yeux baissés sur le tapis blanc. Que s'était-il passé pour qu'ils en arrivent là ? « Détester » était un mot très fort…

— On a dû avoir un gros problème, ajouta-t-il.

— Je… ne sais plus.

— Ah, bon ? La dispute avait l'air mémorable, pourtant.

Visiblement nerveuse, elle s'assit au bord du lit puis elle tapota l'édredon. Il la rejoignit, espérant qu'elle allait s'expliquer.

— Il y avait… beaucoup de tension, murmura-t-elle.

— A quel propos ?

— De grosses divergences sur notre vie de couple. On ne s'adressait presque plus la parole. C'était la guerre. Au moment de l'accident, on se disputait dans la voiture.

— Oh ! mon Dieu ! Je suis désolé, Em.

Ils étaient assis côte à côte et, pourtant, il avait l'impression qu'un fossé les séparait. Emily se tenait très raide, le dos droit. Il comprenait mieux pourquoi elle sursautait à chaque fois qu'il voulait l'embrasser ou la serrer contre lui…

— Au moins, tu as un souvenir, maintenant, marmonna-t-elle sans le regarder.

Il soupira.

— Oui. Je m'attendais à autre chose, mais on ne choisit pas.

Emily guida Sam vers son cabinet de travail, en croisant les doigts pour que cette pièce, en particulier, lui rappelle son passé proche.

Quelle situation étrange ! Elle avait l'impression de faire visiter la maison à un inconnu. Il détaillait leur cadre de vie comme s'il le voyait pour la première fois et, même si elle avait prévu ce scénario, elle se sentait mal à l'aise.

Un sentiment accentué par le souvenir terrible qui venait de resurgir dans la tête de son époux.

Pendant qu'il était à l'hôpital, elle avait voulu positiver. A présent, elle était sûre que leurs problèmes demeuraient intacts. L'amnésie n'était finalement pas « grand-chose » comparée au reste : la faillite de leur mariage.

S'ils voulaient sauver leur union, ils allaient devoir réapprendre à communiquer. Ni plus ni moins.

Elle l'observa tandis qu'il se rapprochait de sa table de travail.

D'abord, il souleva le presse-papiers en verre de Murano qu'ils avaient acheté à Paris. Puis il contempla longuement la photographie qui trônait face à l'ordinateur dans un cadre doré. Ce cliché avait été pris le jour de l'inauguration de la maternité. On les voyait, radieux, au premier plan, entourés des membres de leur équipe qui levaient les bras avec enthousiasme.

Allez, rappelle-toi. Sinon, on n'avancera jamais…

Pour l'heure, il semblait heureux qu'elle soit enceinte. Il recherchait même les contacts physiques. Mais comment aurait-elle pu recevoir ces marques d'affection sans arrière-pensée ? Elle n'avait rien oublié, *elle*.

Où allait-il s'installer cette nuit-là ? Depuis plusieurs mois, il avait pris l'habitude de dormir à l'hôpital, ou, s'il rentrait, dans une chambre d'amis. Les membres du personnel s'en étaient rendu compte, tout comme ils avaient entendu les disputes. Pour Emily, l'humiliation s'était ajoutée au chagrin…

Au fond, tu restes le même homme. Celui qui ne voulait pas de famille, celui qui refusait de me parler. Peut-on encore s'en sortir ?

En tout cas, il fallait essayer. Ayant vécu une enfance chaotique, elle rêvait d'autre chose pour le bébé qu'elle portait.

Non seulement elle ne connaissait pas son père, mais sa mère l'avait abandonnée très tôt, préférant partir en tournée avec un chanteur de rock sur le retour, lequel n'avait jamais rencontré la gloire !

Le « voyage » de quelques mois s'était prolongé à l'infini. Maintenant encore, Emily ignorait où sa mère se trouvait. Elle avait été élevée par la sœur de celle-ci, sa tante Sylvia, et son oncle Martin. Et ces deux-là lui avaient bien fait comprendre qu'ils agissaient par devoir et non par amour !

« Où est maman ? Elle va revenir ? Est-ce qu'elle m'aime ? »

Très vite, elle avait arrêté de poser des questions. Sylvia et Martin ne savaient jamais quoi répondre…

Entendant un tiroir claquer, elle sursauta. Sam était en train d'explorer ses affaires. Néanmoins, il ne trouverait rien de personnel là-dedans. Juste des documents de travail qui s'étaient accumulés…

Il avait l'air perdu, malheureux. Elle sentit son cœur se serrer. Malgré tout ce qui les séparait, elle ne voulait pas qu'il souffre.

— Courage…, murmura-t-elle. Tout va s'arranger. Peut-être pas aujourd'hui, mais…

— Si c'est pour avoir d'autres mauvais souvenirs, laisse tomber !

— Non, Sam. Il y aura des jours meilleurs. Il faut y croire.

— Dit l'éternelle optimiste…

Elle inspira à fond puis s'avança et se pencha par-dessus le bureau.

— Tu es un battant, dit-elle d'un ton ferme. Sans ton énergie, on n'aurait jamais ouvert la maternité. Il y a beaucoup d'autres choses en toi. D'ici peu, tu sauras qui tu es. Ta vie t'apparaîtra sous un nouveau jour. Rien n'est perdu. Ni pour toi ni pour *nous*.

Le portable d'Emily sonna alors que Sam et elle étaient en train de redescendre au salon. Quand elle lut « Marc Johnson » sur l'écran, elle devina de quoi il s'agissait et décrocha sans hésiter.

— Em ? C'est Marc ! dit le jeune homme d'une voix affolée. Sophie a perdu les eaux, elle a de grosses contractions. On est en route.

Marc et Sophie étaient venus à la maternité pour des problèmes de stérilité. Leur enfant avait été conçu par fécondation in vitro, un véritable exploit pour Sophie, laquelle détestait les hôpitaux et les piqûres !

La future mère s'était raccrochée à Emily comme à une bouée de sauvetage. Aussi, dès le début, lui avait-elle promis de piloter son accouchement.

— Bonjour, Marc, répondit-elle. Je suis à la maison… Juste un petit instant, s'il vous plaît.

Elle mit la communication en attente, puis se tourna vers Sam. Elle voulait aller à la maternité, mais elle craignait de le laisser seul…

— C'est le mari de Sophie Johnson. Tu as fait sa Fiv il y a presque neuf mois.

— Euh… Peut-être…

— Le travail a commencé, et je lui avais promis d'être là.

— Bien sûr, vas-y !

— Mais… Et toi ?

— Apparemment, il y a du monde dans cette maison, répliqua-t-il en souriant. Je ne suis pas perdu. Allez, file.

Au moins, Sam n'avait pas perdu son professionnalisme.

Il avait toujours privilégié le bien-être de ses patientes et, de ce côté-là, rien n'avait changé. C'était bon signe !

Elle reprit le téléphone pour annoncer à Marc qu'elle allait se mettre en route. Puis elle pressa le bras de Sam et dévala les quelques marches qui la séparaient du rez-de-chaussée. Le devoir l'appelait, et même si elle rechignait à laisser son mari, elle n'avait pas vraiment le choix.

Du reste, ces quelques heures de solitude feraient peut-être du bien à Sam. Il pourrait explorer la maison tranquillement, sans se mettre la pression pour recouvrer la mémoire.

Quant à elle, c'était une bonne chose qu'elle retourne au travail. Voir des enfants naître était sa passion. Et dire que, dans quelques mois, elle se trouverait à la place de Sophie !

C'était une perspective merveilleuse et, pourtant, malgré sa joie, elle avait peur. Car depuis l'accident, elle vivait au jour le jour.

Emily arriva à la maternité trois minutes avant sa patiente.

Sophie ayant opté pour un accouchement aquatique, elle l'installa dans une des salles réservées à cet effet. Elle procéda à un examen minutieux, et nota que les contractions étaient déjà bien rapprochées. La naissance ne tarderait plus. Marc avait bien fait de griller quelques feux rouges !

Le visage crispé, Sophie agrippa la main de son époux.

— Le bain… est-il prêt ?

Emily vérifia la température de l'eau puis opina en souriant. Sa patiente allait pouvoir s'installer dans la grande baignoire à rebords, un modèle dessiné par Sam et spécialement conçu pour la maternité.

— La contraction est passée. On y va ! répondit-elle d'un ton encourageant.

Avec l'aide de Marc, Sophie acheva de se déshabiller,

puis descendit du lit. Elle enjamba le bord ergonomique de la baignoire pour se glisser dans l'eau chaude.

— Oh ! mon Dieu ! Que je suis bien ! s'exclama-t-elle.

Marc s'esclaffa.

— Ce n'est pas ce que tu disais il y a deux minutes, mon cœur !

Emily les regarda tour à tour, amusée. Beaucoup de futurs pères s'étonnaient que leurs femmes se sentent mieux entre les contractions. Mais c'était souvent le cas !

Après avoir consigné l'heure d'entrée dans l'eau sur la fiche de suivi, elle prit un appareil à ultrasons étanche pour écouter le cœur du bébé. Elle perçut d'abord quelques interférences, mais fut vite rassurée en entendant un rythme régulier et soutenu.

— C'est parfait..., annonça-t-elle. Avez-vous envie de pousser, Sophie ?

— Je ne suis pas sûre. A la dernière contraction... il m'a semblé que oui.

— D'accord. Si le besoin devient plus pressant, je vérifierai à nouveau la dilatation du col.

Sophie opina. Trente secondes plus tard, elle agrippait les poignées placées sur le côté de la baignoire de toutes ses forces. Marc se mit aussitôt à respirer avec elle, tandis qu'Emily évaluait la durée de la contraction.

Plus d'une minute. C'était l'idéal. Le bébé allait bientôt naître et cette perspective lui déclencha la poussée d'adrénaline habituelle. Comme elle aimait son métier ! A chaque fois que le miracle de la vie se produisait sous ses yeux, elle était excitée comme une gamine.

Elle avait environ treize ans lorsqu'elle avait découvert sa vocation. Un soir que Sylvia et Martin étaient partis à une soirée de la paroisse, la laissant seule, elle avait allumé la télévision par désœuvrement, et elle était tombée sur le documentaire qui avait changé sa vie !

La vision de bouts de chou en train de naître lui avait

arraché des larmes. Elle avait su, alors, qu'elle ne pourrait pas exercer un autre métier que celui de sage-femme. Elle avait aussi pleuré en voyant tous ces pères émerveillés devant leur bébé. Ce soir-là, elle avait rêvé de rencontrer un homme qui regarderait leur enfant avec un tel amour. Un homme capable de fonder une famille unie, chaleureuse. Quelqu'un qui lui redonnerait goût à l'existence…

— Emily ? J'ai besoin de pousser !

Revenant à la réalité, elle se pencha sur Sophie.

— Pas encore, dit-elle. Je dois examiner votre col. Si la dilatation n'est pas suffisante, les poussées risquent de provoquer une inflammation, ce qui compliquera les choses.

— Ah, d'accord. Je… comprends.

La contraction terminée, Emily enfila une paire de gants et procéda aux vérifications nécessaires.

— Dix centimètres ! annonça-t-elle. C'est tout bon.

Sophie pivota vers Marc, pleurant et riant à la fois.

— Oh là là ! Cette fois, c'est bien vrai. On va avoir notre bébé. Je n'arrive pas à le croire.

Son époux lui embrassa tendrement le front.

— Je sais, ma chérie. Je suis fier de toi.

Emily sentit sa gorge se nouer. Elle était tellement contente pour eux ! Ils approchaient la quarantaine lorsqu'ils s'étaient rencontrés, et après un an d'essais infructueux pour avoir un enfant, ils étaient venus voir Sam. Il avait fallu trois Fiv avant que Sophie ne tombe enceinte. Elle avait alors été une patiente exemplaire, soutenue à cent pour cent par son conjoint. Ils seraient des parents formidables. C'était sûr !

A la contraction suivante, Emily demanda à Sophie de s'accroupir puis de pousser, les fesses vers le bas.

— Sept, huit, neuf, dix ! Relâchez… Inspirez à fond… On recommence. Oh… Je vois la tête ! Vous pouvez la toucher ! Regardez, Marc, ajouta-t-elle en braquant sa mini-lampe torche vers le bébé.

L'heureux papa cligna des paupières, au bord des larmes.

— C'est... Je...

A court de mots, il saisit la main de sa femme.

— Vas-y, Soph. On y est presque, mon amour.

Après quelques poussées supplémentaires, le bébé vint au monde sans difficulté, et Emily le réceptionna dans ses mains, très émue.

— Etes-vous prête à l'accueillir, Sophie ?

La jeune mère tendit aussitôt les bras, et elle commença à pleurer lorsque le nouveau-né poussa son premier cri.

— Soph, tu l'as fait ! s'écria Marc en posant les deux mains sur le bébé. Je t'aime...

Il sanglotait, à présent, et Emily se mordit la lèvre pour ne pas fondre en larmes. L'émotion des pères la touchait énormément. Elle se sentait privilégiée de pouvoir en être le témoin.

— Félicitations, dit-elle. Marc, il faut couper le cordon.

Cela fait, l'heureux père se rassit près de sa femme, l'air émerveillé.

— Avez-vous vu le sexe, au moins ? demanda Emily.

Ils avaient voulu que ce soit une surprise, et elle n'était pas sûre qu'ils aient prêté attention à ce « détail ».

— Même pas, dit Sophie en souriant.

Elle écarta un peu le bébé puis poussa un petit cri.

— C'est une fille ! Marc, on a une fille !

— Que je suis content !

Emily plaça un drap de bain sur la puce pour la garder au chaud. Il fallait attendre l'expulsion du placenta, que Sophie souhaitait la plus naturelle possible, sans prise de médicaments.

Cette délivrance fut très rapide. Immédiatement après, Emily aida Sophie à s'installer sur le lit. Elle couvrit le bébé d'une serviette sèche avant d'examiner la maman.

— Aucune déchirure, Sophie. C'est parfait.

Elle observa en silence le spectacle qui s'offrait à

elle. Quel merveilleux tableau ! Si seulement Sam et elle pouvaient offrir la même image de bonheur quand ils deviendraient parents !

Il *fallait* qu'ils réussissent. Ils allaient trouver une solution…

— Avez-vous trouvé un prénom ? demanda-t-elle.

— Xanthe, répondit Marc, pas peu fier.

— Oh… C'est original, et très joli.

Soulevant délicatement la fillette, elle l'emporta vers la table d'examen, où elle lui nettoya les yeux et les voies respiratoires. Le score d'Apgar était de 10 sur 10. Xanthe était en pleine forme. Elle pouvait la rendre à sa maman.

— Je vous laisse en famille, dit-elle d'une voix douce. Surtout, sonnez si vous avez besoin de quoi que ce soit.

Après avoir été remerciée chaleureusement par Sophie et Marc, elle s'éclipsa pour aller rédiger ses notes. Quand tout se déroulait si bien, il n'y avait pas grand-chose à écrire. L'accouchement avait été parfait de A à Z.

Assise derrière son bureau, elle laissa, malgré elle, ses pensées s'envoler vers Sam. Elle voulait qu'ils apprennent à se redécouvrir. Qu'ils retrouvent leur complicité perdue.

Au fond, cette épreuve était peut-être une chance. Elle pouvait leur donner l'occasion de parler, d'être plus ouverts, et de mettre le doigt sur le *vrai* problème. Celui dont Sam n'avait jamais voulu discuter.

Perdu et déboussolé, il avait besoin d'elle. S'il se rendait compte qu'elle voulait à tout prix sauver leur mariage, alors peut-être ferait-il un effort ? Il avait eu l'air déçu quand il avait compris que les choses avaient mal tourné…

Il l'avait aimée, au début. Elle avait l'impression qu'il l'aimait encore. S'ils arrivaient à consolider leurs liens avant qu'il ne recouvre la mémoire, ils auraient plus de chances de sauver leur couple. Elle en était certaine.

Son regard tomba sur l'unique cadre qui ornait son bureau. C'était une photo d'elle et Sam, prise devant la tour Eiffel pendant leur voyage de noces. Ils avaient été heureux, à Paris. Si seulement ils pouvaient y retourner…

Et pourquoi pas ?

D'après les médecins, la vision de lieux familiers pouvait aider Sam. S'il avait le droit de prendre l'avion, rien ne les empêcherait d'aller en France !

Elle se connecta à Internet, le cœur battant.

L'espoir avait jailli comme une lumière au bout du tunnel. Elle voulait s'y accrocher de toutes ses forces.

4.

Ils atterrirent à Roissy après onze heures et cinquante minutes de vol.

Quand l'avion toucha le tarmac, Emily battit des mains sous le coup de l'excitation. A ses yeux, Paris était synonyme de bonheur total. A aucun moment sa vie n'avait été aussi parfaite, et elle espérait que la magie serait encore au rendez-vous.

Le soir où elle lui avait exposé son projet, Sam avait ri de son enthousiasme. Mais il avait tout de suite accepté et, dès le lendemain, il avait sollicité l'avis du Dr Waters.

Rien ne s'opposait à ce qu'il prenne l'avion, avait répondu la neurologue. Il n'était pas sous oxygène. De plus, la mini-intervention qu'il avait subie — la pose d'un drain — remontait à un mois. Elle n'avait donc trouvé aucune contre-indication à ce voyage et l'avait même recommandé.

Emily avait récupéré un certificat médical en bonne et due forme signé par le Dr Waters. Dans la foulée, elle avait réservé chambre d'hôtel et billets d'avion. Six jours seulement s'étaient écoulés depuis l'accouchement de Sophie, mais elle n'avait pas voulu perdre une minute.

Quel bonheur d'être à Paris ! La dernière fois, elle avait quitté la Ville lumière le cœur gros en se promettant d'y revenir un jour. Son rêve était devenu réalité !

Le terminal de l'aéroport bourdonnait comme une ruche. Ils longèrent des corridors bordés de luxueuses boutiques, mais pour une fois Emily résista à la tentation de faire du shopping. Elle ne craquerait pas pour cette sublime robe de créateur, si tentante dans sa vitrine. Elle était trop pressée…

Quelques instants plus tard, installé près d'elle sur la banquette en cuir d'une limousine, Sam se mit à regarder autour de lui d'un air émerveillé.

— Comment as-tu choisi l'hôtel ? demanda-t-il.

— C'est celui de notre voyage de noces. Je voulais absolument y retourner. J'ai même réservé la suite nuptiale.

— Waouh ! Tu as bien fait les choses, répliqua-t-il d'un ton admiratif qui lui mit du baume au cœur.

— Je ferais n'importe quoi pour te récupérer… Enfin pour récupérer ta mémoire, corrigea-t-elle en rougissant.

Sam continua de sourire, signe qu'il avait compris ce qu'elle voulait dire. Loin de se braquer, il paraissait d'accord pour tenter l'expérience. Au point où ils en étaient, qu'avaient-ils à perdre ?

— Merci, dit-il doucement. Tu as été géniale depuis l'accident. Ça n'a pas dû être facile.

— Disons… que je me serais bien passée des nausées matinales, répliqua-t-elle d'un ton gai.

Ils approchaient de Paris, maintenant, et pour Sam, tout semblait « nouveau ». Comme s'il n'était jamais venu !

C'est normal, on vient à peine d'arriver. Il se rappellera probablement la suite nuptiale…

Cette ville magique leur permettrait-elle de briser la glace ? Sam gardait ses distances depuis qu'il avait revécu son mauvais souvenir. Il évitait de la toucher, mais quoi de plus normal ?

Pour sa part, elle n'avait tenté aucun rapprochement. Ils n'avaient pas fait l'amour depuis plus de deux mois, aussi aurait-elle trouvé bizarre qu'ils se retrouvent au lit comme si de rien n'était, en occultant leurs problèmes. A quoi cela servirait-il de brûler les étapes ?

Elle devait d'abord retrouver le *vrai* Sam : l'homme bon,

généreux et attentionné dont elle était tombée amoureuse au premier regard. L'époux qui avait semblé si heureux de la voir le jour où il s'était réveillé dans cette chambre d'hôpital.

Son cœur avait failli exploser lorsqu'il lui avait tendu la main. Leurs contacts lui avaient beaucoup manqué, et pas seulement sur le plan physique. Plus qu'une affaire de sexe, l'amour avec Sam avait toujours été une communion de corps et d'esprits, une synergie parfaite qui allait bien au-delà du désir.

Dans ses bras, elle s'était sentie aimée, précieuse. Sam lui avait donné l'impression qu'il ne pourrait jamais vivre sans elle et, bien sûr, elle lui avait rendu son amour au centuple.

Aujourd'hui, elle allait tout faire pour qu'ils retrouvent leur complicité. Elle ne voulait pas réellement tirer un trait sur le passé. Ce qu'elle souhaitait, c'était construire l'avenir.

Situé dans le 16e arrondissement, l'hôtel incarnait le chic parisien dans toute sa splendeur.

Sam s'arrêta quelques instants pour contempler le vestibule, majestueux avec ses colonnes blanches et ses balcons en fer forgé. Un porteur en livrée s'approcha pour prendre les bagages, après quoi il les guida vers la réception.

Quel charme ! Quelle élégance ! Un bouquet de fleurs parfumées trônait sur l'élégant plateau de verre d'une table laquée or. C'était beau, tout simplement.

Laissant Emily régler les formalités, il continua de regarder autour de lui. Même s'il était déjà venu, rien ne se produisait dans sa mémoire. Il ne se rappelait pas du tout cet endroit qui aurait pourtant dû lui évoquer des souvenirs agréables. Peut-être fallait-il laisser du temps au temps ? Le voyage l'avait fatigué, il n'était pas au mieux de sa forme…

En tout cas, il était reconnaissant à Emily d'avoir pris cette initiative. Lui aussi voulait se battre pour sauver leur couple, si c'était encore possible.

Sachant que leur mariage battait de l'aile, il avait fait profil bas en rentrant de l'hôpital. Il avait passé beaucoup de temps dans son bureau. Il s'était plongé dans les dossiers de la maternité pour rester loin d'Emily, pour éviter de la toucher, de l'embrasser comme il brûlait de le faire.

Elle l'avait senti, bien sûr. Il s'en était rendu compte à sa façon de le dévisager, par moments. Mais il n'avait jamais pu savoir si elle était soulagée ou déçue. Elle cachait trop bien son jeu.

L'idée qu'ils allaient bientôt être parents lui provoqua un frisson désagréable. La perspective de devenir père le terrifiait, et le contexte aggravait encore les choses.

Pourtant, tout allait bien. L'échographie leur avait montré un bébé en pleine forme qui se développait normalement. Il aurait dû exulter, mais, au contraire, il avait peur.

Et s'il n'était pas capable de protéger cet enfant ? S'il arrivait malheur au bébé, comme à Serena ?

Dire qu'il ne pouvait même pas confier son angoisse à Emily ! Il était sûr à présent qu'elle ignorait tout de cette histoire. Sans doute n'avait-il jamais eu le courage de la lui raconter tant il avait honte…

Le tintement discret d'une sonnette d'ascenseur le ramena à l'instant présent. Il suivit Emily et le porteur dans la cabine jusqu'au dernier étage, où se trouvait la suite nuptiale.

Après avoir reçu un pourboire, leur guide s'éclipsa discrètement. Sam écarquilla les yeux en découvrant la chambre somptueuse où ils allaient dormir pendant plus d'une semaine.

Tout, depuis les murs crème jusqu'au mobilier ancien, respirait le luxe et la beauté. Des portes coulissantes dernier cri ouvraient sur un vaste balcon en pierres de taille, d'où l'on avait une vue saisissante sur la tour Eiffel.

— C'est génial…, murmura-t-il.

— Tu l'avais beaucoup aimée, la dernière fois.

Il se tourna vers Emily. Elle souriait, mais il avait perçu une certaine tension dans sa voix. Quoi de plus normal si elle était nerveuse ? Un poids énorme pesait sur ses frêles épaules depuis l'accident.

La culpabilité le submergea comme une vague. Il *fallait* que les choses s'arrangent. Il *voulait* que cette femme, la sienne, soit heureuse…

Un sourire rassurant aux lèvres, il sortit sur le balcon. Au bout d'un moment, Emily le rejoignit et s'absorba dans la contemplation du paysage urbain qui s'offrait à eux.

— Il fait si beau… J'ai l'impression que la ville nous souhaite la bienvenue, murmura-t-elle.

Il opina puis entremêla ses doigts aux siens. Il avait besoin de ce contact afin de lui montrer combien il tenait à elle. Pour le reste… Il attendrait. Il ne voulait rien précipiter.

— Si on allait faire un tour ? suggéra-t-il. Où voudrais-tu retourner en premier ?

— Pour tout te dire, j'ai faim… Il faut que je nourrisse ce bébé ! On pourrait se chercher un petit restaurant quelque part. Qu'en penses-tu ?

L'évocation du bébé lui fit l'effet d'un coup de poing, mais il s'efforça de n'en rien montrer. Il ne pouvait pas révéler son angoisse à Emily. Qu'allait-elle penser de lui ?

— Excellente idée…, répliqua-t-il avec un sourire de commande. Allons-y.

Main dans la main, ils déambulèrent jusqu'aux jardins du Trocadéro. Après avoir admiré la fontaine et la vue exceptionnelle, ils continuèrent de marcher au hasard, goûtant le charme des rues qu'ils découvraient l'une après l'autre.

Ils avaient décidé de chercher un endroit original et ne tardèrent pas à trouver leur bonheur : une trattoria italienne. C'était un restaurant d'étage dont l'agencement en terrasse couverte, sur les toits, offrait à tous les convives une vue somptueuse sur le palais de Chaillot.

Après qu'un maître d'hôtel les eut installés, ils commandèrent leurs apéritifs, une eau gazeuse pour Emily et un verre de vin pour lui.

— Parle-moi de notre lune de miel, dit-il doucement. Je veux savoir tout ce qu'on a fait à Paris.

Il s'amusa de la voir rougir.

— Euh… Je ne vais pas *tout* te raconter ici, répliqua-t-elle. Certaines choses ne se dévoilent pas dans un lieu public !

Comme si elle en avait trop dit, elle s'absorba dans la lecture de la carte.

— Je vais prendre une *bruschetta* de tomates en entrée, ajouta-t-elle. Et toi ?

— Hum… Moi aussi. Et ensuite ?

— J'aimerais bien goûter les lasagnes.

— Moi, je prendrai les tagliatelles à la carbonara.

Emily s'esclaffa.

— On est en France et on mange italien !

— Pour la cuisine française, on se rattrapera demain, et tous les autres jours.

— Tu as raison. On a le temps…

Ils passèrent commande au serveur qui apportait leurs boissons. Sam dégusta une gorgée de vin et le trouva parfait : fruité, avec un arrière-goût acidulé très agréable. Au moins, son palais ne lui faisait pas défaut comme sa mémoire…

— Alors, qu'avons-nous visité, la première fois ?

L'air rêveur d'Emily lui fit plaisir. Il aimait la voir ainsi, souriante et détendue. Quelle chance il avait d'avoir une femme aussi belle et adorable !

— Le premier jour, on n'a pas quitté notre chambre, dit-elle en rougissant de nouveau. On a fait fonctionner le room service… Ensuite, on s'est beaucoup promenés. On a visité pas mal d'endroits insolites, hors des sentiers battus.

— Qu'est-ce qu'on a préféré ?

— Tout nous plaisait, mais on a quand même eu un gros coup de cœur pour le bois de Vincennes. On a fait un tour en canot sur le lac. On est allés jusqu'à une petite île, sur laquelle il y a une grotte surmontée d'un kiosque romantique. Il était déjà tard, le soleil se couchait presque. C'est l'un des plus beaux endroits que j'aie jamais vus.

— Il faudra y retourner, alors.

— Oh ! oui ! Avec plaisir. Nous étions très heureux, à cette époque… On a eu beaucoup de bons moments, tu sais.

— Depuis quand sommes-nous en désaccord ?

Il vit ses épaules retomber un peu tandis que le sourire s'effaçait de son charmant visage.

— La situation… a dégénéré petit à petit. Je me souviens d'un soir où on était tous les deux, tranquilles, à table comme maintenant. J'ai voulu te parler de quelque chose qui me trottait dans la tête depuis quelques semaines… Je pensais que le moment était venu de fonder une famille. On avait tout pour être heureux : une maison, une bonne situation. On s'entendait très bien, on nageait dans le bonheur. Alors pour moi, c'était la suite logique.

— Mais ?

— Mais tu n'as pas réagi comme je le prévoyais. Tu t'es fermé, on aurait dit que tu avais mis un masque. Tu m'as répondu que ce n'était pas une bonne idée. Ensuite, tu es parti dans ton bureau en prétextant un travail à finir. J'ai réessayé quelques jours plus tard… avec le même résultat.

Il baissa les yeux sur la nappe. Il commençait à comprendre…

— J'ai laissé tomber pendant quelques semaines, reprit Emily. On travaillait comme des fous. Toi, tu menais beaucoup d'opérations caritatives, tu assurais la promotion de la maternité, etc. Tu y passais de plus en plus de temps. Je t'ai demandé de ralentir. Je cherchais toujours le bon moment pour qu'on puisse avoir une vraie discussion. Mais… quand je parlais de famille, tes colères empiraient à chaque fois. Alors j'ai arrêté. On a fini par ne plus s'adresser la parole, sauf au travail.

— A ce point-là ? murmura-t-il, bouleversé.

— Oui. C'était horrible.

Voyant le serveur arriver avec les entrées, ils s'interrompirent. Sam n'avait plus très faim, mais quand une délicieuse odeur de pain frais maison et de tomates lui chatouilla les narines, il décida de faire un effort. Et puis, il ne voulait pas inquiéter Emily. Elle en avait assez vu… et entendu !

Ils commencèrent à manger en silence. Tout le repas allait-il se dérouler dans cette ambiance morose ? Il ne le souhaitait pas. Ils étaient venus à Paris pour résoudre leurs problèmes. Cette fois, il comptait bien faire un effort.

— Parle-moi du jour de notre mariage, dit-il pour aborder un sujet plus gai.

Le sourire d'Emily vint récompenser sa tentative.

— Il faisait un temps magnifique, répondit-elle d'un ton chaleureux. Nous avons passé une très belle journée. Nous avions invité tellement de monde que j'étais très nerveuse avant la cérémonie. Mais quand je t'ai vu dans l'église, devant l'autel, j'ai tout oublié. Je savais que j'allais épouser l'homme de ma vie, et qu'avec toi je serais la plus heureuse des femmes.

Emu, il leva son verre et le fit tinter contre le sien. Ils avaient dû vivre un conte de fées. Comment avait-il pu laisser la situation tourner au cauchemar ? C'était impensable !

— Il y avait cinq cents personnes à l'apéritif et deux cents au repas, poursuivit Emily. Il s'agissait surtout de tes amis ou de collègues. On avait mis des appareils photo jetables à disposition des invités pour avoir plein de souvenirs différents. On a une dizaine d'albums à la maison. Il y a aussi ceux de la maternité. Pour l'instant, tu n'as vu qu'un échantillon. Si tu veux, on pourrait prendre le temps de tout regarder, en rentrant ?

— Avec plaisir ! On a pas mal été sous les feux de la rampe, non ?

Emily s'esclaffa.

— Tu peux le dire ! Après l'inauguration de la maternité en grande pompe, le résultat a vite dépassé nos espérances. Au bout d'un mois, on affichait déjà complet. Cette princesse en vacances, venue accoucher prématurément de ses jumelles chez nous, a fait la une des journaux. Une excellente publicité, crois-moi…

— Et le centre de fertilité ?

— Nous avons traité une centaine de patientes depuis l'ouverture. Edward te donnerait les chiffres mieux que moi. Je pensais que tu l'avais appelé avant de partir ?

— Oui, c'est le cas. Je voulais qu'il m'envoie le résultat d'exploitation et le prévisionnel budgétaire des six prochains mois. Nous sommes nettement excédentaires. C'est génial… Tout irait pour le mieux si…

Il n'acheva pas. Le travail était une chose, la vie privée en était une autre. Il avait, apparemment, eu du mal à concilier les deux.

— Si quoi ? demanda doucement Emily.

— Si notre mariage n'avait pas pris l'eau !

— Nous sommes tous les deux fautifs. Ce projet de maternité nous a bien occupés. Le reste… est passé après.

— J'aurais dû faire plus attention, insista-t-il. Et le pire, c'est que je ne me rappelle rien. C'est très frustrant.

Elle but quelques gorgées d'eau et le regarda d'un air navré.

— Je te le répète, nous étions deux. Donc, tu n'as pas à

culpabiliser. Quant au reste, ça s'arrangera. Nous sommes ici pour t'aider à retrouver la mémoire. Sois patient.

Le serveur approchait de nouveau, et Sam attendit qu'il ait débarrassé leurs assiettes pour reprendre la parole.

— Je ne perds pas courage. C'est juste que… je me sens décalé, Em… Je manque de repères.

— C'est normal. Mais tu vas les retrouver.

— Je l'espère, murmura-t-il en soupirant.

— Moi aussi.

Emily s'excusa pour aller aux toilettes et il la regarda partir, songeur. Il détestait la voir triste ou préoccupée, mais c'était clairement le cas. Elle se demandait sans doute ce qu'il adviendrait d'eux quand il aurait repris possession de ses souvenirs.

Tu dois lui dire, pour Serena. Sinon, on ira droit dans le mur.

Il voulait redevenir l'homme dont Emily était tombée amoureuse. Et pour cela, il devait faire preuve de courage. S'il ne lui avouait pas la vérité, rien ne serait plus possible entre eux.

Elle en vaut la peine. Notre histoire en vaut la peine. Ne l'oublie jamais.

C'était un dîner parfait.

Après un succulent plat de lasagnes, Emily avait commandé une mousse au chocolat noir, qu'elle partageait maintenant avec Sam, tout en buvant un café.

La fin du repas s'était déroulée dans une ambiance plus légère car ils avaient, par un accord tacite, évité les questions personnelles. Aussi fut-elle très surprise lorsque, de but en blanc, Sam revint au sujet qui les préoccupait :

— Vu le contexte, je suppose que le bébé est venu par accident ?

Elle faillit s'étrangler et reposa brutalement sa tasse sur la soucoupe.

— Oui, dit-elle. J'ai découvert que j'étais enceinte parce qu'ils m'ont fait une prise de sang à l'hôpital. J'étais... sous pilule.

Sam dégusta une gorgée de café. Elle eut l'impression qu'il évitait son regard.

— As-tu été malade ? Tu as eu des vomissements ?

— Non. Et je n'ai jamais oublié de la prendre.

— C'est un contraceptif fiable, mais pas à cent pour cent. Avec nos métiers, on est bien placés pour le savoir.

— En effet. Ecoute... C'était une période difficile. On travaillait beaucoup, on se disputait sans arrêt. Mais un soir, on avait tous les deux bu pas mal de vin... Et c'est arrivé.

Elle se rappelait bien ce jour-là. Elle était rentrée à la maison triste et fatiguée. Sam et elle, au bord de la rupture, n'avaient plus fait l'amour depuis des semaines.

Sachant qu'elle ne travaillait pas le lendemain, elle avait ouvert une bouteille de chardonnay. Elle en avait dégusté deux verres puis était allée regarder la télévision. Quand elle était revenue dans la cuisine, Sam était là. Il avait bu le reste de la bouteille.

Il s'était levé de sa chaise et l'avait regardée comme s'il la voyait pour la première fois.

— J'en ai assez de ces disputes, Em, avait-il dit d'une voix rauque. Tu me manques. Je...

Incapable de résister, elle avait couru se jeter dans ses bras. La passion s'était réveillée, intense, décuplée par ces longues semaines de froid polaire qui avait empêché leurs corps de fusionner.

Sam l'avait soulevée, l'avait portée dans le salon et ils avaient fait l'amour sur le tapis. Puis il l'avait de nouveau portée jusqu'à leur lit, et elle s'était endormie contre son torse, heureuse d'avoir retrouvé son époux et persuadée que tout allait enfin s'arranger.

Mais à son réveil, le lendemain matin, il était déjà parti. La trêve avait été de courte durée. Quand elle avait voulu parler de cette nuit-là, Sam avait éludé la discussion. Ils s'étaient querellés. Et la spirale infernale avait repris son cours, plus pénible que jamais.

Néanmoins, elle ne souhaitait pas s'étendre sur cet épisode. Sinon, Sam allait culpabiliser. A quoi cela servirait-il de le mettre mal à l'aise ? Il était déjà suffisamment perturbé.

Paris était une ville de conte de fées. Elle voulait revivre le sien, ni plus ni moins.

En épousant Sam, elle avait pris un engagement. Pour elle, le mariage impliquait certaines valeurs, et l'expression « pour le meilleur et pour le pire » avait un sens !

Lorsqu'on se mariait, on essayait de faire le maximum pour que tout aille bien. On ne fuyait pas à la première difficulté. On affrontait les problèmes.

A un moment, pourtant, elle avait songé à partir, ne voyant pas d'issue. Elle avait tenté beaucoup de choses sans résultat. Alors oui, elle avait failli jeter l'éponge.

C'était avant de découvrir que Sam avait perdu la mémoire.

— Je me mets à ta place, dit-elle gentiment. L'accident, l'amnésie, le bébé, nos problèmes… Ça fait beaucoup de choses à digérer.

Sam lui sourit.

— Ça va… Je suis très heureux d'être à Paris avec toi. Sincèrement.

— Tant mieux, chuchota-t-elle. Moi aussi.

Après avoir réglé l'addition, ils quittèrent le restaurant. La nuit était tombée, ajoutant au côté féerique des lieux. Les rues étaient toujours bondées, mais le soir tout semblait plus calme. De délicieuses odeurs s'échappaient des cafés et restaurants. Les terrasses étaient noires de monde. Partout, on entendait de la musique, des rires, des bribes de conversation.

Sam s'arrêta devant un marchand ambulant pour acheter une rose.

— Pour vous, *madame*[1], dit-il, la lui tendant avec une courbette.

— Merci, *monsieur*[1].

Elle glissa la tige dans la boutonnière de sa veste puis ils reprirent leur flânerie jusqu'aux rives de la Seine. Bras dessus, bras dessous, ils continuèrent de marcher au bord de l'eau. De nombreux couples se promenaient, comme eux. D'autres flirtaient sur les bancs, ou assis sur le quai.

Cette ville était vraiment faite pour l'amour. Pas pour les querelles…

Soudain, Sam se pencha pour l'embrasser dans le cou.

— Je m'excuse d'avoir passé tout ce temps dans mon bureau, après l'hôpital, chuchota-t-il. Tu as dû penser que l'histoire se répétait.

Elle lui sourit. Elle ne voulait plus en parler. Pas maintenant.

— Tu avais du travail à rattraper, Sam. J'aurais fait la même chose à ta place.

Il resserra son étreinte autour de sa taille.

— J'ai beaucoup de chance de t'avoir, Em.

Depuis quelques minutes, le son d'un accordéon guidait leurs pas, et ils se retrouvèrent bientôt devant un musicien de rue. Perché sur une petite estrade, le vieil homme jouait pour un public d'une vingtaine de personnes. Quelques couples dansaient le tango, transformant la rive en piste improvisée. Il y avait des gens de tous âges, d'excellents danseurs, d'autres moins doués, mais cela n'avait aucune importance. Tous paraissaient heureux. Ils s'amusaient énormément.

A sa grande surprise, Sam lui prit la main pour l'entraîner vers le groupe.

1. En français dans le texte (N.D.E.).

— Qu'est-ce que tu fais ? demanda-t-elle en souriant.

— Je t'invite, pardi !

Incrédule, elle éclata de rire. Sam n'en avait aucun souvenir, mais ils avaient fait la même chose pendant leur lune de miel. C'était la dernière fois qu'ils avaient dansé ensemble…

Folle de bonheur, elle ne résista pas lorsqu'il la plaqua contre lui. Puis il chercha son regard, et elle s'abandonna aux accents suaves et mélancoliques du tango.

Tout, dans cette danse, évoquait le désir, la sensualité. Elle avait toujours aimé se laisser guider par Sam, et aujourd'hui il semblait clair qu'ils n'avaient rien perdu de leur entente fusionnelle.

Au bout de quelques pas, elle oublia complètement l'endroit où elle se trouvait. Elle ne vivait que pour Sam. Son regard intense, la force de ses bras autour d'elle lui faisaient perdre la notion du temps.

Le tango était à l'image de leur relation : intime, passionnée, chaleureuse. Et maintenant, ils se retrouvaient dans leur bulle, seuls au monde.

Elle glissa une jambe entre ses cuisses, subjuguée par cette proximité. Ils respiraient ensemble. Leurs corps ne faisaient plus qu'un. Elle imaginait déjà…

Si tu savais comme j'ai besoin de toi !

La danse touchait à sa fin, à présent. Dans une envolée de notes, Sam la fit basculer vers l'arrière, penché au-dessus d'elle. Puis, tandis que la foule applaudissait l'accordéoniste, il la ramena vers lui et, dans un élan passionné, écrasa sa bouche sur la sienne.

Ivre de joie, elle jeta les bras autour de son cou et se blottit contre lui. Les premières notes d'un nouveau morceau s'élevèrent, mais il ne relâcha pas son étreinte et ils continuèrent de s'embrasser, là, au milieu des danseurs.

Elle se livra sans réserve à la subtile torture de sa langue. Quel bonheur de retrouver cette osmose qui lui avait tant manqué ! Avait-il envie d'elle, lui aussi ? Elle l'espérait de tout cœur. Elle avait désespéré de revoir un jour cette petite lueur au fond de ses grands yeux bleus…

Quand ils se redressèrent, hors d'haleine, ils continuèrent de se dévisager en silence. Au bout d'un moment, Sam entremêla ses doigts aux siens.

— Il est tard, chuchota-t-il. Rentrons.

5.

Ils regagnèrent l'hôtel en silence, mais les mots n'étaient plus nécessaires. Emily adorait cette flânerie romantique. Elle aurait pu marcher des heures, sa main dans celle de Sam.

Lorsqu'ils regagnèrent leur suite, elle prit pourtant conscience de sa fatigue. Ils avaient passé une nuit dans l'avion, puis il y avait eu l'installation, le dîner, la promenade… Sauf qu'elle ne voulait pas dormir. Pas maintenant !

— Je vais prendre une douche, dit-elle.

— Bonne idée, répliqua Sam.

La salle de bains luxueuse était une invitation à la détente. Elle se déshabilla puis entra dans la cabine et régla la température. Pendant un moment, elle se prélassa sous l'eau tiède, les paupières closes. Et c'est en pivotant vers la tablette intégrée pour prendre du savon que, soudain, elle entendit s'ouvrir la grande porte en verre.

Sam ! Il l'avait rejointe…

Elle ferma de nouveau les yeux lorsque, avec une extrême douceur, il lui encercla la taille pour la ramener vers lui. Sa peau s'était mise à fourmiller délicieusement tandis qu'une foule de sensations endormies lui revenaient d'un coup.

Ivre de joie, elle se laissa aller en arrière, la tête contre l'épaule de Sam. La dernière fois qu'ils avaient fait l'amour dans une salle de bains, c'était ici même, pendant leur voyage de noces.

Ce jour-là, ils avaient visité la tour Eiffel puis ils avaient loué des vélos pour explorer la ville. Ils étaient rentrés épuisés, en sueur, et s'étaient précipités ensemble sous la douche, pris d'un fou rire mémorable qui s'était bien vite transformé en autre chose…

Etrange, tout de même, cette impression de « déjà-vu ». Sam s'était penché pour l'embrasser dans le cou. Il jouait avec les pointes de ses seins, à présent, et le délicieux contact de son érection contre son dos la plongeait dans un océan de délices. Comme il lui avait manqué !

— Oh ! Sam…

Il la fit pivoter vers lui et écrasa sa bouche sur la sienne. Alors, elle eut l'impression que le temps s'arrêtait. Jamais elle n'aurait pu croire à un tel scénario. Mais maintenant, ils retrouvaient enfin leur complicité perdue…

On va s'en sortir. On peut y arriver.

Tiraillée entre le désir et la fatigue, elle réprima un bâillement. C'était trop bête. Elle ne pouvait pas laisser tomber l'homme de sa vie dans un moment pareil ! Elle avait trop attendu que cela arrive…

Combien de nuits avait-elle passées à pleurer parce qu'il n'était pas rentré dormir, ou parce qu'il préférait son bureau ou une chambre d'amis ? Beaucoup trop !

Et si le cauchemar recommençait ? Après avoir recouvré la mémoire, Sam verrait la situation sous un autre angle. Sa paternité future le rendrait probablement furieux, et alors, il la rejetterait comme une moins-que-rien…

Dans ces conditions, fallait-il brûler les étapes ? Elle ne savait pas. Elle ne savait plus.

Epuisée et perturbée, elle lui tourna le dos. Quelques instants plus tard, elle sentit le contact d'un liquide froid sur sa tête. Alors, Sam commença à lui laver les cheveux avec une tendresse touchante. Il lui massait le cuir chevelu, imprégnait soigneusement chaque mèche, soucieux de bien faire… Et de lui faire plaisir.

Bouleversée, elle appuya les mains contre la paroi de la douche. Tout était parfait, dans l'ordre des choses. Pouvait-elle jouer les oiseaux de mauvais augure et casser l'ambiance ?

Pas maintenant. Tais-toi. Il ne doit pas savoir que tu étais sur le point de le quitter.

Elle inspira à fond et s'abandonna à la douceur du moment. Le massage expert prodigué par Sam lui faisait un bien fou. Sa nuque se décrispait, elle se sentait de plus en plus détendue. Encore un peu et elle allait s'endormir debout. Il était temps de réagir !

Reculant légèrement, elle se posta sous le jet pour rincer sa longue chevelure qui lui descendait presque jusqu'à la taille. Les doigts de Sam accompagnaient la mousse, traçant de légers sillons sur ses épaules, son dos. Elle gémit de plaisir lorsqu'il atteignit le creux de ses reins, mais la caresse s'interrompit beaucoup trop tôt à son goût. Déjà, il se penchait vers la tablette pour attraper l'après-shampooing.

Le massage reprit, lent et sensuel, et elle s'y abandonna en fermant les yeux. Quand la chaleur devint presque étouffante, elle se rinça une nouvelle fois.

— J'ai trop chaud, chuchota-t-elle. Je vais sortir.

Sam lui embrassa l'épaule.

— Vas-y. Je te rejoins dans deux minutes.

Elle sortit de la cabine, s'enveloppa dans l'éponge douce et moelleuse d'un grand drap de bain. Puis elle enroula ses cheveux dans une autre serviette et quitta la salle d'eau embrumée de vapeur.

Par contraste, l'air conditionné de la chambre lui parut presque froid. Après avoir fini de se sécher, elle se glissa bien vite sous la couette du grand lit. Quel confort ! Comment aurait-elle pu résister ? Sam allait probablement trouver cet édredon génial, même s'ils n'allaient pas rester nichés là-dessous très longtemps…

Ce soir, ils allaient enfin se retrouver. Redevenir mari et femme dans tous les sens du terme.

Elle avait gagné la première étape de son pari.

Sam se savonna rapidement, coupa l'eau, puis se sécha en toute hâte.

Cette douche revigorante lui avait fait du bien, surtout parce qu'il l'avait prise avec Emily. Ils venaient de partager un moment intime, chaleureux, prélude à une nuit qui s'annonçait magique.

Il était temps qu'ils reforment un couple et renouent leurs liens distendus. Aurait-on pu rêver meilleure occasion de le faire ?

En rentrant de l'hôpital, à Los Angeles, il avait essayé de reprendre le cours de sa vie professionnelle et s'était plongé dans la paperasse. Il avait travaillé jusqu'à en avoir la migraine et, par deux fois, il était tombé de sommeil sur son bureau !

Emily lui avait lancé quelques coups d'œil réprobateurs, pourtant, elle n'avait rien dit. Elle avait gardé ses distances. Il en comprenait les raisons, mais depuis quelques heures il voulait croire que tout était encore possible.

L'amour qu'il avait lu dans ses yeux, ce soir-là, au restaurant, l'avait touché en plein cœur. Puis, quand ils avaient dansé, il avait eu l'impression de ne pas l'avoir serrée dans ses bras depuis des lustres. Le contact de son corps gracile l'avait électrisé, comme s'il revenait au monde après un long sommeil.

Il était maintenant résolu à tout faire pour sauver leur couple. Il voulait revivre les premiers moments de leur relation, l'époque d'avant les disputes. Il avait probablement été odieux avec elle. L'idée de fonder une famille avait dû le rendre fou. Et au lieu de s'expliquer, il avait choisi le silence et la fuite. Une réaction stupide, irresponsable, qui avait failli détruire leur mariage.

Balayant cette pensée négative, il abandonna sa serviette sur le carrelage et quitta la salle de bains. Un long frisson le parcourut lorsqu'il découvrit Emily allongée sous la couette, ses longs cheveux encore humides répandus sur l'oreiller. A la lumière de la lampe de chevet, la peau laiteuse de ses épaules paraissait presque translucide. Il se glissa derrière elle, fou de désir.

— Re-bonsoir, jolie madame.

Pas de réponse. Intrigué, il se dressa sur un coude et se pencha sur elle.

— Em ? Trésor ?

Elle respirait paisiblement, les paupières closes, le visage serein. Elle s'était endormie !

C'est normal. La journée a été longue. Elle est enceinte…

Il s'installa plus confortablement et l'attira contre lui. Puis il posa une main hésitante sur son abdomen qui commençait à s'arrondir. Ils attendaient un bébé, tous les deux. A lui de se montrer à la hauteur de la situation.

Emily ignorait tout du drame qu'il avait vécu. Sans doute n'avait-il jamais eu le courage de lui en parler car il gardait cette histoire enfouie au plus profond de lui-même.

Mais en tant qu'épouse, elle était directement concernée. Elle avait le droit de savoir. La laisser dans l'ignorance avait été une erreur monumentale.

Il déglutit péniblement. Aurait-il la force de tout lui raconter ? Dans sa famille, on n'abordait jamais le sujet. On dissimulait son chagrin. Et si, par hasard, on croisait quelqu'un en train de pleurer, on ne faisait aucun commentaire. C'était mieux pour tout le monde. Cela avait bien fonctionné jusqu'à présent, non ?

A d'autres… Tu es toujours malheureux, et par-dessus le marché, tu rends ta femme malheureuse !

Même s'il avait encore le temps, il allait devoir trouver

une solution. Après la naissance du bébé, il ne pourrait pas le surveiller jour et nuit. Il ne pourrait pas rester avec lui — ou elle — en permanence pour s'assurer que cet enfant respirait bien.

Il ferait sans doute équiper sa chambre d'un système d'audio, et même de vidéosurveillance. Mais cela suffirait-il à apaiser ses angoisses ? Il l'ignorait. Néanmoins, une chose était certaine : il avait six mois pour s'habituer à l'idée de devenir père, ou alors…

Il resserra son étreinte autour d'Emily.

Ou alors, quoi ? L'idée de perdre cette femme merveilleuse lui était insupportable. Il voulait arranger les choses. Coûte que coûte.

— Si on louait des vélos, aujourd'hui ?

Emily avala une bouchée de croissant moelleux puis se rejeta en arrière pour regarder Sam. Ils étaient attablés au soleil, sur la terrasse de leur suite, devant un copieux petit déjeuner. A cette minute précise, elle ne s'imaginait pas fournir le moindre effort physique.

— On l'avait fait pendant notre voyage de noces, répondit-elle, un peu gênée. Mais là, j'ai peur d'être fatiguée. Je ne voudrais pas m'écrouler une deuxième fois ce soir…

La joie de se réveiller dans les bras de Sam s'était teintée d'embarras lorsqu'elle avait compris ce qui s'était passé. Elle avait dormi comme une souche ! Ils n'avaient pas fait l'amour, alors que…

— Je pensais à des vélomoteurs, ajouta-t-il. Hier, à la réception, des gens disaient qu'ils en avaient loué pour se promener à Montmartre, et que c'était super. Pas besoin de pédaler, aucun risque de fatigue ! Alors, qu'en dis-tu ?

Elle lui sourit, amusée par son enthousiasme.

— Ça a l'air sympa. Qu'aimerais-tu faire à Montmartre ?

— Rien de spécial, juste me balader. D'après les guides, ce quartier a l'air génial.

— Oui, les gens en parlent beaucoup.

Pendant leur lune de miel, ils n'avaient pas eu le temps d'y aller. Mais aujourd'hui, ils allaient partir à l'aventure et faire de nouvelles découvertes. Au fond, c'était aussi bien. Plutôt que d'explorer constamment le passé — sans résultat — mieux valait goûter l'instant présent, non ?

— Ça va être une belle journée…

— La journée est toujours belle quand je la passe avec toi, répondit Sam d'une voix profonde.

— C'est réciproque…

Il lui pressa la main puis se leva.

— Je vais m'habiller. Prends ton temps pour finir, tu as besoin de calories. Je n'ai pas envie que tu tournes de l'œil, conclut-il, taquin.

Après son départ, elle essaya de manger, mais le croissant lui parut soudain avoir un goût de carton. Elle était tellement gênée ! Bien sûr, Sam s'était conduit en gentleman, mais elle imaginait sans peine sa déception quand il l'avait trouvée endormie.

Elle but une gorgée de thé et se chapitra. Ce qui était fait était fait, on ne pouvait pas revenir en arrière. Sam semblait de bonne humeur. A elle de se mettre au diapason pour ne pas gâcher la journée !

A son tour, elle entra dans la chambre, où elle eut la surprise de découvrir une grande boîte dorée posée sur le lit.

— Qu'est-ce que c'est ?

Sam eut un sourire malicieux.

— Ouvre, et tu le sauras !

Elle défit le ruban de satin qui ornait la boîte. A l'intérieur, un ravissant papier de soie rose poudré dissimulait le contenu du paquet. Elle l'écarta doucement et poussa un petit cri, à la fois étonnée et ravie.

— Sam ! Mais que… Comment…

Du bout des doigts, elle souleva la robe bleu pâle qu'elle avait repérée dans une vitrine à l'aéroport. Elle s'était récriée d'admiration devant cette merveille, et maintenant elle la tenait entre ses mains.

— J'ai craqué ! déclara Sam. Elle ne t'ira pas longtemps, mais peu importe. J'avais trop envie de te l'offrir.

Emue, elle se leva et se posta devant le miroir, la robe plaquée contre elle.

— Merci beaucoup, chuchota-t-elle d'une voix rauque. Elle est magnifique. Je vais la mettre.

Sam s'esclaffa.

— Pour conduire un vélomoteur ? Crois-tu que ce soit une bonne idée ? Tu devrais la garder pour ce soir. On pourrait aller dîner dans un bon restaurant, si tu veux.

— Excellente idée, répliqua-t-elle en souriant. Je l'adore. Et toi, tu es adorable…

— C'est normal puisque je t'aime.

Elle s'avança et lui caressa la joue.

— Je t'aime aussi, Sam.

Après un court trajet en métro, ils trouvèrent le stand de location de vélomoteurs référencé dans leur guide.

Emily eut un peu de mal à s'habituer à cet engin. Mais grâce aux conseils patients de Sam — et après avoir fait quelques embardées —, elle démarra enfin. Ils s'engagèrent dans les rues, direction la colline de Montmartre qui se dressait devant eux.

Une fois sur place, ils se garèrent dans une petite rue au pied de la butte. Puis ils prirent la direction du square Willette, s'extasiant devant la basilique du Sacré-Cœur.

— C'est magnifique, commenta Emily, enchantée.

— Oh ! que oui ! Aimerais-tu qu'on aille la visiter ?

— Avec plaisir.

Ils prirent tout leur temps pour gravir les marches.

Parvenus à mi-pente, ils s'arrêtèrent un moment pour écouter un joueur de harpe, qu'ils gratifièrent d'un généreux pourboire. Puis ils reprirent leur chemin jusqu'aux portes majestueuses du Sacré-Cœur.

L'intérieur de la basilique leur procura une sensation de fraîcheur bienvenue. Les trois dômes de l'église, éclairés par des dizaines de vitraux, projetaient une lumière très douce et ils déambulèrent en silence, imprégnés du calme et de la solennité ambiants.

A la surprise d'Emily, Sam voulut marquer une pause pour allumer un cierge. Elle s'assit sur un banc et l'observa, songeuse. A qui ce cierge était-il destiné ? A ses grands-parents peut-être, puisqu'il avait encore ses parents, et bien sûr ses frères et sœurs…

Ce geste révélait un « autre » Sam, mystérieux et inconnu. Quelque chose dans son passé devait être l'élément déclencheur. S'agissait-il d'un souvenir heureux ou malheureux ?

Elle avait compris depuis longtemps qu'il lui cachait des choses. Elle en avait beaucoup souffert. Pourquoi s'était-il muré dans le silence ? Il aurait eu maintes fois l'occasion de lui parler, s'il l'avait voulu. Et son attitude l'avait d'autant plus blessée qu'ils formaient un couple fusionnel.

Néanmoins, elle ne pouvait pas l'interroger. Pas ici, avec tous ces gens autour d'eux. Elle devait garder ses questions pour plus tard.

La vision de Sam en train de se recueillir l'avait non seulement intriguée, mais attristée. Comment ne pas avoir conscience de sa propre solitude ? Elle aurait été bien en peine d'allumer un cierge pour quelqu'un…

Elle n'avait jamais connu son père. Sa mère était aux abonnés absents depuis des années. Ses liens avec Sylvia et Martin s'étaient distendus. Dire qu'elle manquait de racines était un euphémisme.

Si elle perdait Sam par-dessus le marché, elle toucherait le fond. Elle ne le supporterait pas !

Songeuse, elle le suivit en silence lorsqu'il reprit le cours de la visite. Ils firent le tour complet du Sacré-Cœur avant de sortir sur le parvis inondé de soleil.

— C'était beau, commenta-t-il. J'ai trouvé l'atmosphère très apaisante.

— Oui, moi aussi.

Elle le regarda, se demandant si le moment serait bien choisi pour amorcer une discussion. Néanmoins, elle y renonça car il avait l'air un peu triste.

— Qu'aimerais-tu faire, maintenant ? demanda-t-elle.

— Si on continuait d'explorer le quartier ? On pourrait reprendre les vélomoteurs ?

— Bonne idée.

Tout, pourvu que Sam retrouve le sourire. Ils étaient censés prendre du bon temps. Elle devait garder cela à l'esprit, coûte que coûte.

Le souvenir flash arriva si brutalement que Sam faillit tomber de vélomoteur.

Emily furieuse, courant presque dans un couloir. Lui, en train de la regarder partir. Sa propre voix exaspérée :

— Emily !

Une pause. Sa femme tournée vers lui, les yeux rouges et le visage baigné de larmes…

Un coup de klaxon virulent le ramena d'un coup à la réalité. Il adressa un geste d'excuse au conducteur d'une petite berline dans laquelle il avait manqué de s'encastrer. Il avait eu chaud !

Sidéré, il inspira à fond pour calmer les battements de

son cœur. Le couloir de la maternité qu'il venait de voir était celui qui desservait le bureau d'Emily. Elle avait paru bouleversée, et très en colère.

Contre moi, sans doute. Et après ? Qu'est-il arrivé ?

Pendant quelques secondes, il s'en voulut de ne pas avoir été plus « performant » avec ce souvenir. Puis il se consola en songeant qu'il s'était *rappelé* quelque chose. Encore du négatif, certes, mais sa mémoire revenait !

Emily roulait toujours devant lui, les cheveux au vent, détendue et insouciante. Fallait-il lui raconter cet épisode au risque de gâcher la journée ? Il n'en était pas sûr. Mais d'un autre côté, elle avait organisé ce voyage pour l'aider à vaincre son amnésie. Si elle lui donnait des éclaircissements sur ce qu'il venait de « voir », peut-être serait-il capable de retrouver d'autres images du passé ?

Il n'avait pas vraiment le choix. A un moment où un autre, il devrait lui en parler.

Juchés sur leur vélomoteur, ils n'eurent aucun mal à se frayer un chemin dans les ruelles de Montmartre. Au bout d'un moment, ils débouchèrent sur une vaste place qui ressemblait davantage à un atelier d'artistes à ciel ouvert. De nombreux peintres, installés sous de grands parasols, y avaient déployé leur chevalet. Certains étaient littéralement encerclés par une foule de touristes !

Emily ralentit puis s'arrêta complètement et retira son casque. Il l'imita.

— C'est génial ! s'exclama-t-elle. Si on faisait faire notre portrait ?

Son enthousiasme était communicatif. Pour rien au monde il n'aurait voulu la décevoir.

— Bien sûr. Excellente idée.

Après avoir cadenassé leurs engins, ils commencèrent à se promener sur la place. Sam trouvait le talent des artistes absolument stupéfiant. Ils utilisaient diverses techniques, de l'acrylique à l'aquarelle en passant par le fusain ou la craie grasse. Sachant qu'Emily adorait la peinture — elle le lui avait confié —, il se laissa guider autour des stands. Finalement, elle s'arrêta devant un caricaturiste qui semblait avoir un coup de crayon très sûr.

— Lui, Sam ! Le résultat sera très drôle !

Il opina, amusé.

— Je n'en doute pas.

Après avoir discuté du prix du tableau, ils s'installèrent côte à côte sous la grande ombrelle qui délimitait l'« atelier » improvisé.

— Vous êtes en voyage de noces ? demanda le dessinateur.

— Presque, répondit Emily en souriant. Nous avons visité Paris juste après notre mariage, il y a deux ans. On s'était promis de revenir.

— *C'est une seconde lune de miel*, alors, s'exclama l'homme en français. *Très romantique !*

Sam croisa le regard d'Emily. Ils échangèrent un sourire gêné qui en disait long sur leurs rapports actuels. Au bout de quelques minutes, alors que le dessinateur était en plein travail, il n'y tint plus.

— Tu sais, Em..., dit-il sans tourner la tête. Tout à l'heure, j'ai eu un flash.

Elle se raidit contre lui. Il lui jeta un coup d'œil furtif. Elle parut se reprendre et lui sourit.

— Tu as vu quelque chose ? demanda-t-elle d'un ton calme.

— Oui, brièvement. Juste quelques secondes. On était dans un couloir de la maternité, près de ton bureau. Mais...

— Mais quoi ?

— Tu t'éloignais. Tu étais furieuse. Alors j'ai crié ton nom, et quand tu t'es retournée vers moi, tu étais en larmes.

Du coin de l'œil, il remarqua qu'Emily fronçait les sourcils. Essayait-elle de mobiliser ses souvenirs ? Peut-être cette scène s'était-elle répétée plusieurs fois ?

— Je vois, dit-elle enfin.

— Que s’est-il passé, ce jour-là ?

— Rien d’important.

— Je suis sûr du contraire ! Ecoute… J’ai besoin de comprendre pour avancer. Il faut que tu m’aides.

Elle soupira.

— Je… Tu as raison. Alors, voilà. Ce matin-là, on s’est disputés parce que tu n’étais pas rentré, la veille. Je m’étais fait un sang d’encre. Tout ça pour découvrir, en arrivant au travail, que tu avais dîné avec des amis, sponsors et autres connaissances de ton cercle. Tu avais dormi dans ton cabinet. J’étais furieuse que tu passes ton temps à faire du relationnel, alors que, moi, je n’arrivais pas à te soutirer trois mots.

— D’accord. Je comprends.

— Entendons-nous bien, Sam. Ce n’était pas de l’égoïsme. Je m’inquiétais pour toi, *pour nous*. On se croisait, mais on ne se voyait plus. J’avais perdu le sommeil à force de me demander ce qu’on allait devenir. Et toi, tu semblais prendre du bon temps dans les soirées mondaines ! Alors ce matin-là, oui, ton attitude m’a mise hors de moi.

Il baissa les yeux à son tour, gêné. Ce portrait de lui, certes peu flatteur, était sans doute exact. Il avait dû faire des pieds et des mains pour éviter Emily, en espérant qu’elle arrêterait de poser toujours la même question. Comme s’il allait s’en tirer si facilement !

— En tout cas, ta mémoire revient, reprit-elle d’un ton lugubre.

Lorsqu’il osa enfin la regarder, il s’alarma de lui voir l’air si triste. Pour un peu, il aurait même juré qu’elle avait peur. Mais de quoi ? S’il retrouvait ses souvenirs, tout irait pour le mieux, non ?

Il savait à quoi s’en tenir. Il était conscient qu’ils auraient à se battre pour sauver leur couple, et il était décidé à le faire.

Emily n’avait aucune raison de s’inquiéter.

Le caricaturiste leur avait remis un dessin plein de vie, touchant et amusant à la fois.

Soit l'homme n'avait pas compris leur discussion, soit il avait fait semblant de rien. En tout cas, le résultat était très sympathique et Emily paraissait heureuse. Sam n'en demandait pas davantage !

Plutôt que de reprendre les vélomoteurs, ils choisirent de continuer à pied. Les rues de Montmartre étaient pleines de contrastes, et ils admirèrent les villas du XIXe siècle bordées de charmants jardinets. Sam comprenait, à présent, pourquoi tant d'artistes avaient vécu dans ce quartier à une certaine époque !

— Si on mangeait quelque chose ? suggéra Emily, une main posée sur son ventre. On crapahute depuis longtemps !

— Oui, tu as raison. De quoi as-tu envie ?

— Un en-cas m'ira très bien.

Ils jetèrent leur dévolu sur un snack qui proposait des pains *pita* garnis. Les accompagnements, pommes de terre, avocats et haricots rouges, mirent Sam en appétit. Après qu'ils eurent choisi tous les deux un pain fourré au poulet, des frites et une limonade glacée, ils s'installèrent sur la minuscule terrasse du restaurant.

— Hum ! C'est délicieux ! s'exclama Emily, en rattrapant d'un doigt la sauce qui s'échappait de son sandwich.

— Tu n'en avais jamais goûté ?

— Non, mais j'aurais dû.

Il lui sourit, amusé. Il adorait passer du temps avec elle. Au moins, ils se construisaient des souvenirs agréables, loin de leur passé problématique. Et plus il y songeait, plus il mesurait sa chance.

Il dirigeait une maternité prospère. Il aimait sa sublime épouse de tout son cœur. Ils attendaient un enfant. Quoi que l'avenir leur réserve, il devait faire des efforts. Il le *voulait* désespérément.

Comme si elle avait deviné ses pensées, Emily lui lança un regard curieux.

— Dans la basilique… Pour qui as-tu allumé ce cierge ?

Quel imbécile ! En se murant dans le silence, il l'avait blessée. Elle s'était probablement sentie humiliée, rejetée. Mais pouvait-il lui dire la vérité là, maintenant, alors que tout allait si bien ? Le moment n'aurait-il pas été mal choisi ? Il préféra mentir.

— Pour nous deux… Pour éclairer notre chemin.

Il lut le soulagement dans les prunelles vertes.

— Oh ! Sam… C'est très beau.

Tenaillé par la culpabilité, il se pencha vers elle et l'embrassa sur la joue. Mais alors qu'il cherchait fébrilement un autre sujet de conversation, il lui sembla, tout à coup, voir un film au ralenti se dérouler sous ses yeux.

Un vieux monsieur avait commencé à traverser sur un passage piéton, lentement, en boitant un peu. Alors qu'il était à mi-parcours, le feu passa au vert pour les voitures. L'homme voulut accélérer et trébucha… Juste au moment où une moto redémarrait.

Alors, tout s'accéléra brutalement. Sous l'impact, le piéton se retrouva projeté sur le bitume. Le motocycliste fit un vol plané pour atterrir quelques mètres plus loin.

Se levant comme un ressort, Sam courut vers le lieu de l'accident.

— Appelez une ambulance ! *Une ambulance !* répéta-t-il en français.

Ses mains agrippées au volant. Une tentative désespérée pour rétablir la trajectoire de la voiture…

Non, il ne voulait pas se rappeler ! Pas maintenant !

Emily s'était précipitée derrière lui. Il jeta un coup d'œil en direction du motard qui essayait déjà de se relever.

— Va le voir, s'il te plaît, dit-il. Je m'occupe du piéton.

La circulation s'était interrompue. Il se fraya un chemin parmi la foule des badauds.

— Ecartez-vous, je suis médecin !

Le blessé gisait sur le sol, avec une blessure au front qui saignait abondamment. Il respirait toujours, mais semblait mal en point. Sa jambe gauche était positionnée dans un angle bizarre qui attira tout de suite l'attention de Sam.

— Restez tranquille. *Pas bouger !* ordonna-t-il.

— Gardez votre casque ! ordonna Emily au pilote de la moto, un peu plus loin.

« Bravo, bon réflexe ! » eut-il envie de lui crier. Mais il devait s'occuper de « son » patient à qui il s'adressa en français.

— *Comment vous appelez-vous, monsieur ?*[1]

— *Alain…*[1], répondit l'homme en gémissant.

— *Alain, parlez-vous anglais ?*[1]

Quand le blessé opina légèrement, il lui posa une main sur l'épaule.

— Ne bougez pas, s'il vous plaît. Je suis médecin. Je vais m'occuper de vous, mais restez immobile.

Jamais, de toute sa carrière, il n'avait éprouvé un pareil sentiment d'impuissance. Il se trouvait à l'étranger, sans matériel médical à disposition. De plus, il n'était pas urgentiste, mais obstétricien…

Du coin de l'œil, il vit Emily se rapprocher en courant.

— Le motard va bien, annonça-t-elle. Sa combinaison et son casque l'ont protégé. Heureusement qu'il ne roulait pas vite !

Peut-être, mais même à vitesse réduite, le choc avait bien secoué le pauvre Alain. Celui-ci était mince, frêle. On lui trouverait sans doute plusieurs fractures.

1. En français dans le texte (N.D.E.).

— Maintiens-lui la tête, s'il te plaît… Alain, je vous présente ma femme, Emily. Elle est infirmière.

D'un geste sec, il déchira un pan de sa chemise qu'elle utilisa pour faire un pansement compressif sur le front ensanglanté du vieillard. Cela réglé, il se mit à palper délicatement le corps d'Alain et diagnostiqua une clavicule cassée, trois côtes fêlées. Le bras droit était également fracturé, ainsi que le tibia gauche.

Le bassin était probablement intact, mais sans radio, impossible de l'affirmer. Dans le doute, il retira sa ceinture pour la sangler fermement sous la taille d'Alain. Une hémorragie interne à cet endroit-là serait catastrophique. Mieux valait parer à toute éventualité…

— Où avez-vous mal ? s'enquit-il.

— Partout…

Après un tel choc, le contraire l'aurait étonné. Ce fut donc avec un profond soulagement qu'il entendit la sirène d'une ambulance, d'abord lointaine, puis de plus en plus proche.

— Tenez bon, les secours arrivent, dit-il. Suivez-vous un traitement particulier ? Avez-vous des allergies ?

— Non… Rien.

— D'accord. Pouvons-nous prévenir quelqu'un ? Un membre de votre famille ?

— Ma femme… Céline…

Sam enregistra le numéro de téléphone donné par Alain dans son mobile. Y avait-il eu autant de monde quand Emily et lui avaient eu leur accident ? Des curieux ? Des gens qui s'étaient mis en quatre pour les aider ? Il l'ignorait…

Voyant deux hommes équipés d'un gilet jaune se rapprocher, il balaya ces pensées importunes pour se concentrer et faire un compte rendu rapide, mais précis, au médecin des urgences.

Après avoir équipé Alain d'une minerve, puis d'une sangle pelvienne, ce dernier lui rendit sa ceinture. Il fit mettre le blessé sous oxygène, avant d'ordonner son transfert vers l'hôpital le plus proche. Emily, elle, avait convaincu le motard de monter dans l'ambulance pour aller se faire examiner. Tout était en ordre.

Quelques minutes plus tard, Sam regardait la voiture blanche s'éloigner, un bras passé autour des épaules d'Emily.

— Ça va ? demanda-t-il.

— Oui, très bien. Et toi ? Tu as l'air sonné.

— Je m'inquiète pour ce pauvre Alain. Quand je l'ai vu là, couché sur le bitume… Et pendant que je m'occupais de lui, j'ai pensé à notre accident. J'ai eu encore plus peur…

— On s'en est tirés, Sam. Il s'en sortira, lui aussi.

— Je l'espère ! J'ai laissé mes coordonnées à l'équipe de secours. Ils ont promis de me donner des nouvelles.

— Tu as fait ton maximum, dit-elle d'une voix douce.

— Peut-être, mais… j'aurais voulu pouvoir arrêter le cours des choses. Quand j'ai vu Alain traverser, on aurait dit qu'un film au ralenti défilait sous mes yeux. Et en même temps, j'ai cru voir…

Emily le dévisagea d'un air anxieux.

— Tu as eu un autre souvenir ?

— En quelque sorte. Je pense… avoir eu un flash. J'étais cramponné au volant de notre voiture. J'essayais de rétablir la trajectoire et…

Il haussa les épaules.

— C'était tellement bref… Je n'en suis même pas sûr.

— Oh ! là là… Moi, je suis certaine d'une chose : on a tous les deux besoin d'un café bien fort !

— Tu as raison.

Après ces événements, l'idée de remonter sur un vélomoteur lui faisait froid dans le dos. Pourquoi avait-il suggéré ce moyen de transport ? Il ne s'inquiétait pas vraiment pour lui, mais pour Emily. Cela pouvait être dangereux, et elle était enceinte. Avait-il perdu tout bon sens depuis qu'il était amnésique ?

Dès qu'ils auraient bu leur café, ils iraient rendre ces

engins au loueur de motocyclettes. A présent, ils se déplaceraient en métro ou en taxi.

S'il arrivait malheur à Emily, il ne se le pardonnerait jamais !

6.

Après avoir dégusté un café bien fort et une part de dacquoise au caramel, Emily et Sam avaient quitté Montmartre. Ils avaient rendu les vélomoteurs à leur propriétaire, puis avaient regagné l'hôtel pour que Sam puisse changer de chemise.

Elle avait alors demandé un panier pique-nique au restaurant car la journée était loin d'être finie. Après toutes ces émotions, elle voulait emmener Sam là où ils avaient des souvenirs heureux. Quoi de plus approprié que l'île de Reuilly, où se nichait le temple de l'amour ?

Ils étaient tombés sous le charme de cet endroit pendant leur voyage de noces. Elle espérait que Sam y serait toujours sensible, et que, dans ce cadre idyllique, ils pourraient parler à cœur ouvert.

Cette discussion sur le fond devenait indispensable. Il commençait à recouvrer la mémoire. D'ici peu, il aurait probablement « récupéré » tous ses souvenirs et il risquait de se replier sur lui-même une nouvelle fois. Définitivement.

Mais elle ne le permettrait pas. Ils avaient tant de choses à se dire ! Ils devaient le faire là, maintenant, dans cette ville merveilleuse qui les enveloppait tel un cocon protecteur. De retour chez eux, à Los Angeles, le contexte serait moins favorable. Et il serait peut-être trop tard.

Au fond, ils se connaissaient mal. Sam avait peut-être gardé sa part de mystère, mais, finalement, elle aussi. Après leur coup de foudre réciproque, leur relation avait éclos, fulgurante et passionnée. Puis, entre le travail et les préparatifs du mariage, ils avaient été pris dans un tourbillon.

Ils devaient maintenant s'apprivoiser, discuter, se redécouvrir. Alors, et alors seulement, ils pourraient comprendre ce qui les avait éloignés. La survie de leur mariage en dépendait.

— Où allons-nous ? demanda Sam, alors qu'ils marchaient vers le métro.

— C'est une surprise, répondit-elle d'un ton mystérieux. Fais-moi confiance.

A peine avait-elle fini sa phrase que le téléphone de Sam sonna. Elle entendit une voix masculine qui s'exprimait dans un anglais hésitant, et comprit qu'il s'agissait des urgences de l'hôpital où Alain avant été conduit.

Soulagée, elle vit Sam sourire. Quand il raccrocha peu après, ce fut pour lui annoncer une excellente nouvelle : le vieil homme était grièvement blessé, mais ses jours n'étaient plus en danger. Il allait s'en sortir !

De joie, elle battit des mains. Sam lui entoura les épaules d'un bras et ils descendirent dans le métro d'un pas léger, en riant comme des enfants.

Pourvu que l'atmosphère reste au beau fixe jusqu'à la fin de la journée ! songea-t-elle avec une pointe d'appréhension. Et si Sam refusait de lui parler ? Et si cette promenade, dont elle espérait tant, sonnait le glas de ses rêves ?

Non. Elle ne voulait pas y penser.

Lorsqu'ils atteignirent Vincennes, elle révéla enfin à Sam l'endroit où ils se dirigeaient. Il eut l'air tout heureux, comme s'il s'en remettait complètement à elle et ne demandait qu'à se laisser guider. Mais, après tout, quoi de plus normal ?

Elle avait pris l'initiative de ce voyage. Pour le reste, c'était à elle aussi de donner le *la*. Si possible en évitant les couacs…

Le parc floral leur arracha des cris d'admiration avec ses

massifs aux couleurs exubérantes, ses pelouses impeccables et ses arbres centenaires. Après l'agitation du sauvetage à Montmartre, c'était vraiment le lieu idéal pour décompresser. L'enthousiasme évident de Sam la conforta dans l'idée qu'elle avait fait le bon choix.

— Je t'avais dit que cet endroit en valait la peine ! s'exclama-t-elle.

Il l'embrassa sur la joue.

— Avec toi, *tout* vaut la peine d'être vu, Emily.

Elle se haussa sur la pointe des pieds et appuya ses lèvres sur les siennes. Quel bonheur de se trouver là, en parfaite harmonie avec l'homme qu'elle aimait par-dessus tout ! Et quelle joie de savoir qu'il voulait faire des efforts, lui aussi !

— On va au lac ? suggéra-t-elle d'un ton gai. J'espère que tes bras de sportif sont prêts à ramer.

Il s'esclaffa.

— Je porte ce gros panier depuis qu'on a quitté l'hôtel. C'était un bon échauffement.

Une longue rangée de canots amarrés au bord du lac attendait les visiteurs. En se rapprochant, ils constatèrent que tous les bateaux portaient un prénom.

— Il y a peut-être un *Emily*, commenta Sam, penché pour lire les inscriptions.

— Ou un *Sam*, répondit-elle, amusée.

Mais ce n'était pas le cas, et ils jetèrent leur dévolu sur un *Joseph* peint en blanc avec un liseré rouge. Sam veilla à ce qu'elle soit bien assise puis il s'installa également et saisit les rames.

De grands peupliers se reflétaient dans l'onde claire du lac et les saules pleureurs inclinaient leurs branches basses vers l'eau. Enchantée par la tranquillité absolue des lieux, Emily ferma brièvement les paupières.

Bientôt, un îlot apparut au milieu du lac. Sur le promontoire, un petit kiosque dressait fièrement son dôme et ses élégantes colonnes en pierre blanche. Plusieurs cavités semblaient avoir été creusées à même la roche, juste en dessous.

— C'est là que nous allons, je suppose ? demanda Sam.

— Absolument. La dernière fois qu'on a mis les pieds sur cette île, tu étais très bavard.

— Ah bon ? Qu'est-ce que je racontais, au juste ?

— Des choses indécentes !

— Bizarre ! Ce n'est pas mon genre.

Elle lui sourit.

— C'est drôle, la vie, quand même. On revient là, tous les deux, et cette fois, je suis enceinte…

Sam la gratifia d'un regard étrange puis il tourna la tête vers l'île. De toute évidence, elle aurait mieux fait de ne pas parler du bébé. La discussion s'annonçait tendue… Si toutefois ils arrivaient à discuter.

— J'espère que tu es heureux, murmura-t-elle.

Il pivota vers elle.

— Bien sûr ! Il faudrait être difficile pour ne pas l'être ! Je suis à Paris, avec mon adorable petite femme, et on passe une journée magnifique, alors…

— Alors ?

— Je ne pourrais pas être plus heureux, Emily.

— Vraiment ? Tu avais l'air un peu triste, à l'instant…

— Triste, non. Songeur, peut-être.

— Et tu pensais à quoi ?

Il eut un rire gêné et baissa les yeux.

— Rien d'intéressant. Ne t'inquiète pas pour ça.

Elle s'inquiétait beaucoup, au contraire. L'attitude renfermée de Sam avait été la source de leurs problèmes. Elle était *sa femme*. Si quelque chose le préoccupait, il était censé *partager* ses soucis avec elle.

— C'est à propos du travail ? insista-t-elle.

Il haussa les épaules.

— Pas vraiment, même si j'ai hâte d'y retourner. J'ai

beau savoir que la maternité est opérationnelle, je n'en ai aucun souvenir.

— Bien sûr, je comprends. Ce qui est normal pour moi ne l'est plus pour toi. Je t'ai vu à l'œuvre. Je sais de quoi tu es capable. Mais toi, tu as besoin de repères. C'est logique. Je ne dois pas l'oublier.

Ils se turent jusqu'à leur arrivée sur l'île. Après avoir négocié un dernier virage, Sam descendit du bateau, qu'il amarra au ponton de bois réservé à cet effet puis il tendit la main pour aider Emily à descendre et récupéra leur panier.

Lentement, ils gravirent les marches qui conduisaient au kiosque. Le petit édifice, magnifique de simplicité, se reflétait dans l'eau à la lumière du soleil couchant. Ils l'admirèrent un long moment en silence, fascinés par la beauté sereine qui émanait des lieux.

Quand il reporta son attention sur Emily, Sam remarqua qu'elle avait posé les mains sur son ventre et cette image le bouleversa. Il l'aimait tant ! Il n'avait pas le droit de tout gâcher avec ses doutes et ses hésitations.

D'ailleurs, tout bien réfléchi, ils en étaient au même point. Elle non plus n'avait jamais eu d'enfant. Peut-être s'angoissait-elle autant que lui ?

— T'arrive-t-il parfois… de t'inquiéter pour l'avenir, Em ? demanda-t-il doucement.

Elle hocha la tête.

— Devenir parent oblige à se poser des questions. Et même si je rêve d'avoir un bébé… Ce n'est pas ton cas. J'imaginais que nous prendrions cette décision à deux, qu'on serait d'accord. Mais les choses ont tourné différemment.

— Arrête, Em. Ce bébé, on l'a fait à deux.

— On avait bu !

— Peut-être, et alors ? Nous ne sommes pas les premiers à qui ça arrive.

— Mais moi, je voulais que tout soit parfait. Reconnais que, pour notre enfant, ça commence mal. En plus, je ne sais même pas si je serai capable d'être une bonne mère. On ne m'a pas montré le bon exemple !

Il la considéra, étonné. Que voulait-elle dire ? Lui avait-elle raconté des choses qu'il avait oubliées ? Il n'en avait pas l'impression, pourtant.

— Explique-moi…, murmura-t-il.

Elle parut hésiter puis regarda autour d'elle.

— C'est une longue histoire. Asseyons-nous. Il y a peut-être une couverture dans ce panier ?

L'hôtel leur avait fourni un joli plaid à carreaux rouges et blancs. Après qu'ils se furent installés, Sam leur servit à chacun un gobelet d'eau pétillante bien fraîche. Il se montrait gentil, prévenant, une attitude qui encouragea Emily à reprendre son récit.

— Je n'ai aucune famille proche, dit-elle. Tu t'en souviens ?

— Oui. Tu m'avais parlé d'une tante et d'un oncle. Mais… Je ne me rappelle pas grand-chose.

— C'est normal. Je t'ai raconté les grandes lignes, sans entrer dans les détails.

Il lui tapota la main.

— Tu veux bien m'en parler maintenant ?

Elle opina. Manifestement, il voulait l'encourager, la mettre à l'aise. Et si elle parlait la première, peut-être trouverait-il ensuite le courage de lui faire des confidences ?

— D'après ma tante Sylvia, ma mère avait un caractère anticonformiste…, commença-t-elle. Elle enfreignait toujours les règles. Quand elle a été enceinte de moi, elle n'était pas mariée. Sylvia m'a souvent raconté quel scandale cela avait causé, comme si on était encore au XIXe siècle !

Il faut dire que ma mère n'a jamais su qui était mon père, si tu vois ce que je veux dire…

Sam lui pressa le bras, le regard plein de compassion.

— Très bien, oui.

— Après ma naissance, ma mère m'a élevée pendant six mois, reprit-elle. Mais elle sortait beaucoup, notamment dans les clubs car elle adorait le milieu du rock. Un soir, elle est tombée amoureuse du chanteur d'un groupe inconnu qui, d'après Sylvia, n'avait aucune chance d'être connu ! Mais ça ne l'a pas empêchée de vouloir le suivre en tournée. Il *fallait* qu'elle y aille, tu comprends. Sauf qu'avec un bébé sur les bras, c'était impossible. Alors elle est allée trouver Sylvia en lui demandant de me garder pour la nuit.

— Juste la nuit ?

— Elle mentait, bien sûr. Elle est partie sans laisser d'adresse. Elle m'a abandonnée…

— Mais je suis sûr qu'elle ne t'a pas oubliée.

— Je l'ignore. Elle n'a jamais redonné signe de vie. Elle n'a pas dû beaucoup s'inquiéter pour moi.

— Oh ! Em ! Je suis désolé…

Sentant ses yeux la picoter, elle inspira à fond et se hâta de poursuivre :

— Sylvia et Martin étaient furieux. Sincèrement, il y avait de quoi ! N'ayant pas d'enfants eux-mêmes, ils ont dû acheter tout le matériel de puériculture, des couches, des vêtements, des jouets… Et comme ils ne roulaient pas sur l'or, la dépense était plutôt malvenue. Ensuite, il a fallu régler les problèmes d'assurance santé, de responsabilité, de tutelle… Plusieurs fois, j'ai entendu Martin dire qu'il se serait bien passé de ce « cadeau ».

— Et ta tante ?

— J'ai toujours eu l'impression que ma mère avait été le « chouchou » de mes grands-parents : la petite dernière, la plus jolie, la plus intelligente… Elle volait la vedette, en tout cas ! Sylvia, qui a dû se sentir mal aimée pendant son enfance, n'avait aucun atome crochu avec ma mère, alors imagine sa réaction quand elle a été obligée de me recueillir !

— Ça a dû être compliqué pour elle et pour son mari.

— Oh ! ils ont fait de leur mieux, je le reconnais ! Mais ce sont eux qui ont dû réparer les conséquences de la faute de ma mère, alors…

— Une « faute » ? C'est comme ça que tu te vois ?

— Evidemment ! Petite, je rêvais d'être aimée, câlinée… Je voulais juste que quelqu'un me prenne dans ses bras et me donne de l'amour.

— C'est ce que j'ai fait !

Emue aux larmes, elle lui sourit.

— Il m'est arrivé deux choses merveilleuses dans la vie : d'abord mon travail, et ensuite, toi. La première fois que je t'ai vu, j'ai eu le souffle coupé…

— Moi aussi, Em. Je suis tombé sous le charme de la femme… Et de la grande professionnelle que tu es. Pourquoi as-tu choisi ce métier ?

Elle lui raconta comment elle avait découvert sa vocation en regardant ce fameux documentaire télévisé.

— J'ai vu tant d'amour dans les yeux des parents, ce soir-là ! J'ai pensé à ma mère. J'ai espéré qu'elle avait été heureuse de m'avoir, même brièvement… Ensuite, je me suis dit que je voulais être le témoin privilégié du bonheur des familles. Que ça devait être formidable d'assister à des naissances. Et que, quand mon tour viendrait d'être maman, ce serait merveilleux.

— Ma pauvre chérie… Tu n'as pas eu une vie facile.

— Oh ! il y a pire ! Je ne me plains pas.

— Sincèrement, je te trouve très courageuse.

Touchée par son soutien, elle le dévisagea. Cette empathie suffirait-elle à ouvrir les vannes ? Accepterait-il de se confier à son tour ?

— Tu ne m'as pas beaucoup parlé de ta famille, toi non plus, dit-elle d'un ton hésitant.

— Comment ça ?

— Je connais à peine tes proches. Je sais juste comment ils s'appellent et ce qu'ils font. On ne les fréquente pas. Je les ai vus au mariage, mais ils sont restés entre eux et, depuis, on n'a jamais eu l'occasion de faire plus ample connaissance.

Il poussa un grand soupir et secoua la tête.

— Par où dois-je commencer ?

— Peut-être par le début ?

— En fait, il n'y a pas grand-chose à dire.

— Au contraire ! S'il te plaît, Sam… Je déteste que tu me tiennes à l'écart. C'est comme si je me trouvais sur une île. Toi, tu es en mer, dans un canot de sauvetage, mais tu refuses de t'approcher. Il faut que tu fasses cet effort ! On a besoin de mieux se connaître pour repartir sur de nouvelles bases.

Très doucement, elle posa une main sur la sienne.

— Tu me caches quelque chose, Sam. Mais ton secret, tu peux me le confier sans crainte. J'ai besoin de savoir. Sinon, on ne s'en sortira pas, conclut-elle en effleurant l'alliance qu'il portait.

— J'ai… peur de te perdre, Em.

— Mais non ! Je ne dirai rien, je ne te jugerai pas. Je vais juste écouter.

— C'est… très dur pour moi.

— J'ai bien compris. Mais évoquer ton problème, quel qu'il soit, te soulagera. Je t'aime, je suis *ta femme.* Fais-moi confiance.

— A la maison, personne n'en a jamais parlé.

— Si c'est un secret de famille, tu as sûrement besoin d'évacuer ce poids.

— Es-tu sûre que je n'y ai jamais fait allusion ?

— Certaine. Et moi, je t'ai tout dit sur ma mère, alors maintenant, c'est ton tour.

Une palette d'émotions indescriptible défila sur le visage de Sam. Néanmoins, elle était sûre que ses propos avaient porté. Il avait dû se rendre compte qu'ils allaient droit dans le mur et qu'elle se battait pour *eux*.

— Tu sais… que j'ai cinq frères et sœur…, commença-t-il d'un ton hésitant.

Son cœur bondit dans sa poitrine. Elle exerça une légère pression sur les doigts de Sam pour l'encourager. Il allait parler. Enfin !

— Oui, bien sûr, répondit-elle.

— En revanche, tu ignores sans doute que je m'entends très bien avec tout le monde chez moi… Sauf mon père.

— Ah, bon ? s'exclama-t-elle, surprise. Pourtant, au mariage, tout s'est bien passé.

Elle essaya de fouiller ses souvenirs. Sam s'était montré particulièrement chaleureux avec sa mère, avec ses frères et sa sœur, mais elle ne se rappelait pas l'avoir beaucoup vu avec son père. Il avait poliment gardé ses distances. Et dans le tourbillon de la fête, elle ne s'était pas posé de questions…

— C'était *open bar* ce jour-là, répondit-il avec un rire sans joie. Donc, mon père était de bonne humeur.

— Mais… Il ne boit pas ?

— Disons que c'est de l'alcoolisme mondain. Il retrouve ses amis tous les jours dans un club chic, et là il ne se prive pas ! Quand j'étais jeune, je lui en voulais de gaspiller l'argent de cette façon alors qu'il avait tant de bouches à nourrir.

— Tu es l'aîné, je crois ?

— Tout à fait. Daniel a deux ans de moins que moi. Clara est arrivée un an après. Ensuite il y a eu Warren et Caleb. Et puis ma mère a eu Serena.

— Serena ?

Sam n'avait jamais fait allusion à une autre sœur ! Elle s'était attendue à beaucoup de choses, mais pas à cette nouvelle !

Il se leva et commença à arpenter nerveusement la pelouse, devant elle. Son malaise était perceptible et elle sentit sa gorge se nouer. Comme elle aurait voulu apaiser son tourment !

— La seule chose intéressante que mon père ait contribué à créer… c'est notre famille. Mais voir ma mère enceinte, un peu plus fatiguée à chaque fois, me rendait malade. Elle devait tout gérer, et moi, en tant qu'aîné, je l'aidais du mieux que je pouvais. Mon père rentrait toujours tard, il traînait au bar le plus longtemps possible. Alors, je l'ai un peu remplacé auprès de mes frères et sœur.

— Oh ! pauvre Sam ! Ça n'a pas dû être facile.

Il haussa les épaules.

— Je n'y pense plus. Le passé est derrière moi. J'ai avancé depuis.

— C'est tout toi, ça, dit-elle en souriant. Tu fonces sans te poser de questions. Tu n'arrêtes jamais une minute et, professionnellement, ça marche !

— Plus jeune, j'avais le même caractère. Il y avait toujours quelque chose à faire à la maison, alors je m'en chargeais. Je tondais la pelouse, je réparais les chasses d'eau, je changeais les robinets…

— Parce que ton père ne s'occupait de rien ?

— Exactement. Le jour de la naissance de Warren, il était encore au bar.

— Warren est né à la maison ?

— Oui, comme nous tous. Mais là, j'avais huit ans, j'étais assez vieux pour savoir ce qui se passait et pour m'angoisser. Les cris de ma mère me terrifiaient. Après chaque contraction, elle souriait et, moi, je n'y comprenais plus rien. J'ai été bien content de voir la sage-femme arriver, crois-moi ! J'ai filé dans ma chambre sans demander mon reste. Et puis j'ai entendu un petit cri, et la dame est venue me chercher. Ma mère pleurait, mais c'était de joie. Jamais, de toute ma vie, je n'avais vécu un moment aussi intense. J'ai compris que la naissance d'un bébé était une chose extraordinaire.

— Un vrai gynécologue dans l'âme…

— Sans doute, oui ! Pour Caleb, j'avais onze ans. Le même scénario s'est reproduit, et j'ai dit à tous mes amis que je voulais devenir médecin pour mettre des bébés au monde. Je trouvais ça tellement beau !

Elle le regarda, touchée par son enthousiasme. Au moins, il n'avait pas perdu sa mémoire lointaine. Il lui restait quelque chose de son passé. Mais, hélas, elle craignait que tous ses souvenirs ne soient pas aussi heureux…

— Et puis Serena est arrivée ? demanda-t-elle avec appréhension.

— Oui. J'avais seize ans. Ma mère a juré que c'était son dernier enfant, mais elle était ravie d'avoir une autre fille. C'était notre puce, notre bout de chou. Elle était minuscule à la naissance, adorable. Sereine… D'où son prénom.

— Il est très beau.

— Je trouve aussi… Seulement, malgré ce grand bonheur… Les choses sont devenues difficiles à la maison. A cause de l'addiction de mon père, mes parents ont eu du mal à joindre les deux bouts. Ma mère a dû faire des ménages. Moi, j'ai commencé à livrer des journaux et des prospectus après le lycée pour gagner un peu d'argent. Ma mère veillait toujours à ce qu'on ne manque de rien, mais… je trouvais ça très injuste pour elle. Alors, un soir, j'ai demandé à mon père de l'emmener au restaurant.

— Tu voulais qu'elle fasse une pause ?

— Absolument. Elle n'était pas très enthousiaste, mais j'ai insisté pour qu'elle sorte. J'ai proposé de garder mes frères et sœurs. J'ai nourri et couché tout le monde, j'ai changé Serena…

Emily serra les poings. Le pire arrivait. A voir le visage fermé de Sam, elle en était certaine.

— Au bout d'une heure, je suis allé voir si les petits dormaient, reprit-il d'un ton tendu. C'était le cas. Ils étaient toujours sages. Alors je suis retourné à mes devoirs. Quand mes parents sont rentrés, ma mère a fait le tour des chambres et, tout à coup, elle s'est mise à hurler. Je l'entends encore comme si c'était hier…

— Serena ?

— C'était… la mort subite du nourrisson. D'après les médecins, personne n'aurait rien pu faire. C'était brutal, imprévisible. Pendant que les secours essayaient de la ranimer, j'étais assis sous le porche et j'entendais ma mère gémir et implorer le ciel…

— Sam… Je suis vraiment, terriblement désolée…

Elle se leva pour le prendre dans ses bras et l'étreindre de toutes ses forces. Elle ne s'étonnait plus, à présent, qu'il ne lui ait jamais raconté cette terrible histoire ! Jamais, même dans ses pires suppositions, elle n'aurait pu imaginer cela.

Comment surmontait-on un pareil drame ? Certaines patientes de la maternité l'avaient vécu, et elle avait toujours profondément admiré leur courage.

Etait-ce pour cette raison que Sam refusait de fonder une famille ? C'était possible, évidemment. Probable, même.

Et elle, qu'avait-elle fait ? Elle avait insisté, encore et encore. Elle l'avait poussé dans ses retranchements jusqu'au point de non-retour. Bien sûr, elle ne pouvait pas savoir, mais, à présent, elle se sentait très mal !

— Je n'aurais jamais dû suggérer que mes parents sortent ce soir-là, murmura-t-il. Ou alors, j'aurais dû faire plus attention à Serena, aller la voir plus souvent. Elle est morte… alors qu'elle était sous ma responsabilité.

— Sam, tu avais seize ans ! protesta-t-elle, bouleversée par la douleur perceptible dans sa voix. Tu étais encore un gamin. Tu ne devrais pas te culpabiliser comme ça. En tant que médecin, tu sais maintenant que tu n'aurais rien pu y changer. Ce n'était pas ta faute !

— Je l'ai toujours pensé, pourtant.

— Et c'est pour ça que tu as quasiment coupé les ponts avec ta famille ?

— Oui. Chaque fois qu'ils me regardent… j'ai l'impression d'être jugé. Ils ne disent rien, mais n'en pensent pas moins.

Secouant la tête, elle lui agrippa les avant-bras.

— C'est ridicule, voyons. Tu ne t'es jamais dit que tu leur manquais, tout simplement ? Leur grand frère, celui qui répondait toujours « présent », les a rejetés du jour au lendemain. Imagine comme ils doivent être malheureux ! Ils t'aiment beaucoup, Sam. Moi qui ne les connais pas, je m'en suis rendu compte. Ils doivent se demander ce qu'ils ont bien pu faire pour te déplaire.

Il la dévisagea, les yeux écarquillés.

— Ils n'ont rien fait, voyons ! C'était moi.

— Ce n'était *pas toi*. Tu les gardais, point à la ligne. Et je suis sûre que tu as été irréprochable. Tu as donné le biberon à Serena, tu l'as changée, tu l'as couchée, comme le font des millions de parents. Personne ne reste assis à côté d'un bébé pour le surveiller vingt-quatre heures sur vingt-quatre.

Sam ayant toujours l'air effondré, elle lui pressa le bras. Il lui avait parlé. C'était un début. Le travail sur lui-même serait long, mais, au moins, elle pourrait l'aider.

— Ce cierge était pour Serena, dit-elle d'une voix douce.

— Oui.

— Merci de m'avoir fait cette confidence. Maintenant, je comprends mieux pourquoi…

Elle s'interrompit. Sam avait eu assez d'émotions comme cela. Elle ne voulait pas le chagriner en lui rappelant leurs problèmes.

Trop tard… Il avait compris.

— J'ai peur, Em, chuchota-t-il. Peur de ne pas être capable de protéger notre bébé.

Il s'agenouilla devant elle puis, avec une extrême douceur, posa la joue sur son ventre.

— Et si je n'arrivais pas m'en occuper ?

— Chut…, murmura-t-elle, bouleversée. C'est normal d'avoir peur. Tous les parents se posent des questions.

Il releva la tête, l'air surpris.

— Ah, bon ? Tu t'en poses, toi ?

— Bien sûr ! Rien ne dit que je serai une bonne mère. Avec l'exemple de la mienne, et la froideur de ma tante, c'est mal parti, non ? Je risque de me planter sur toute la ligne.

— N'importe quoi ! Tu vas être formidable.

— Et moi, je suis convaincue que tu vas être un super papa. Crois-moi, Sam, je te connais. Tu es gentil, attentionné. Alors tu sais quoi ? Je te propose d'avoir la trouille ensemble. Comme ça, on se serrera les coudes !

Il se releva et se pencha vers elle. Il avait les yeux brillants.

— Que ferais-je sans vous, madame Saint ?

— Je l'ignore. Mais ça tombe bien car je suis là, répondit-elle d'un ton faussement léger. Et puisqu'on est devant le temple de l'amour… Si on se faisait une promesse ? Celle de se parler, de partager nos craintes, nos joies et nos peines ? Qu'en penses-tu ?

— Le plus grand bien, Em. Je te le promets.

— Moi aussi, Sam.

Ils scellèrent leur engagement d'un long baiser. Quand ils s'écartèrent, Emily était émue aux larmes.

— Merci pour ta confiance, murmura-t-elle.

— Et merci pour la tienne. Tu avais raison. Je me sens déjà mieux.

Ils restèrent un long moment enlacés devant le temple. Cette fois, ils regardaient dans la même direction.

Tout était encore possible. Elle en était certaine.

7.

Le pique-nique fourni par l'hôtel, une belle sélection de spécialités françaises, était un régal.

Ils dînèrent assis devant le petit temple, en admirant le coucher de soleil sur le lac. Puis Sam rassembla leurs affaires et ils descendirent vers la rive. N'étant pas pressés, ils prirent quelques minutes pour explorer la grotte, dont les multiples cavités rocheuses offraient un magnifique contraste d'ombre et de lumière.

La nuit était presque tombée quand ils ressortirent. Avant de faire monter Emily dans le canot, Sam jeta un dernier coup d'œil en arrière.

— Cet endroit nous ressemble, je trouve, dit-il.

— Comment ça ?

— Eh bien, il y a ce magnifique temple sur son promontoire, visible par tous, merveilleux. Mais en dessous, on trouve le royaume des ombres et du silence. C'est beaucoup plus effrayant.

— Peut-être, mais on marche vers la lumière ensemble, cette fois.

— Tu as raison.

Il ne pouvait pas dire le contraire, et, pourtant, il avait encore des doutes. Avait-il bien fait de parler ?

Emily ne trahirait jamais son secret. Le problème n'était pas là. En revanche, il se demandait si elle avait bien pris la mesure de son traumatisme, car c'en était un. Le passé l'avait marqué durablement. Réussirait-il un jour à surmonter ses peurs ?

A ses yeux, son père n'était rien d'autre qu'un géniteur alcoolique, et c'était lui qui avait pris le relais, dès qu'il avait été capable de le faire. Mais avec quel résultat ? Il culpabilisait toujours à cause de la mort de Serena. Fautif, il était, fautif il resterait, quoi qu'Emily puisse dire !

Au moins l'avait-elle écouté attentivement, sans le juger. Elle ne l'avait pas accablé, au contraire. Elle s'était montrée adorable et compréhensive.

Maintenant qu'elle savait tout, peut-être pourraient-ils communiquer plus facilement ? Il leur faudrait une bonne dose de dialogue pour sauver ce mariage qui partait à la dérive et être capables d'élever leur enfant. Au moins n'auraient-ils pas de problèmes financiers comme ses parents. Mais pour le reste, c'était une autre histoire…

Comment avaient-ils pu en arriver là ? Il aimait Emily plus que sa propre vie. Il était sûr qu'elle partageait ses sentiments. Mais cela n'avait pas suffi, et en quelques mois la situation s'était dégradée jusqu'au point de non-retour. Il avait fallu un accident grave et une amnésie pour qu'il accepte enfin d'affronter son problème !

Avec précaution, il fit asseoir Emily dans la barque. Quand elle le remercia d'un sourire lumineux… il eut l'impression que le temps se figeait.

Des vitraux colorés. Une église baignée de soleil. Emily et lui en train de descendre la nef après la cérémonie. Des visages souriants autour d'eux.

Sa propre mère en larmes, mais radieuse, les mains jointes sur la poitrine comme si elle faisait une prière. L'impression qu'elle voulait lui dire quelque chose. Leurs deux mains réunies, quelques secondes plus tard. Leurs regards soudés…

— Vis, Sam. Sois heureux, maintenant. Promets-le-moi.

— Je te le promets.

Après avoir posé le panier au fond de la barque, il s'installa puis empoigna les rames, l'esprit en ébullition.

Sa mère lui avait demandé de vivre ! Avait-elle donc senti combien il était malheureux ? Il avait pourtant tout fait pour le cacher. Il avait continué à jouer au fils modèle.

Mais rien n'avait jamais pu rendre le sourire à sa maman…

Sauf au mariage. Là, elle souriait. Elle était contente pour moi. Elle n'était pas fâchée de me voir heureux. Elle ne voulait que mon bonheur.

A présent, il *devait* honorer sa promesse et commencer à « vivre ». Il s'était abruti de travail depuis son plus jeune âge, sans doute pour essayer d'oublier, mais en vain, et cette attitude avait mis son couple en danger. Au lieu de parler avec Emily, il avait fait l'autruche en se plongeant dans ses dossiers, encore et toujours…

Maintenant qu'il avait compris, la balle était dans son camp. A lui de faire un effort pour que les choses changent. Il n'était pas trop tard !

De retour à l'hôtel, Emily ne résista pas à la tentation d'essayer la magnifique robe bleue que Sam lui avait offerte.

Elle était debout devant la psyché, en train de s'admirer, quand il vint la rejoindre. Posté derrière elle, il arrondit les paumes sur le léger renflement de son abdomen. Il avait l'air tellement heureux qu'elle sentit son cœur se gonfler de tendresse.

— Cette robe est vraiment belle, Sam. Merci encore.

— Moins belle que la femme qui la porte…

Ce compliment prononcé d'une voix rauque lui fit monter le rose aux joues. Elle entremêla ses doigts aux siens et chercha son regard dans le miroir.

Si elle prenait l'initiative de faire l'amour, comment réagirait-il ? Etait-ce trop tôt pour lui, ou avait-il besoin, comme elle, de ce rapprochement physique ? Ce soir, elle avait enfin l'impression de pouvoir l'atteindre, mais jusqu'à quel point ?

Dire que leurs étreintes lui manquaient était un euphémisme. Ce n'était pas tant le sexe que la formidable complicité qui allait avec. Et puisque entre eux il n'y avait plus ni barrière ni secret, la magie avait toutes les chances d'opérer à nouveau. Il n'y avait aucune raison !

— Enlève-moi ma robe, chuchota-t-elle.

Il la fixa intensément des yeux.

— Tu viens juste de la mettre…

— Oui, mais j'ai très envie que tu me déshabilles.

Pendant un long moment, il parut hésiter et elle scruta son visage dans le miroir. Etait-elle allée trop loin ? Avait-elle, une fois encore, demandé l'impossible ?

Comme elle allait se détourner, l'inespéré se produisit enfin. Elle sentit les mains de Sam remonter vers sa nuque. Puis, très lentement, il fit descendre la fermeture à glissière de la robe.

Son souffle chaud dans son cou lui donna le vertige. Ivre de bonheur, elle ferma les paupières tandis qu'il faisait glisser le tissu soyeux sur ses épaules, son ventre, ses hanches… Jusqu'au sol.

En sous-vêtements, elle pivota vers lui.

— Je t'aime, Sam, dit-elle. Et je veux que tu m'aimes.

— Je t'aime, répondit-il d'une voix chargée d'émotion. Tu le sais bien.

— Alors prouve-le…

Leurs regards se soudèrent une nouvelle fois. Puis il l'enlaça et captura sa bouche en un baiser passionné qui la laissa sans force.

Après ces longs mois de « séparation », leurs corps se reconnaissaient instinctivement. La flamme renaissait, plus vive et plus ardente que jamais. Sam avait toujours été un amant merveilleux, mais elle avait l'intuition que, cette fois, tout serait différent. Plus beau. Plus magique.

Il lui avait enfin donné accès à la partie la plus intime de lui-même. Leur relation était devenue une affaire de partage et de confiance. Et maintenant qu'elle connaissait ses peurs, sa souffrance et ses doutes, elle ne l'en aimait que davantage.

Chavirée, elle se pressa contre lui. Voilà comment ils n'auraient jamais dû cesser d'être : joue contre joue, corps contre corps, cœur à cœur. Plus ils se rapprocheraient, plus grandes seraient les chances de sauver leur mariage…

Ce fut sa dernière réflexion avant qu'elle ne s'abandonne complètement. Sous les caresses expertes de Sam, elle ne pouvait plus réfléchir. De ses lèvres, il lui butinait les joues, le cou, les épaules, au point de lui enlever toute pensée cohérente.

Elle poussa un petit cri de joie lorsqu'il défit son soutien-gorge pour arrondir les paumes sur ses seins. Les mamelons ultra-sensibles réagirent immédiatement et, à son tour, elle laissa ses mains le parcourir avec fièvre.

— Tu es bien trop habillé alors que, moi, je suis presque nue…, protesta-t-elle d'une voix rauque.

Avec son aide, elle entreprit de le déshabiller. Une veste valsa à travers la pièce, puis ce fut une chemise, puis un pantalon, et elle put enfin contempler le corps musclé qu'elle aimait tant : les épaules larges, le ventre plat, les longues jambes puissantes… Comme il était beau ! Comme il lui avait manqué !

Tout à coup, elle se sentit soulevée de terre. Sam s'approcha du lit puis, avec une extrême douceur, il la déposa contre les oreillers. Elle arqua les reins pour qu'il puisse lui enlever son slip, et il prit tout son temps pour le faire, ponctuant chaque geste de caresses de plus en plus précises qui l'amenèrent bientôt au bord du vertige.

Quand il vint en elle, elle eut l'impression de renaître à la vie après un long sommeil. Puis leurs corps entamèrent un ballet ensorcelant, et elle ne pensa plus à rien.

Après l'amour, Sam avait attiré Emily dans ses bras.

Blotti contre son dos, le visage dans son cou, il respirait maintenant à l'unisson avec elle, heureux de sentir cette chaleur qui lui avait tant manqué.

Sa place était là, tout près d'elle. Refaire l'amour avec elle lui avait paru la chose la plus merveilleuse du monde. Jamais, depuis très longtemps, il ne s'était senti aussi bien. Tout cela parce qu'il avait accepté de lui faire confiance et qu'elle lui avait rendu son amour au centuple.

Il réprima un frisson à la pensée de la crise qu'ils avaient traversée. Au fond, il était presque content d'être amnésique. Le souvenir de leurs disputes ternirait à coup sûr l'éclat de leurs retrouvailles. Et puisque tout allait mieux, il n'en avait absolument pas besoin !

Bien sûr, sa peur de devenir père n'avait pas disparu, mais elle lui paraissait atténuée, presque surmontable, pour la seule raison qu'il avait enfin osé l'exprimer à voix haute. Il s'était toujours dit que, s'il parlait, Emily allait être horrifiée et le repousser. Pourtant, cela avait été tout le contraire.

Comment avait-il pu douter d'elle à ce point ?

L'exemple de ses parents n'avait pas aidé, forcément. Chez lui, nul ne prononçait jamais le prénom de Serena. Sa mère était dépressive. Son père passait le moins de temps possible à la maison.

J'ai été un mauvais mari. J'en ai voulu à mon père d'être absent, mais je n'ai pas fait mieux ! Emily l'a clairement laissé entendre...

Malade de regrets, il lui embrassa l'épaule.

— J'ai réfléchi..., murmura-t-elle. On pourra faire certaines choses pour te rassurer après la naissance du bébé.

Elle se souciait de lui, de ses peurs. Elle était adorable.

— Ah bon ?

— Oui. Je pense qu'on devrait faire installer un système de vidéosurveillance, des appareils plus perfectionnés qu'un simple émetteur-récepteur. On pourrait très bien les relier à une mesure de la saturation en oxygène, comme à l'hôpital. On verrait le bébé, on l'entendrait, et on saurait aussi qu'il respire bien.

— Merci, chuchota-t-il, ému.

— Mais de quoi ?

— D'être aussi gentille.

Elle pivota vers lui et lui caressa la joue.

— C'est la moindre des choses. Tu as assez souffert.

— Comme tout le monde à la maison, lâcha-t-il en soupirant.

— Vous auriez dû consulter un psychologue, parler à quelqu'un.

— J'y ai pensé, mais je ne sais pas si mes parents auraient franchi le pas. Ils sont tellement fermés…

— Oui, et regarde le résultat ! J'ai failli te perdre, Sam. C'était la faute de cette situation… Et ma faute aussi, d'ailleurs. Au lieu d'insister, j'aurais dû réfléchir, essayer de comprendre.

— Tu ne pouvais pas savoir.

— J'aurais pu deviner si j'avais fait plus attention à toi. Mais on avait pris des mauvaises habitudes dès le départ. On travaillait trop, on ne se posait jamais. Je culpabilise pour ça.

— Arrête, Em ! Tu es géniale, tu n'as rien à te reprocher. Tu as tout fait pour remettre notre mariage sur les rails.

— On va y arriver, dit-elle en souriant.

— C'est l'effet magique de Paris…

— Oh ! oui ! Je ne regrette pas que nous ayons fait ce voyage !

Dans un élan d'amour infini, il l'embrassa de nouveau. Ils s'étaient retrouvés au-delà de leurs espérances. Un avenir magnifique s'offrait à eux.

8.

Emily vécut la semaine suivante sur un nuage.

Son univers était redevenu parfait dans tous les sens du terme. Pourtant, le retour aux Etats-Unis se profilait et, ce matin-là, en se préparant, elle ne put s'empêcher d'avoir un pincement au cœur.

C'était leur dernier jour à Paris. Sam et elle avaient gardé le « meilleur » pour la fin. Chaque matin et chaque soir, ils admiraient longuement la tour Eiffel depuis leur chambre. Il était impensable de s'en aller sans lui rendre une vraie visite, comme à un membre de la famille !

— On a le choix, déclara Sam un peu plus tard, en arrivant au pied de l'emblématique monument. Veux-tu monter à pied ou prendre l'ascenseur ?

— Gravir trois cents marches dans mon état ? protesta-t-elle en riant. C'est une blague ?

— D'accord, d'accord… Va pour l'ascenseur !

Avant qu'ils entrent dans la cabine, elle fit plusieurs selfies de leurs visages souriants avec son téléphone. Elle avait pris beaucoup de photos, cette fois. Elle avait retenu la leçon…

L'ascenseur était occupé par huit autres visiteurs. Emily focalisa son attention sur une jeune femme enceinte, juste en face d'elle. Son ventre proéminent saillait sous une jolie tunique de grossesse, et elle n'eut aucun mal à s'imaginer dans le même état, quelques mois plus tard. Le temps passait vite. Elle atteindrait ce stade avant d'avoir eu le temps de dire « ouf » !

— A combien de semaines êtes-vous ? demanda-t-elle, espérant que l'inconnue comprendrait l'anglais.

— Trente-cinq, répondit celle-ci avec un accent britannique prononcé. C'est notre dernier voyage en amoureux avant le début des ennuis, ajouta-t-elle avec un clin d'œil en direction du jeune homme qui l'accompagnait.

— Vous êtes anglais ?

— Oui, de Londres. Nous sommes venus en Eurostar, car je n'ai plus le droit de prendre l'avion. Et vous ? Vous êtes américains ?

— Oui, de Los Angeles. C'est notre seconde lune de miel.

— Waouh, félicitations !

— A vous aussi. Bonne visite !

Au premier étage, Emily et Sam contemplèrent longuement le paysage spectaculaire qui s'offrait à eux. Le trafic des voitures, l'animation de la ville semblaient atténués, comme si le monde tournait au ralenti. Paris avait l'air beaucoup plus calme, vue d'en haut !

Du coin de l'œil, elle remarqua le couple d'Anglais posté un peu plus loin. La jeune femme dansait d'un pied sur l'autre en se frottant le bas du dos.

— Elle a l'air de souffrir…, dit-elle.

— Ce n'est sans doute pas méchant, dit Sam. Juste une bonne lombalgie de fin de grossesse. Ça risque de t'arriver d'ici peu.

— Probablement. A ce stade, je commencerai à m'angoisser.

Il lui passa un bras autour des épaules.

— Mais moi, je serai formidable. Je te masserai les pieds tous les soirs.

— Hum… J'ai hâte.

— Je te vernirai même les ongles des orteils.

Elle s'esclaffa.

— Alors là, tu seras vraiment au top !

Ils montèrent au deuxième étage, où ils étudièrent les

cartes panoramiques conçues pour repérer les principaux monuments et curiosités de Paris. De nombreux visiteurs poussaient l'exploration jusqu'au bar à champagne, mais elle secoua la tête en riant.

— On en avait bu la dernière fois. Là, je vais passer mon tour…, plaisanta-t-elle.

— Tu m'étonnes ! On se rattrapera après la naissance.

Elle glissa sa main dans celle de Sam, heureuse qu'il évoque le sujet de manière aussi détendue. Autrefois, la question était taboue, mais en quelques jours ils avaient parcouru beaucoup de chemin. Elle commençait maintenant à croire qu'ils allaient fonder la famille idéale dont elle avait si souvent rêvé.

Sur un petit nuage, elle se laissa guider vers l'ascenseur aux parois de verre qui montait au dernier étage. Le point de vue était ébouriffant, dans tous les sens du terme, et elle renonça vite à dompter sa chevelure décoiffée par le vent. Mais le panorama en valait la peine, et elle se souciait peu de ses mèches indisciplinées. Elle était heureuse. Si heureuse…

Sentant les larmes lui brûler les yeux, elle se détourna pour cacher son émotion à Sam. Elle n'allait quand même pas se mettre à pleurer quand tout allait si bien. La faute aux hormones, sans doute !

Après avoir passé un long moment sur la plate-forme, ils se résignèrent enfin à descendre. Emily aurait dû se sentir triste car ce voyage à Paris touchait à sa fin, pourtant, ce n'était pas le cas. Elle avait tellement appris sur Sam, et sur elle-même, qu'elle ne pouvait pas être nostalgique.

Jetant un dernier regard à la tour Eiffel, elle se promit de toujours défendre ce qu'elle avait de plus cher.

La vie était courte, et elle ne voulait avoir ni remords ni regrets.

Pour leur dernière soirée à Paris, Sam avait réservé une table dans un restaurant chic du quartier.

La grande salle — un vieux bâtiment aux murs blanchis à la chaux et au plafond en poutres apparentes — était éclairée par des luminaires en forme de lanterne. Des coussins de couleur vive, savamment répartis, égayaient le mobilier en fer forgé. Et sur chaque table, un minuscule aquarium où flottaient des marguerites et des gerberas ajoutait une touche d'originalité à l'ensemble.

Emily embrassa la pièce du regard en souriant, puis s'assit face à Sam. Elle avait l'impression d'évoluer sur une autre planète, mais dès le lendemain les choses seraient différentes. La parenthèse magique prendrait fin. Il faudrait retourner dans le « vrai » monde, celui où ils avaient eu tant de problèmes.

Tandis qu'elle réfléchissait, elle vit soudain les Anglais rencontrés à la tour Eiffel entrer dans le restaurant. Ils échangèrent des sourires et des signes de tête, puis les jeunes gens furent conduits dans le coin de la salle opposé au leur.

— Pour cette dame et moi, c'est fini les vacances…

Regardant par-dessus son épaule, Sam sourit au jeune couple avant de lui refaire face.

— Ça va aller, dit-il doucement.

— On devra faire mieux qu'un « ça va aller ».

— On *va* faire mieux, assura-t-il en pressant sa main sur la nappe.

Voyant un serveur approcher avec le menu et une carafe d'eau, elle attendit qu'il se soit éloigné pour répondre.

— Et si on n'y arrive pas ? demanda-t-elle d'une voix tremblante d'angoisse.

Elle avait tellement investi dans son couple ! Elle aimait Sam, elle portait son enfant. Ils travaillaient ensemble. Son univers tournait autour de lui, et elle ne supporterait pas que les choses finissent mal. Qu'elles finissent, tout court…

Il posa son menu avant de se pencher vers elle.

— Je sais à quel point tu as peur, Emily. Moi non plus, je n'en mène pas large. Mais je te promets que tout va bien se passer. Les choses ont changé, nous ne sommes plus les mêmes, et nous nous connaissons mieux. Nous sommes conscients des pièges à éviter. On s'est battus tous les deux, et on continuera. Je ne veux pas te perdre !

— C'est juste que… Tu passais ta vie à l'hôpital, avant, murmura-t-elle. Quand tu reprendras le travail, tu risques de faire la même chose. Tu as perdu tes souvenirs professionnels. Tu voudras sûrement te familiariser avec ton entreprise de A à Z. Cette maternité, c'était ton rêve, *notre* rêve. Mais maintenant…

— Maintenant, elle est sur les rails, et elle fonctionne très bien. Donc, en tant que directeur et propriétaire, je peux déléguer. Au retour, notre vie de couple sera ma priorité !

— D'accord. C'est… génial.

Un peu rassurée, elle se concentra sur le menu. Tout avait l'air délicieux, et elle avait faim. Elle choisit finalement une soupe à l'oignon, une souris d'agneau au fenouil et à la lavande, et un croquembouche. Sam commanda la même chose, n'osant pas déguster de fruits de mer devant elle de peur qu'elle ait la nausée.

Touchée par sa délicatesse, elle lui sourit. Elle se sentait de nouveau en paix avec elle-même. Comment aurait-il pu en être autrement dans un cadre aussi féerique ?

Leur table jouxtait une porte coulissante ouverte sur un jardinet planté de rosiers et agrémenté d'une minuscule fontaine. Porté par la brise, le parfum des fleurs leur chatouillait les narines. Elle ferma les paupières puis inspira à fond.

— C'est beau, chuchota-t-elle. Je n'oublierai jamais Paris.

— Moi non plus, répondit Sam d'une voix grave. Pas cette fois.

— Tu n'as pas eu d'autres flash-back depuis l'autre jour…

— Non, mais je ne m'inquiète pas. Ma mémoire reviendra. Et en attendant, j'ai d'autres choses en tête. Tu sais quoi ?

— Non…

— Pour la première fois aujourd'hui, j'ai pensé à mon rôle de papa. Je me suis projeté… Et j'ai compris que je le voulais très fort. Je rêve de serrer notre bébé contre moi, comme je le faisais avec ma sœur et mes frères.

Cette déclaration lui fit monter les larmes aux yeux. Sachant d'où il partait, elle mesurait le chemin que Sam avait parcouru en quelques jours.

— Je suis contente ! chuchota-t-elle. Mais… Tu dois quand même avoir peur, non ?

— Un peu. J'ai toujours cru que je ne méritais pas d'avoir des enfants. Je refoulais mon envie d'en avoir. Car j'en ai *envie*, bien sûr.

— Vraiment ?

— Vraiment. Cela m'étonne moi-même, mais c'est la réalité !

Ils rirent en chœur, leurs mains jointes sur la table. Ils ne s'écartèrent qu'à l'arrivée du serveur qui apportait les entrées. Un délicieux fumet émanait de la soupe à l'oignon et ils la dégustèrent avec appétit, affamés qu'ils étaient par cette dernière journée de visite et de promenade.

Le plat principal ne tarda pas à subir le même sort. Ils prirent leur temps pour le savourer tout en parlant de l'avenir, une grande première. Dire qu'elle espérait cela depuis des mois !

— Tu vas être un papa génial, Sam, dit-elle.

Il lui sourit, visiblement touché.

— Merci, Em. Je l'espère.

— Et moi, je le *sais*. Tu t'inquiètes toujours pour les autres. Tu es gentil, dévoué, tu te démènes pour que tout aille bien… Il n'y a aucune raison !

— Ta confiance m'honore, répondit-il d'une voix douce.

J'aimerais pouvoir la partager… Mais en tout cas, une chose est sûre : toi, tu seras une super maman !

C'était son vœu le plus cher. Elle voulait que son bébé grandisse dans un environnement stable et heureux, et que, contrairement à elle autrefois, il ait l'impression d'être aimé. Rien ne comptait davantage à ses yeux. Ce petit être, elle le chérissait déjà de tout son cœur !

En aussi bonne compagnie, le temps filait vite. A sa grande surprise, elle vit bientôt arriver le dessert. Les croquembouches, des choux garnis de crème, semblaient très appétissants. Néanmoins, elle n'eut pas le loisir d'en déguster la moindre cuillerée car un cri perçant s'éleva soudain à l'autre bout de la salle.

La touriste anglaise de la tour Eiffel, debout, regardait à ses pieds d'un air consterné.

— J'ai perdu les eaux ! s'écria-t-elle.

L'espace d'un instant, Emily se sentit heureuse pour elle. Certes, elle allait mettre son enfant au monde un peu plus tôt que prévu, et loin de chez elle, mais cela lui ferait un bon souvenir plus tard…

Ou pas. Car, de toute évidence, quelque chose clochait.

— George ! hurla la future mère. Aïe… Il y a un problème !

Tous les convives s'étaient retournés pour voir ce qui se passait. Sam et Emily se levèrent d'un bond et se précipitèrent vers le jeune couple, suivis par trois serveurs affolés.

La jeune Anglaise, haletante, se cramponnait à sa robe.

— Il y a un problème ! répéta-t-elle d'une voix entrecoupée de sanglots.

Sam s'agenouilla devant elle et lui prit la main.

— Vous vous souvenez de nous ? demanda-t-il. On s'est vus à la tour Eiffel. Je m'appelle Sam, je suis gynécologue obstétricien. Aimeriez-vous que je vous examine ?

— Moi, je suis sage-femme, renchérit Emily, car la dame s'était tournée vers elle, l'air méfiant. N'ayez pas peur. On va vous aider. Pourriez-vous fabriquer un paravent avec des nappes, s'il vous plaît ? demanda-t-elle aux serveurs.

— Tout de suite, madame, répondit le plus âgé d'entre eux.

En trois minutes, l'équipe du restaurant parvint à ménager un espace clos afin que l'examen ait lieu discrètement. Sam aida la patiente — car c'en était une, désormais — à s'allonger par terre, la tête posée sur la veste de son mari roulée en boule. C'était le maximum de confort qu'ils pouvaient lui procurer, hélas !

— Il faut qu'on regarde ce qui se passe, dit-il gentiment. Ma femme peut le faire, si vous préférez.

— Je... Oui.

S'agenouillant à son tour, Emily releva la robe de la patiente et fit glisser sa culotte jusqu'aux genoux. Elle n'eut besoin que d'un rapide coup d'œil pour comprendre où se situait le problème. Et il était de taille...

— Procidence du cordon, annonça-t-elle, d'un ton calme cependant.

Cette anomalie, rare mais très grave, se traduisait par une descente du cordon ombilical avant le bébé dans les voies génitales pendant l'accouchement. Parfois, il restait assez haut, mais là, le cordon apparaissait dans le vagin, comprimé par la tête du fœtus.

Sous la pression, les éléments essentiels à la survie de l'enfant, le sang et l'oxygène, risquaient d'être bloqués. Non alimenté, le bébé pouvait souffrir d'hypoxie, de dommages cérébraux ou même mourir.

Dans un hôpital, cette urgence vitale absolue aurait été traitée avec toute la diligence requise. Ils auraient eu le matériel nécessaire à portée de main. Mais ici, au restaurant ? Ils n'avaient rien !

— Appelez une ambulance, ordonna Sam. Dites-leur qu'on a une procidence de cordon ombilical et qu'il faut une césarienne en urgence. Ebouillantez aussi deux paires de gants et apportez-nous de l'eau chaude et du savon. Vite, s'il vous plaît !

Le maître d'hôtel, qui parlait anglais couramment, se hâta de traduire les consignes. Sam pressa la main de la patiente qui semblait de plus en plus affolée.

— Comment vous appelez-vous ?

— C… C… Clare.

— D'accord, Clare. Pour faire simple, le bébé appuie sur le cordon ombilical et on doit y remédier. Même si c'est inconfortable, il faut vous mettre à quatre pattes. Emily va vous aider… Voilà, très bien. Plaquez le front et la poitrine au sol, et gardez les fesses en l'air… Parfait. Dès qu'on aura l'eau et les gants, Emily retiendra le bébé, sinon, il ne sera plus alimenté. Vous comprenez ?

La jeune femme opina. Elle pleurait à chaudes larmes sous l'effet conjugué de la panique, de l'embarras et de la douleur. Néanmoins, il n'y avait pas d'autre solution !

Après s'être savonnée rapidement, Emily glissa ses mains dans les gants en se mordant les lèvres car ils étaient brûlants. Elle tâta le cordon et poussa un soupir de soulagement.

— Il pulse toujours, dit-elle.

Avec précaution, elle localisa la tête du bébé et la repoussa légèrement. Sam, qui s'était ganté aussi, vérifia le pouls du cordon.

— Ça marche bien ! déclara-t-il. Continue comme ça.

Puis il s'allongea à même le sol, à plat ventre devant Clare.

— Vous vous débrouillez comme un chef, dit-il. Ce n'est pas l'accouchement dont vous rêviez, mais l'ambulance arrive. Très bientôt, le bébé sera là, dans vos bras. Pensez à ça et à rien d'autre, d'accord ? C'est le plus important.

— D'ac… cord.

Sam continua de parler à Clare pour la rassurer et lui éviter une crise d'angoisse. Il lui parla des nombreux bébés qu'il avait mis au monde, évoqua sa première rencontre avec « sa merveilleuse femme » pendant un accouchement difficile. Il expliqua que les naissances réservaient parfois des surprises, mais que l'essentiel était d'avoir un bébé en bonne santé. Il était vraiment formidable !

Lorsque l'ambulance arriva, Clare se cramponnait à lui comme à une bouée de sauvetage. De l'autre côté, elle tenait la main de George, tandis qu'Emily appuyait toujours sur le bébé.

— On n'a pas de place pour tout le monde, dit le médecin urgentiste.

— Il faut qu'ils viennent ! gémit Clare.

— Je vais prendre un taxi, intervint George. La santé avant tout, mon cœur. On se retrouvera à l'hôpital.

Le maître d'hôtel se chargea de commander le taxi. Le conducteur de l'ambulance griffonna le nom de l'hôpital sur un bout de papier qu'il tendit à George, après quoi ils sortirent, Clare allongée sur une civière.

Dans l'ambulance, les secouristes mirent la future maman sous oxygène. Le trajet se déroula dans un hurlement de sirènes et, en quelques minutes, ils atteignirent la maternité d'un grand hôpital parisien. Un bloc opératoire les attendait. Tout était prêt.

— Je veux George ! s'écria Clare.

— On n'a pas le temps, répondit Sam d'une voix douce. On doit vous opérer tout de suite et Emily assistera à l'intervention. Je vais attendre George ici, ne vous inquiétez pas.

Puis tout se passa très vite. L'équipe remarquable de médecins et de sages-femmes pratiqua la césarienne sous anesthésie locale en un temps record. Le bébé, une petite fille, se mit aussitôt à pleurer, au grand soulagement d'Emily qui s'était postée à la tête du lit.

Maintenant que tout allait bien, elle se recula vers le mur. Clare venait tout juste d'accueillir sa fille dans ses bras lorsque les portes battantes s'ouvrirent sur un George masqué et vêtu d'une blouse bleue.

Il écarquilla les yeux en voyant sa femme et son bébé, puis courut vers la table. Emily se glissa alors hors de la pièce et se changea au vestiaire avant d'aller retrouver Sam dans le couloir.

Main dans la main, ils discutèrent tranquillement de ce qui venait d'arriver en attendant que Clare sorte du bloc. Ce ne fut pas long car la jeune mère, le bébé et George furent bientôt conduits en salle de repos.

Emily et Sam se rendirent alors au poste des infirmières afin de rédiger un compte rendu qui pourrait être utile au gynécologue de Clare. Cela fait, ils s'apprêtaient à partir quand une sage-femme vint les trouver.

— Ne vous sauvez pas ! dit-elle en souriant. M. et Mme Jones aimeraient vous voir.

— Bien sûr ! répondit Emily, enchantée.

Elle s'était demandé quelle conduite tenir : prendre congé de Clare et George, ou les laisser tranquilles avec leur bébé. A la maternité de Monterey, l'intimité des parents juste après une naissance était respectée — lorsque tout allait bien sur le plan médical, évidemment. Ces premiers moments étaient si magiques qu'on devait les préserver.

Mais Clare et George ayant réclamé leur présence, ils les rejoignirent avec plaisir !

Lorsqu'ils entrèrent dans la chambre, la jeune mère était adossée aux oreillers, pâle mais radieuse, son bébé dans les bras. Assis près d'elle sur la couverture, George se leva d'un bond et vint serrer la main de Sam. Puis il étreignit Emily avec chaleur.

— Merci mille fois, dit-il d'une voix rauque d'émotion.

— Mais de rien, répondit-elle, touchée.

— On a eu beaucoup de chance que vous soyez là. Sans vous, je me demande…

— N'y pensez pas, coupa Sam d'un ton doux. On était là, et tout s'est bien passé, c'est le principal. Comment vous sentez-vous, Clare ?

La jeune femme poussa un profond soupir. Elle semblait épuisée, mais son air rayonnant faisait plaisir à voir.

— Bien... Très bien, même !

A ce moment-là, la puce se tortilla en essayant de se mordiller le poing.

— On dirait qu'elle a faim, dit Emily. En tout cas, elle est grande pour une préma de trente-cinq semaines.

— Elle pèse deux kilos huit cents, annonça Clare.

— Waouh ! Née à terme, elle aurait été bien dodue !

Ils se mirent tous à rire. Après une naissance difficile, voir un bébé en bonne santé était la plus belle des récompenses.

— Comment allez-vous l'appeler ? demanda Emily.

Les heureux parents échangèrent un regard entendu.

— On avait pensé à Emma, répondit Clare. Mais après ce soir... On aimerait l'appeler Emily, si vous êtes d'accord.

Emue et surprise, elle joignit les deux mains.

— Comment pourrais-je ne pas être d'accord ? C'est un merveilleux cadeau... Je suis touchée, vraiment.

Clare hocha la tête en souriant.

— Prenez-la, si vous voulez.

Elle ne se le fit pas dire deux fois et, avec délicatesse, souleva la petite Emily pour la caler contre sa poitrine. Puis elle tourna la tête vers Sam qui la regardait, un sourire attendri aux lèvres. Son cœur allait-il exploser de joie ? Elle était tellement, tellement heureuse...

Durant sa carrière, elle avait mis de nombreux bébés au monde. Elle en avait tenu beaucoup dans les bras. Mais cette fillette resterait toujours spéciale à ses yeux, sans doute parce qu'il s'en était fallu de peu pour que l'accouchement tourne au drame.

Sam et elle s'étaient rencontrés dans des circonstances délicates. La première fois, tout s'était bien terminé, et ce soir encore, la chance leur avait souri. Comment ne pas y voir un signe positif ?

— Elle est magnifique, chuchota-t-elle. Tiens, Sam, prends-la.

Il reçut la fillette entre ses bras ouverts puis commença à la bercer avec une tendresse touchante. Très bientôt, il bercerait leur propre enfant. Il ferait un papa merveilleux. Comment pouvait-il en douter, fût-ce une minute ?

Elle se détourna et, furtivement, essuya les larmes qui lui piquaient les yeux.

— On va vous laisser dormir, maintenant, dit Sam. Vous en avez besoin.

Il rendit le bébé à Clare, puis ils prirent congé, non sans que les jeunes Anglais les aient remerciés à nouveau.

— Nous aimerions garder le contact, dit Clare. On vous enverra des photos, une fois rentrés à la maison.

— Avec plaisir, c'est gentil ! s'exclama Emily, enchantée.

Après un échange de coordonnées plein d'émotion, ils quittèrent la chambre. Elle avait eu un peu de mal à partir, mais c'était dans l'ordre des choses. Comme à Los Angeles, Sam et elle avaient fait leur travail en aidant un enfant à venir au monde, et leur mission s'arrêtait là.

— Ces poussées d'adrénaline me manquent, déclara Sam lorsqu'ils se retrouvèrent dans la rue.

Elle le poussa du coude en souriant.

— N'oublie pas ce qu'on dit les neurologues. Deux mois d'arrêt !

— Je sais, et je respecterai les ordres. Mais tout à l'heure, quand tu étais au bloc, je me suis demandé ce que j'allais bien pouvoir faire chez nous. Toi, tu vas retourner à la maternité ?

— J'aimerais bien. Même si, en tant que patronne, je peux m'absenter facilement, je voudrais travailler quelques semaines… Avant d'être en repos obligatoire.

— Bien sûr, je comprends. De mon côté, je pourrais peut-être organiser l'aménagement de la nursery et contacter les entrepreneurs ?

— Bonne idée, mais… En as-tu envie ?

— Oui, et pas seulement pour m'occuper. Ça sera très chouette, je pense !

Elle s'esclaffa et lui prit la main.

— C'est toi qui es *très chouette*. J'ai beaucoup de chance d'être ta femme.

Après une dernière nuit idyllique vint le moment du dernier petit déjeuner puis ils durent se résoudre à faire leurs bagages et à rejoindre l'aéroport.

Dans les couloirs de Roissy, Emily songea à quel point elle se sentait différente. Elle était arrivée à Paris malheureuse, mais Sam avait exaucé son vœu au-delà de ses espérances. Il avait cédé à la magie de la Ville lumière. Ou plutôt, ils y avaient cédé *tous les deux* en acceptant de s'ouvrir l'un à l'autre. Ils étaient alors devenus plus proches qu'ils ne l'avaient jamais été.

Leur couple s'était consolidé. Ils repartaient à Los Angeles forts et unis, animés par la même envie de fonder une famille.

Sam n'avait pas recouvré la mémoire, mais pour lui ce « détail » ne semblait plus être une priorité. Il avait paru soulagé de comprendre ce qui leur arrivait, ce qui leur avait permis de résoudre leur problème. Ses souvenirs reviendraient sans doute dans quelques semaines, ou quelques mois, et la boucle serait bouclée.

Bien sûr, il risquait d'être effaré en comprenant à quel point la situation avait dégénéré entre eux. Ils auraient besoin d'en discuter, de mettre les choses à plat. Mais il n'y avait plus de risque puisque tout allait bien.

Ils s'aimaient. Ils s'étaient retrouvés. Elle était fière de s'être battue pour sauver une histoire qui en valait la peine. Rien d'autre n'avait d'importance.

Assis près d'Emily dans l'avion, Sam l'observait du coin de l'œil.

Elle lisait, une main posée sur le ventre, l'air serein. Mais peut-être cachait-elle son jeu ? Peut-être appréhendait-elle autant que lui le retour à la maison ?

Ce séjour à Paris avait été merveilleux. Alors, même s'il avait hâte de repartir sur de nouvelles bases, il craignait que les choses n'aillent plus aussi bien à Los Angeles.

Il s'était montré sincère en disant qu'il se réjouissait d'être un futur papa. Ayant grandi au sein d'une vraie tribu, il s'imaginait mal vivre seul avec Emily jusqu'à la fin de leurs jours. Il avait juste mis son rêve en sommeil, persuadé qu'il n'avait pas le droit de fonder une famille à cause de Serena.

Pour lui, il n'y avait rien de plus beau que d'élever un ou plusieurs enfants. Mais serait-il à la hauteur ? Jusqu'à présent, il n'avait rien fait d'autre qu'imiter son père, celui-là même qu'il avait tant critiqué !

L'alcoolisme mis à part, il n'avait pas fait beaucoup mieux. Il s'était éloigné de son foyer. Il avait laissé tomber Emily, alors qu'elle avait désespérément besoin de réponses. Elle avait dû se sentir très seule…

Il l'admirait de s'être battue sans relâche pour l'aider à recouvrer la mémoire et pour sauver leur mariage. Elle s'était montrée honnête, franche, déterminée. Il n'aurait pas assez d'une vie pour lui prouver sa gratitude et son amour.

Plus jamais son travail ne prendrait le pas sur le domaine privé. Il avait laissé les choses aller beaucoup trop loin par commodité, par peur d'affronter les vrais problèmes. Mais tout cela, c'était fini. Emily et leur enfant — leurs enfants, pourquoi pas ? — seraient désormais sa priorité.

Il voulait donner à Emily l'existence dont elle rêvait. Dont ils rêvaient *tous les deux*. Avec beaucoup d'amour, de dévouement et d'imagination, tout serait possible.

9.

Emily franchit le seuil du grand manoir de Los Angeles en songeant qu'elle allait enfin pouvoir l'appeler « la maison ».

Elle n'avait jamais beaucoup apprécié cet endroit et, les derniers temps, c'était même devenu une prison dorée. Sam n'y faisant que de brèves apparitions, elle vivait seule avec leurs employés. On était loin du nid accueillant et chaleureux dont elle avait rêvé si souvent.

Mais les choses avaient changé. Cette résidence de luxe allait devenir la maison du bonheur, un vrai foyer où Sam et elle pourraient élever leur famille et vivre heureux jusqu'à la fin de leurs jours.

Elle entra dans le salon, suivie par Sam, et regarda autour d'elle comme si elle découvrait les lieux. Les murs blancs, les tableaux contemporains, le mobilier moderne ne lui paraissaient plus aussi froids, maintenant. De multiples possibilités d'aménagement s'offraient à eux. Comme cette demeure serait belle une fois qu'ils y auraient apporté *leur* touche !

Le cœur en fête, elle ouvrit la porte-fenêtre et sortit dans le jardin. Il n'était pas difficile d'imaginer une tribu gambadant sur les pelouses, des enfants en train de jouer à cache-cache derrière les bosquets. Ils feraient installer une balançoire, un toboggan, et même une cabane dans les arbres.

Ce parc serait un terrain de jeu idéal. Pour faire plaisir aux petits, si personne n'était allergique, Sam et elle pourraient même adopter un chien, une grosse boule de poils sympathique. Gamine, elle en avait souvent réclamé un à Sylvia et Martin, sans succès...

— Ça ne te semble pas bizarre d'être là ? demanda-t-elle à Sam qui l'avait suivie dehors.

Il lui sourit.

— Un peu.

— Tout me paraît différent alors que rien n'a changé.

— C'est nous qui avons changé, ma chérie.

— Oui, tu as raison... Que veux-tu faire maintenant ?

— Je vais prendre une bonne douche pour me détendre après ce long voyage. Tu m'accompagnes ? ajouta-t-il avec un haussement de sourcils éloquent.

Elle s'esclaffa.

— Dans deux minutes. Je veux dire un mot à Rosie.

— Ça marche. A tout de suite ! Dépêche-toi...

Comme il retournait à l'intérieur, elle le suivit des yeux. Ce soir, elle voulait prolonger la magie de Paris, et quoi de mieux pour cela qu'un dîner en tête à tête ? Elle allait donner quartier libre à Rosie. Elle préparerait le repas elle-même. Ensuite, elle dresserait une jolie table dans la salle à manger, avec chandelles et bouquet de fleurs.

Même s'ils n'étaient plus en vacances, l'esprit devait rester le même. Elle n'avait pas l'intention de quitter sa bulle.

Sam se dépêcha de monter l'escalier, pressé qu'il était de se rafraîchir.

Il avait passé presque douze heures dans l'avion et il avait renversé du café sur sa chemise. A la sortie, dans l'allée, une fillette qui tenait une sucette rouge s'était rattrapée à lui si bien que son pantalon était tout taché.

Mais, au fond, cela n'avait aucune importance. Lorsqu'il serait papa, il devrait renoncer à l'idée d'être impeccable toute la journée !

Il jeta un coup d'œil aux murs immaculés et sourit en

imaginant Rosie, un torchon à la main, en train de surveiller les enfants pour qu'ils ne salissent pas tout.

Les choses allaient forcément changer. Chez lui, autrefois, la maison était très propre, mais avec cinq enfants on était loin du magazine de décoration et personne ne s'en était jamais plaint !

Bientôt, il y aura des cris et des rires autour de moi...

Il se réjouissait d'avoir fait cet énorme travail sur lui-même, à Paris. Jamais il n'y serait arrivé sans la détermination d'Emily. Il lui devait une fière chandelle.

En souriant, il pénétra dans leur suite puis ôta sa chemise. Le léger mal de tête qui l'avait dérangé dans l'avion était revenu, et il décida de prendre un antalgique pour éviter que la douleur ne s'aggrave.

Il ouvrit son tiroir de table de chevet, pensant y trouver du paracétamol, mais ne découvrit rien d'autre qu'un roman policier, un paquet de chewing-gum et quelques pièces de monnaie. Peut-être y en avait-il de l'autre côté ?

Après avoir contourné le lit, il explora le tiroir d'Emily. A l'intérieur, une enveloppe blanche posée sur le bric-à-brac habituel retint immédiatement son attention. Elle portait l'inscription « Pour Sam » et il reconnut l'écriture élégante et soignée de son épouse.

Intrigué, il prit la lettre puis l'ouvrit. Jamais il n'aurait osé le faire si elle ne lui avait pas été adressée. Mais c'était le cas, après tout.

Brûlant d'en découvrir le contenu, il se mit à lire.

Sam,

Je t'écris cette lettre en désespoir de cause. J'ai beaucoup de choses à te dire, et toi, tu refuses de m'écouter !

Tu me tues à petit feu, Sam. Tu me déchires le cœur. Jamais je n'aurais cru cela de l'homme qui m'a juré un amour éternel. J'ai tellement de chagrin que je suis en mode survie depuis des semaines.

Tout ce que je veux, c'est fonder une famille. Est-ce si difficile à comprendre ? Mais à chaque fois que j'aborde le sujet, tu deviens agressif, ou alors tu t'en vas. Tu me fuis au point de te sauver dès que tu m'aperçois dans un couloir.

Imagines-tu à quel point je me sens seule, vide, inutile ? J'ai l'impression d'être une moins-que-rien !

Tu es mon mari, et je t'aime. Mais je souffre trop. Je ne peux pas m'enfermer dans une relation qui me détruit chaque jour un peu plus. Je t'aurais dit tout ça en face, si seulement j'avais pu te parler…

Aujourd'hui, je te quitte. Je m'en vais parce que tu ne m'as pas laissé le choix. Je veux me reconstruire pendant qu'il est encore temps. Rassure-toi, je ne fais pas cela pour que tu me retiennes ou pour que tu viennes me chercher. Je ne pense pas que tu en auras envie, d'ailleurs.

Je pars pour notre bien à tous les deux. Je suis désolée que ça n'ait pas marché entre nous. Vraiment désolée d'écrire le mot « fin » sur notre histoire. Mais il n'y a pas d'autre solution.

Adieu.

Emily.

Sam regardait fixement la lettre, incrédule. Etait-ce un cauchemar ? Avait-il bien lu ?

Emily voulait me quitter. Non, ce n'est pas possible…

Abasourdi, il retourna le feuillet et relut tout lentement. Son cœur cognait dans sa poitrine. Ses tempes bourdonnaient, il avait mal…

C'est alors que le flash se produisit, si violent qu'il manqua de s'évanouir.

La marche nuptiale. Emily radieuse à son bras, dans l'église. La lune de miel à Paris, l'amour fou. La découpe du ruban inaugural de la maternité. Les journalistes, le discours, le lancement en grande pompe. Emily allongée sur le canapé, les yeux rougis. La dispute dans la voiture. « Arrête, je veux descendre. » La seconde d'inattention, le coup de klaxon de la voiture d'en face…

Ivre de douleur, il se laissa tomber sur le lit, la lettre en boule dans la main.

— Alors, madame Saint, c'était bien Paris ?

— C'était génial, Rosie. Si vous saviez !

— Je suis bien contente. Je sais que les choses étaient difficiles pour vous, ces derniers temps.

Emily remercia sa gouvernante en rougissant. Au fil des mois, Rosie était plus devenue une amie qu'une employée. La jeune femme l'avait consolée plusieurs fois lorsqu'elle l'avait trouvée en larmes dans le salon. Et elle était souvent restée tard le soir pour lui tenir compagnie…

— Tout va bien, maintenant, dit Emily.

— Tant mieux, c'est super !

Rosie ouvrit le réfrigérateur en souriant, puis ajouta :

— J'ai fait de la *panna cotta*, si vous voulez.

— Avec plaisir. Je suis nulle en desserts, sauf pour les manger…

Rosie s'esclaffa.

— Il faut bien que je serve à quelque chose, non ? Et si vous cherchez un plat rapide, j'ai acheté des tournedos. Ils seront délicieux si vous les préparez avec une sauce au poivron rouge.

— Vous êtes magique ! Puisque tout est réglé, je vais monter prendre une douche. Bonne soirée, Rosie.

— Bonne soirée, madame Saint. A demain.

Emily gagna rapidement sa chambre, pressée de retrouver Sam. Il devait déjà être sous la douche. Comme à Paris, ils allaient pouvoir passer un délicieux moment tous les deux…

Elle ouvrit la porte et eut un sursaut en le voyant assis sur le lit, blême, le regard perdu dans le vague. Puis elle remarqua la lettre froissée dans sa main, l'enveloppe blanche abandonnée par terre et porta la main à ses lèvres.

— Sam !

— Tu voulais *me quitter* ?

Jamais elle ne lui avait vu l'air si choqué, si hagard. Le cœur battant la chamade, elle courut vers lui. Les mots se pressaient sur ses lèvres. Elle devait se justifier, lui dire…

— Sam…

— Tu m'as raconté qu'on avait eu des moments difficiles. Je l'ai bien compris, et d'ailleurs j'ai eu des flashs pour me le prouver. Mais qu'est-ce que je découvre ? Que tu étais malheureuse au point de vouloir partir !

— Ecoute, je…

Comment lui expliquer la situation alors qu'il était si bouleversé ? Elle aurait dû brûler cette lettre avant leur voyage à Paris. Elle avait vraiment été inconséquente !

— Tu as écrit cette lettre après l'accident, dit Sam d'une voix brisée. La date le prouve.

— Oui mais, à ce moment-là, j'ignorais que tu étais amnésique. Je ne l'ai découvert qu'après.

— En revanche, tu savais que tu étais enceinte.

— C'est vrai, mais…

— Tu sais à quel point j'ai *envie* d'avoir un enfant, même si cette idée me terrorise. Et malgré tout, tu voulais partir alors que tu portais déjà notre bébé !

Elle s'agenouilla devant lui et lui posa une main sur le bras.

— A l'époque, je n'en savais rien, Sam. Ton attitude me poussait à croire le contraire ! J'ai pensé que tu allais devenir fou à l'annonce de ma grossesse. Que *tu* aurais probablement envie de me quitter. Comment aurais-je pu supposer autre chose ? Tu n'avais jamais parlé de Serena...

— Tu voulais me priver de mon enfant !

— Arrête. C'est vraiment injuste de me reprocher...

Elle n'eut pas le temps de finir sa phrase car, soudain, lui repoussant le bras, il se leva d'un bond et se rua hors de la chambre. Elle courut derrière lui dans l'escalier.

— Où vas-tu ?

— Je m'en vais ! J'ai besoin... de réfléchir !

Il attrapa ses clés de voiture sur le guéridon du hall et sortit en claquant la porte si fort que les murs tremblèrent. Vingt secondes plus tard, elle entendit un moteur rugir puis un crissement de pneus sur le gravier.

Il était parti. Etait-il seulement en état de conduire ? Où voulait-il aller ? Pourvu qu'il n'ait pas d'accident...

Elle se laissa tomber sur une marche et enfouit sa tête dans ses mains. Quelques minutes avaient suffi pour qu'elle replonge en plein cauchemar. Mais cette fois, elle ne voyait pas d'issue.

Sam avait désespérément besoin de prendre ses distances avec Emily.

Il traversa son quartier sans le voir puis s'engagea sur la voie rapide. On aurait dit que la voiture était sous pilote automatique. Il ne pouvait penser à rien d'autre qu'à cette lettre qui était gravée en lettres de feu dans son cerveau.

Jamais il n'aurait cru que les choses avaient dégénéré à ce point entre Emily et lui. « Tu me tues à petit feu. Tu me déchires le cœur... » Il avait vraiment dû être odieux et insupportable.

Cette femme exceptionnelle, il ne la méritait pas. Il trouvait incroyable qu'elle se soit montrée si aimante, gentille et dévouée après tout ce qu'il lui avait fait subir.

Il écrasa d'un poing rageur les larmes amères qui lui

piquaient les yeux. A peine se rendit-il compte qu'il avait ralenti. Il venait de s'arrêter… devant la maison de ses parents ! Il avait du mal à le croire, mais c'était bien le cas.

Pourvu qu'il ait respecté les limitations de vitesse ! Il n'avait aucun souvenir du trajet. Mais, au moins, il était arrivé à bon port…

Curieux, tout de même. Il n'était pas revenu ici depuis son mariage. Il avait téléphoné à sa mère de temps à autre. Ses parents étaient venus le voir une fois à l'hôpital, puis Emily leur avait donné des nouvelles. Ses relations avec sa famille étaient plus que distantes et, pourtant, son instinct l'avait ramené à la maison de son enfance…

Alors qu'il réfléchissait fébrilement, sa mère apparut sur le seuil. Elle ressemblait en tout point à l'image qu'il avait gardée d'elle : vêtue d'un jean à taille haute et d'une marinière rayée, elle portait toujours le même style de chaussons fourrés au look cosy inimitable…

Il descendit lentement de voiture et s'avança vers elle.

— Bonjour, maman.

— Samuel ! Quel plaisir de te voir !

Quand elle l'attira sans ses bras pour le serrer contre son cœur, une sensation douloureusement familière s'éveilla en lui. Comme elle lui avait manqué !

Elle l'écarta en souriant.

— Tu as l'air en pleine forme, dit-elle. Mais… Qu'est-ce qui ne va pas ?

— Pourquoi cette question ?

— Tu ne viens plus jamais ici, Samuel. Alors même si je suis ravie de te voir, je suppose qu'il doit se passer quelque chose de grave.

Il soupira. Perspicace comme d'habitude, sa mère avait tout de suite tapé dans le mille. Jamais il n'aurait dû venir ici. Simplement, il n'avait pas pu s'en empêcher.

— Je voulais te voir, c'est tout, marmonna-t-il.

Elle lui jeta un regard en coin, mais n'insista pas.

— Entre donc. Viens boire quelque chose.

Les poings serrés, il la suivit à l'intérieur. Il eut alors l'impression de faire un bond gigantesque dans le passé. Tout était conforme à ses souvenirs : le papier peint fleuri sur les murs du salon, les meubles, les lampes. Seul le plaid recouvrant le dossier du canapé défraîchi avait changé de couleur.

Une bonne odeur de café émanait de la cuisine. Sa mère s'éclipsa quelques instants puis revint avec deux tasses fumantes qu'elle posa sur la table basse.

— Comment te sens-tu ? demanda-t-elle. Tu as reçu un gros choc.

— Je vais très bien.

— On est passés te voir, avec papa. Tu t'en souviens ?

— Bien sûr.

Tous ses souvenirs étaient revenus en bloc et cela faisait mal, très mal. Il déglutit péniblement.

— Est-ce que… vous parlez d'elle, quelques fois ?

Sa mère le dévisagea d'un air étonné.

— De qui ?

— De Serena.

Aborder ce sujet lui faisait mal, mais il avait besoin de savoir. Sa mère se mit à triturer nerveusement le collier qu'elle portait autour du cou.

— Pourquoi me demandes-tu ça ? répliqua-t-elle.

— Parce que je me pose la question depuis longtemps. Personne n'a jamais évoqué son souvenir, après…

— Je me suis abstenue d'en parler en votre présence. Tes frères, ta sœur et toi étiez bouleversés. Je ne voulais pas vous rendre encore plus malheureux.

— *En notre présence ?* Donc, tu en parlais à d'autres moments ?

— Bien sûr ! C'était mon bébé, j'avais besoin de dire ce que j'avais sur le cœur… J'ai cru sombrer, à un moment, je le reconnais. Mais le pasteur du quartier m'a beaucoup aidée.

— Le pasteur ? J'ignorais que tu étais croyante !

— Je ne suis pas pratiquante, c'est vrai. Mais un jour, peu après l'enterrement, j'ai rencontré le pasteur au supermarché. On a beaucoup discuté. Après, je suis allée le voir une fois par semaine.

Il la dévisagea, ébahi. Jamais il ne s'était douté…

— J'en avais besoin, ajouta-t-elle. Si j'avais tout gardé en moi, j'aurais fini dépressive.

— Je comprends.

Sidéré par cette révélation, il secoua la tête. Pendant des années, il avait cru qu'il ne *fallait pas* parler de sa petite sœur. Mais sa mère avait eu un confident. Elle avait pu ainsi faire son deuil et surmonter son chagrin.

Il s'en félicitait pour elle, évidemment. Qu'elle ait reçu de l'aide était une excellente chose. Il aurait juste aimé pouvoir en dire autant. S'il avait eu un soutien moral, il n'en serait pas là aujourd'hui…

— Est-ce que tu m'en as voulu, après ?

— T'en vouloir ? Mais de quoi, grands dieux ? Non, bien sûr que non ! Ce n'était pas ta faute, Samuel ! Comment as-tu pu croire une chose pareille ?

Se penchant, elle lui tapota la main.

— Que se passe-t-il dans ta vie pour que tu me poses toutes ces questions maintenant ?

— J'ai… gâché mon mariage.

— Explique-toi, ordonna sa mère d'un ton indulgent.

— A cause de ce qui s'est passé avec Serena… Emily rêvait de fonder une famille. Elle voulait juste qu'on en discute et, moi, j'ai refusé.

— Oh ! Samuel !

— J'ai été inconscient. Je n'ai cherché qu'à me protéger, moi, de manière égoïste. Je n'ai même pas compris à quel point mon attitude lui faisait du mal. Elle s'est sentie humiliée, rabaissée, et pour cause… On s'est mis à se disputer sans arrêt. A la fin, je la fuyais carrément. Je passais ma vie à l'hôpital, je dormais dans mon bureau. Avant l'accident, elle était sur le point de me quitter.

Sa mère le regarda d'un air navré.

— Je l'ai trouvée tendue, le jour où on est venus te voir à l'hôpital. J'ai pensé que c'était le contrecoup du choc et qu'elle s'inquiétait pour toi. Jamais je n'ai soupçonné qu'il y avait ce genre de problème…

— Pourtant, c'était le cas. Par-dessus le marché, les médecins lui ont annoncé après l'accident qu'elle était enceinte. Elle en était malade rien qu'à imaginer ma réaction. J'ai été… choqué. En quelques heures, je me suis découvert amnésique et futur papa. J'ai essayé de donner le change. J'ai dit que j'étais content, mais au fond j'étais mort d'angoisse.

— Tu pensais à Serena ?

— Oui, sans arrêt. Emily a eu l'idée de m'emmener à Paris pour m'aider à recouvrer la mémoire. Ça n'a pas fonctionné, mais nous sommes redevenus très proches, comme au premier jour. Emily n'était pas au courant pour Serena. Comme je voulais qu'on avance, j'ai pris mon courage à deux mains et je lui ai tout raconté. Elle a été super. Et là, on arrive tout juste de l'aéroport, je monte dans notre chambre, et qu'est-ce que je trouve dans un tiroir ? Une lettre où elle m'annonce qu'elle veut me quitter !

— Mais… C'était avant Paris, je suppose ?

— Bien sûr, mais elle l'avait gardée. Et le plus grave, c'est qu'elle voulait partir en se sachant enceinte. J'étais trop infernal, alors elle n'en pouvait plus. Te rends-tu compte de ce que je lui ai fait ? Je l'ai blessée, maman. Je ne la mérite pas. Je ne mérite pas ce bébé.

— Si j'ai bien compris, je vais devenir mamie ? répliqua sa mère, un sourire indulgent aux lèvres.

— Oui.

— Félicitations !

— C'est gentil, mais… Je ne sais pas s'il faut me féliciter. Je suis perdu. La lettre d'Emily m'a tellement choqué que j'ai retrouvé la mémoire d'un coup. Et là, j'ai tout vu. Ce que j'ai fait, ce que j'ai dit. C'était horrible. Elle a eu du mérite de s'accrocher. Cela dit… Il aurait mieux valu qu'elle soit cent pour cent honnête avec moi.

— Samuel, c'est ta femme, et elle t'aime. Elle a voulu te protéger.

— J'aurais préféré qu'elle ne me mente pas. Elle aurait dû m'expliquer qu'elle avait failli partir.

— Si elle n'a rien dit, c'était pour ton bien.

— Peut-être, mais regarde le résultat ! Je me suis laissé emporter par la magie de Paris, sauf que maintenant tout est terminé. La chute est brutale !

— Tu crois qu'Emily veut toujours s'en aller ?

— Probablement. Tu sais, je m'étais juré de ne pas faire comme papa…, ajouta-t-il en soupirant. Mon but, c'était d'être un bon mari. Je voulais passer du temps à la maison, être présent pour ma femme, l'aimer et la respecter. Tu parles ! conclut-il avec un rire amer. J'ai fait *pire* que papa. J'ai été affreux.

Plus il y pensait, plus il se culpabilisait. Il détestait l'homme qu'il était devenu. Il avait laissé tomber tout le monde. Sa mère. Ses frères et sa sœur. Emily.

Sa mère se leva. Puis elle s'assit sur l'accoudoir de son fauteuil et lui entoura les épaules d'un bras.

— Samuel, tu *mérites* que les choses s'arrangent, dit-elle d'un ton persuasif. Emily s'est battue pour sauver votre mariage. Tu n'as pas le droit de renoncer, d'autant que, maintenant, vous attendez un bébé. Vous n'êtes plus les seuls concernés dans l'histoire.

— Je sais, mais…

— Est-ce que tu l'aimes ?

Le regard bleu de sa mère s'était soudé au sien. Les mots jaillirent spontanément :

— Bien sûr que je l'aime !

— Alors, tu devrais le lui dire. Ta place est auprès d'elle, mon grand. Elle a besoin de toi.

10.

« Vos progrès sont stupéfiants. Vous n'avez pas besoin d'attendre la fin des deux mois pour retourner travailler. Je vous déclare officiellement bon pour le service. »

Sam aurait dû exulter. Son rendez-vous avec le Dr Waters, la veille, s'était encore mieux passé qu'il ne l'espérait. La neurologue, impressionnée par son rétablissement, lui avait donné le feu vert pour reprendre son poste à la maternité. Il aurait dû se réjouir… Sauf qu'il en était incapable.

Depuis quinze jours qu'il habitait chez ses parents, il avait l'impression d'évoluer dans un épais brouillard. Il parlait peu à son père, « heureusement » toujours absent. Il lisait beaucoup. Il ne dormait plus. Il passait des nuits entières à se retourner dans son lit trop petit ou à regarder le plafond.

Il n'avait pas revu Emily. Il ne l'avait même pas appelée, ne sachant quoi lui dire. Comment trouver les mots justes ? Il n'aurait pas assez d'une vie pour s'excuser. Mais en laissant le silence s'installer, il avait sans doute perdu toute chance d'obtenir son pardon…

Et il y avait pire.

Pendant des années, il s'était réfugié derrière la mort de Serena pour justifier son refus de fonder une famille. Il avait été traumatisé, bien sûr, mais cela n'expliquait pas tout. Et si le problème était ailleurs ? Si le problème c'était *lui*, tout simplement ?

Plus jeune, il avait pris soin de ses frères et de sa sœur. Il avait fait des études en travaillant le week-end pour les financer. Il avait bâti sa carrière à la force du poignet jusqu'au plus haut niveau. Il n'avait jamais rien raté… Sauf sa vie personnelle. Là, c'était le fiasco total.

Avec Emily, il avait eu tout faux. Il avait la nausée chaque fois qu'il repensait à son attitude envers elle. Pourtant, il avait fallu qu'il la pousse à bout — à l'extrême limite de sa résistance et de son abnégation — pour qu'elle envisage de partir.

Elle avait dû écrire sa lettre de rupture en pleurant, la mort dans l'âme. Comme il avait honte de l'avoir entraînée dans cette spirale infernale !

Pourtant, à aucun moment elle n'avait baissé les bras. Elle avait bataillé pour lui. Mais qui s'était battu pour elle ? Sûrement pas sa mère. Personne, en réalité…

Elle s'était toujours débrouillée seule. Elle n'avait personne pour prendre soin d'elle… A part lui. Allait-il l'abandonner simplement parce qu'il avait peur d'aller la trouver et de lui avouer combien il l'aimait ?

Il voulait être présent pour elle, au quotidien, chaque jour de leur vie. Et tant pis s'il était trop tard. Il ne renoncerait pas sans avoir au moins essayé !

Ce matin-là, on l'attendait à la maternité pour son « grand » retour. Mais il voulait d'abord vérifier quelque chose.

Sautant à bas du lit, il prit son portable et composa le numéro du standard.

— Bonjour, Laura. C'est Sam. Emily travaille-t-elle aujourd'hui ?

Autrefois, il se serait inquiété des commérages, mais plus maintenant. Que ses employés parlent de lui si cela leur chantait. Il s'en moquait !

— Non, monsieur Saint, elle est de repos aujourd'hui, répliqua la standardiste.

— Parfait. Dans ce cas, prévenez Edouard que je ne viendrai travailler que demain.

— Bien sûr, monsieur. Bonne journée !

Il raccrocha puis courut à la salle de bains pour se préparer rapidement. Il savait ce qui lui restait à faire.

Emily se plongea dans la contemplation du jardin en inspirant profondément.

Ces derniers jours, elle mettait souvent en pratique la méthode de relaxation qu'elle inculquait à ses patientes. Elle avait bien besoin de se détendre. Elle se sentait très mal depuis le départ de Sam.

Heureusement, elle savait où il s'était réfugié. Sa belle-mère l'avait appelée en cachette, le premier soir, pour lui dire qu'il était sain et sauf « à la maison ». Alors, même s'il lui manquait, elle se consolait à l'idée qu'il s'était rapproché de sa famille. Lui, au moins, en avait une…

Chaque soir, au retour du travail, elle allait s'asseoir dans le jardin et ne rentrait qu'à la nuit tombée. Moins elle passait de temps à l'intérieur, mieux elle se portait. Cela lui évitait de revivre en boucle la scène où elle avait trouvé Sam, livide, avec la fameuse lettre froissée dans la main…

Elle ne voulait toujours pas croire que les choses allaient s'arrêter comme ça. Il allait bien finir par comprendre. Quand allait-il revenir à la raison ?

La sonnerie de son portable interrompit le cours de ses pensées.

— Emily ? C'est Sam. Es-tu à la maison ?

— Euh… Oui.

— Ne bouge pas, j'arrive.

Avant qu'elle ait pu réagir, il avait raccroché. Elle resta un moment immobile, incrédule, les yeux rivés sur le téléphone. Puis un frisson glacé la parcourut. Elle ne s'était pas attendue à ce coup de fil.

Pourquoi Sam voulait-il la voir ? Etait-ce pour consommer la rupture ? Si tel était le cas, elle allait se défendre.

Toute sa vie, on l'avait laissée tomber. Elle ne lui permettrait pas de faire la même chose sans avoir, au moins, exposé ses arguments. Elle lui dirait une dernière fois qu'elle l'aimait et qu'elle avait tout fait pour l'aider. Elle lui rappellerait qu'*elle* l'avait toujours soutenu, même si l'inverse n'était pas vrai, et qu'on ne baissait pas les bras à la première difficulté lorsqu'on s'était juré un amour éternel devant un pasteur, pour le meilleur et pour le pire !

Prise d'une soudaine impulsion, elle courut vers la maison, monta à sa chambre et enfila la robe bleue que Sam lui avait offerte à Paris. Puis elle redescendit dans le jardin et attendit, le cœur battant très fort.

Elle n'eut pas longtemps à patienter. Elle éprouva soudain un élancement familier et elle pivota sur elle-même pour voir Sam qui l'observait de l'escalier en pierres qui descendait à la pelouse.

Il la regardait avec une expression étrange qu'elle ne lui avait encore jamais vue. En tout cas, il n'avait plus l'air furieux comme le jour où il était parti en claquant la porte...

Résolument, elle marcha vers lui. Mais, comme elle allait parler, il leva la main.

— Puis-je dire quelque chose d'abord, s'il te plaît ?

Elle opina.

— Comment vas-tu, Emily ?

Elle n'avait pas prévu cette question. Elle avait imaginé quelques phrases lapidaires, glaciales. Pour contenir les larmes qui lui montaient aux yeux, elle enfonça ses ongles dans ses paumes.

— A ton avis ? répliqua-t-elle.

Le regard de Sam se posa sur son ventre. Puis, lentement, il remonta vers son visage.

— Excuse-moi, murmura-t-il. J'aurais dû te dire où j'étais.

— Je le savais. Ta mère m'a appelée.

Il secoua la tête en souriant.

— Ça ne m'étonne pas. Elle a eu bien raison !

— C'était à toi de le faire, Sam.

— Je sais… Je suis vraiment désolé.

A la grande surprise d'Emily, il se mit à danser d'un pied sur l'autre.

— Tu… mérites mieux que moi, Em, reprit-il d'une voix rauque. Je n'ai réussi qu'à te faire du mal. Si tu savais à quel point je regrette…

Elle inspira à fond. Pourquoi tant de détours ? Qu'on en finisse !

— Ecoute, Sam…

— Accepterais-tu de me donner une autre chance ?

Quoi ?

— Je… Pardon ? bafouilla-t-elle.

Il s'avança vers elle.

— J'ai recouvré la mémoire.

— Ah… bon ? Tu as eu d'autres flashs ?

— J'ai tout récupéré, Em. Quand j'ai lu ta lettre, j'ai été tellement choqué que tout est revenu. Les bons souvenirs comme les mauvais. Alors voilà… Je suis venu te demander pardon. Je n'aurais jamais dû me sauver, ce jour-là. C'était devenu une mauvaise habitude et cela ne se reproduira pas. Tu sais… j'ai beaucoup réfléchi depuis quinze jours. Cette situation était entièrement ma faute.

Elle le dévisagea, bouche bée. Avait-elle bien entendu ? Elle avait longtemps espéré cet aveu et avait fini par ne plus y croire !

Néanmoins, elle ne voulait pas qu'il assume seul la responsabilité de leurs problèmes. C'était hors de question.

— Non, Sam. Nous étions deux dans l'histoire. Je n'aurais jamais dû insister à ce point. Tu n'étais pas prêt à fonder une famille.

Il eut un sourire triste.

— Si, je l'étais. J'avais juste mis des verrous dans ma tête.

— Comment ça ?

— A la mort de Serena, j'aurais eu besoin d'aide. Mais j'ai dû me débrouiller seul, et c'était horrible. Moi qui maîtrisais toutes les situations malgré mon jeune âge, là, je ne contrôlais plus rien. Je me suis dit que je ne voulais plus jamais vivre un tel cauchemar. C'était comme si je m'étais perdu moi-même. Je ne savais plus où j'en étais.

— Je comprends…

— Quand tu as parlé de bébé, j'ai eu peur d'un éventuel problème. Les choses ne se déroulent pas toujours bien, et moi je n'aurais pas supporté un nouveau coup dur. Je ne savais pas comment te le dire. J'ai donc fermé la porte. Notre mariage était en danger, mais j'ai fait la politique de l'autruche.

— Et moi qui t'ai poussé à bout ! Mais tu sais, j'avais une bonne raison. On m'a beaucoup rejetée, autrefois, alors j'ai détesté que toi, l'homme de ma vie, tu fasses la même chose. Ma mère m'avait abandonnée, et voilà que tu suivais le même chemin. J'ai commencé à croire que c'était ma faute, que je rebutais les gens. En un mot, que je n'étais pas digne d'être aimée.

Avec douceur, il captura sa main, qu'il pressa entre les siennes.

— Non, Em ! Tu es merveilleuse, gentille, adorable. Tu as fait ce qu'il fallait pour que j'y voie clair en moi-même. Au bout du compte, ça a marché. J'en suis malade… d'avoir été agressif dans mes propos, mais sache que je ne pensais pas un mot de toutes ces horreurs. C'était plus facile de me disputer avec toi que d'affronter les vrais problèmes. Je suis vraiment, terriblement désolé.

Bouleversée, elle se jeta dans ses bras.

— Chut…, murmura-t-elle. Oublie tout ça. J'ai confiance en toi, Sam. Je t'aime.

— Je t'aime, Emily.

Il la serra contre son cœur, et ils demeurèrent un long moment enlacés, dans la quiétude du jardin qui les enveloppait tel un précieux cocon. Puis ils échangèrent un regard éloquent et leurs lèvres se joignirent.

Ce fut un baiser doux et tendre, presque solennel. La promesse d'un renouveau après la tempête. Une manière de tirer un trait sur les déchirements du passé.

Quand ils reprirent leur souffle, elle enveloppa Sam d'un regard malicieux.

— Je me remarierais avec toi sur-le-champ, si je pouvais !

Il s'esclaffa.

— Moi aussi, ma chérie, mais ce ne sera pas nécessaire. Je me souviens de tout ! Notre mariage était génial, d'ailleurs.

— C'est vrai.

— En revanche, il y a quelque chose que je n'ai jamais fait…, chuchota-t-il.

Se sentant soulevée de terre, elle poussa un petit cri de surprise.

— Laissez-moi vous faire franchir le seuil, madame Saint ! dit-il, riant toujours.

Folle de bonheur, elle appuya le front contre son torse tandis qu'il la portait vers la maison. Elle avait retrouvé le Sam amoureux et charmeur, le gentleman qu'elle aimait, l'homme de ses rêves. Ils étaient ensemble et, cette fois, c'était pour de bon.

Ils allaient pouvoir vivre l'aventure de leur vie.

Épilogue

Sam avait mis beaucoup de bébés au monde. A chaque fois, il avait éprouvé une joie indescriptible. Mais rien n'aurait pu le préparer au bonheur qui fut le sien lorsque sa fille poussa son premier cri.

Comme d'habitude, Emily avait été exceptionnelle.

Elle n'avait rien planifié pour la naissance. Elle avait dit à tout le monde qu'elle laisserait faire la nature, et c'était exactement ce qui s'était passé.

Quand les contractions s'étaient rapprochées, elle était entrée dans la baignoire et avait pratiqué ses exercices de respiration avec un calme admirable. Même au plus fort des spasmes, elle est restée sereine, focalisée sur les messages que lui envoyait son corps.

Sam lui avait tenu les deux mains au moment où elle s'était agenouillée dans l'eau. Il l'avait soutenue, cajolée, encouragée : « Un, deux, trois, quatre… Respire, ma chérie… »

Jamais il n'oublierait l'expression de son visage lorsqu'elle avait commencé à pousser. Même grimaçant sous l'effort, il l'avait trouvée sublime. Elle avait supporté la douleur stoïquement, sans péridurale et avec une remarquable maîtrise d'elle-même jusqu'à ce que leur enfant pointe le bout de son nez.

Elle avait accueilli leur petite Mia — la découverte du sexe avait été une surprise — entre ses mains tendues, puis l'avait nichée contre sa poitrine.

Je suis papa ! Papa…

Cette petite puce était si jolie, si parfaite…

Sam ne s'était pas rendu compte qu'il pleurait à chaudes larmes avant qu'Emily ne tende la main pour lui essuyer les joues et il en embrassa la paume, bouleversé par l'amour qu'il lisait dans ses yeux. Puis, avec douceur, il caressa le visage rose de sa fille.

Quoi que l'avenir leur réserve, il la chérirait et la protégerait chaque jour de sa vie et, en cas de problème, il savait pouvoir compter sur Emily en toutes circonstances.

Ces derniers mois, leur union était devenue encore plus solide.

Comme promis, Sam avait appris à déléguer. Il ne travaillait pas plus de cinquante heures par semaine et évitait de ramener ses dossiers à la maison, sauf urgence. Et s'il mettait parfois plus de temps à faire les choses, tant pis. Sa priorité était, et resterait toujours, sa famille.

Délicatement, Emily lui tendit Mia. Il la cala dans le creux de son bras, avec la sensation délicieuse que son cœur allait exploser de bonheur.

Bien sûr, son angoisse n'avait pas disparu. Etre père était une responsabilité énorme, aussi se demandait-il, par moments, s'il serait à la hauteur. Mais grâce à Emily, il savait que cette réaction était légitime, et que tous les parents se posaient des questions !

Le plus important était l'amour. Et il en avait à revendre.

Comme Emily, sa fille serait la maîtresse de son cœur. Il espérait très fort qu'un jour ils agrandiraient la tribu. Rien ne lui ferait davantage plaisir qu'une famille nombreuse, et Emily était parfaitement d'accord sur ce point !

Subjugué par Mia, il lui embrassa le bout du nez. Puis il se pencha et déposa un tendre baiser sur les lèvres d'Emily.

— Si tu savais comme je suis fier de toi ! Je t'aime, Em…

Son sourire rayonnant lui fit de nouveau monter les larmes aux yeux.

— Je t'aime aussi, chuchota-t-elle. On forme une bonne équipe, toi et moi. Ne l'oublie jamais.

— Aucun risque, mon amour !

La plus belle réussite de sa vie était là, devant lui. Et ce n'était qu'un début.

BLANCHE

HARLEQUIN

Retrouvez prochainement,
dans votre collection

BLANCHE

La saison des surprises, d'Ann McIntosh - N°1631

SÉRIE : LE PROJET NOËL - 1/4

Une nuit inoubliable avec un inconnu, c'est la folie que s'offre Chloe avant son départ pour la Jamaïque. Mais, alors qu'elle arrive sur l'île paradisiaque pour y effectuer une mission au sein de l'hôpital local, quelle n'est pas sa surprise d'y rencontrer le Dr Sam Powell – son amant d'une nuit ! Plus incroyable encore, elle attend un enfant de lui...

L'infirmière de Central Park, de Deanne Anders

SÉRIE : LE PROJET NOËL - 2/4

Lorsque le Dr Scott Thomas apprend qu'il est muté au Brooklyn Heights de New York pour la période des fêtes de fin d'année, sa première pensée va à l'infirmière Felicity. Autrefois tous deux se sont follement aimés, avant qu'un drame les sépare. Maintenant qu'ils se retrouvent dans la même ville, et dans le même hôpital, Scott a-t-il une chance de reconquérir Felicity ? Après tout, Noël est réputé pour ses miracles...

Médecins des Alpes, de Louisa George - N°1632

Si le Dr Rachel Tait se trouve à Sainte-Colette, dans les Alpes, c'est pour travailler. Abandonnée par son fiancé devant l'autel, elle ne veut plus entendre parler d'amour ! Pourtant, dans ce décor de Noël digne d'une carte postale, elle a toutes les peines du monde à ignorer les sentiments que son nouveau patron lui inspire. Matthieu LeFevre est l'homme idéal, et bientôt Rachel cède à la tentation entre ses bras – au risque d'avoir le cœur brisé...

Un si doux remède, de Marion Lennox

Un an plus tôt, Jenny était médecin urgentiste à Sydney. Devenue la tutrice de ses trois neveux orphelins, elle mène aujourd'hui une existence âpre et solitaire sur une île australienne, auprès de ces enfants dont elle a la charge mais qui la tiennent à distance en raison de leur chagrin. Alors que Jenny s'efforce de leur apporter l'amour dont ils ont besoin, un mystérieux naufragé prénommé Silas débarque dans leur vie...

Leur mission : sauver des vies.
Leur destin : trouver l'amour.

HARLEQUIN
www.harlequin.fr

BLANCHE

HARLEQUIN

Le docteur du Montana, de Becky Wicks - N°1633

Propriétaire d'une station de ski dans le Montana et père célibataire, le Dr Jax Clayborn doute que la nouvelle intérimaire venue de New York puisse survivre cinq minutes dans sa clinique prise d'assaut chaque hiver. Parce qu'il n'a d'autre choix que de lui laisser sa chance, il accueille le Dr Ophelia et découvre en elle une professionnelle accomplie et une femme d'une grande gentillesse envers son fils. Au point que Jax se demande comment il vivra son départ, prévu après Noël…

Une famille avec lui, d'Alison Roberts

Le Dr Joanna n'a jamais trouvé l'homme qui lui permettrait d'accomplir son rêve de devenir mère. Aussi décide-t-elle, à la quarantaine passée, de faire un bébé toute seule. Mais voilà, quand l'intrépide ambulancier Cade Cameron surgit dans sa vie et dans son cœur, elle voit ses résolutions vaciller. Se pourrait-il que Cade soit celui qu'elle attendait pour fonder une famille ?

Un bébé dans leur vie, d'Emily Forbes - N°1634

SÉRIE : RENCONTRES EN AUSTRALIE - 1/2

Sans conteste, Luci se tient face au plus bel homme qu'elle ait jamais vu ! Et, maintenant qu'elle sait que Seb Hollingsworth sera son colocataire pour les deux prochains mois, elle décide de suivre ce que lui dicte son instinct et s'autorise une histoire sans lendemain. De toute façon, Seb ne semble pas vouloir vivre plus qu'une aventure. Mais tout change lorsque Luci, qui se croyait stérile, se découvre enceinte…

L'inconnu de l'Indian Pacific, d'Amy Andrews

SÉRIE : RENCONTRES EN AUSTRALIE - 2/2

Pourquoi n'a-t-elle pas demandé son nom au bel inconnu qu'elle a rencontré dans l'Indian Pacific, célèbre et luxueux train, avant de faire l'amour avec lui ? De retour chez elle, Felicity regrette la folle aventure qu'elle vient de vivre. Car, si elle avait su plus tôt que cet homme sexy allait être son futur patron, elle n'aurait pas cédé à la tentation. Reste désormais à travailler aux côtés de Callum Hollingsworth sans se remémorer leurs ébats…

Leur mission : sauver des vies.
Leur destin : trouver l'amour.

HARLEQUIN
www.harlequin.fr

BLANCHE

La fougue d'un baiser, de Susan Carlisle - N°1635

Le Dr Ellen Cox vient de lui voler un baiser alors qu'ils sont cernés par des narcotrafiquants en plein milieu de la jungle sud-américaine ! D'abord estomaqué, Chance est vite conquis par cette fougue nouvelle. Car, depuis qu'il a rencontré Ellen, celle-ci s'est toujours montrée si maniérée qu'il avait l'impression d'avoir affaire à une bimbo égocentrique. Se pourrait-il alors que, sous ses airs superficiels, Ellen cache une femme bien plus sensible ?

Ce secret à conserver, de Janice Lynn

Le Dr Trace Stevens est de retour à Atlanta... Et il propose à Chrissie de vivre avec lui une nouvelle nuit de passion ! S'il n'a rien perdu de son charme depuis les instants inoubliables qu'ils ont partagés quatre ans plus tôt, pour Chrissie tout a changé. Car quatre ans c'est aussi l'âge de leur fils, Joss, dont Trace ignore l'existence...

HARLEQUIN

Leur mission : sauver des vies.
Leur destin : trouver l'amour.

HARLEQUIN
www.harlequin.fr